人间漂流

小杜 著

上海三联书店

新经典文化股份有限公司
www.readinglife.com
出　品

序　第一头牛

一

米兰·昆德拉是一位我喜欢的作家。在昆德拉的长篇小说《不朽》中，他宣称最值得写的小说，是无法改编成电影或戏剧的小说。然而在现实世界，他不但在布拉格电影学院任教多年，还以编剧的身份，将自己的小说《玩笑》搬上了大银幕。

这其中的反差很矛盾，却以最自然的形式存在于昆德拉的创作生涯。我为自己这本书写序时，内心也充满了反差：一方面，我不会用我认同并追求的文学标准来评判它，因为那样对书里的故事来说过于严苛；另一方面我也很清楚，在我的写作维度中，这些故事还是孩子，是青少年，正在经历成长，而且是那种不断犯错式的成长。

尽管忐忑，我还是坦然接受了这个反差。在我看来，写作是一个高度私人化，并充满各种试错的过程。好在作者很幸运，因为写作的容错率极高，我们没听说过有谁会因为第一部作品马马虎虎，就停止了写作。在这方面，电影又成了文学的反例：一部没能及时收获正面回馈的片子，足以断送一位导演的职业前程。

二

翻开这本书，你会看到一个人从孩童到中年，从中国东北到美国东北的漂流轨迹。你发现这个人很普通，比如他和许多男孩子一样，从小爱打游戏，但没有上瘾。他爱踢足球，可直到大学毕业，他也没买过一双皮足（球鞋）或一件正版球衫。爸妈爱他的方式，像极了千千万万的中国爸妈：他长大后他们从未拥抱过他，却在三更半夜把他漂洋过海的行李箱装了又拆，拆了又装。在美国中西部的小镇，每个月花十几美金理一次头发，让他看到了人生百态。出国十多年，他搬过无数次家，见识过无数聚散离合，才发现人和人好像星辰，看着很近，其实远到让人无法理解。他一路风尘，揣着绿卡回家，从小长大的县城却被时间之风吹走了。他和国内的亲人被疫情分隔着，他从未上网查过一次机票，因为他抱定了一个信念：总有一天他会回去的，简简单单，从从容容，就像过去回国看他们那样。

如果人生是一场足球赛，这本书就是他的上半场。也许不够跌宕起伏，也许缺少精彩射门，却是他一脚一脚实实在在踢出来的，这就是非虚构赋予本书的最大力量。

三

First Cow 是我去年看的一部片子，女性导演凯莉·赖卡特以细腻温柔的镜头语言，重筑（或是解构？）了美国西部淘金梦——那个贪婪而暴力的男性世界。我喜欢*First Cow*的这种反差，还有质感与节奏；《人间漂流》又是我的第一本书，这篇自序的题目便取自电影的中文译名《第一头牛》。

写到这里，我才意识到自己对电影的关注绝不少于文学。

说到底，我认同昆德拉为“最值得写的小说”定下的标准：他所谓的“无法改编成电影或戏剧”，是在强调小说能够抵达的复杂与多义性。与此同时，我无法拒绝电影对我写作的滋养。又是一记反差。

四

最后是感谢。

感谢沈燕妮。2016 年在燕妮主持的“网易人间”发表非虚构故事，被我认为是自己写作的开始。

感谢新经典人文社科总编辑杨晓燕老师。没有她的热情支持，这第一头牛就不会养成，更不会与您见面。选稿和修稿的过程中，杨老师提供的信任与空间，让我深受鼓舞。

感谢新经典编辑王宇昕。宇昕在出书过程中表现出的细心、耐心与责任心，让我印象深刻。

感谢那些关心我写作的朋友，是你们让写作的孤独变得可以忍受。

感谢我的家人。人生的这场球赛，你们永远是我的队友。

小杜

2022 年 6 月 23 日

目 录

下篇 —— 人间漂流

上篇

失落东北

任天堂的红白祭

一

“祭”者“机”也。所谓“红白祭”，就是“红白机”，大名鼎鼎的 Nintendo，中文音译“任天堂”。

三十年前的我们是县里第一代玩家，年幼、懵懂，光瞅日本人造的那塑料盒子一红一白两样色儿，亲切、接地气，就叫它“红白机”，根本不知道“任天堂”这么好听的名字。

二

之所以自诩第一代玩家，是因为我们最先发现了老房太太，而老房太太又是县里最早做红白机生意的。

这老房太太也未必姓房。事实上，没人知道她到底姓啥。我们只是觉得她和她那间房子都挺老的，皱皱巴巴，面相上有那么一点相通，就合并在一起，喊她“老房太太”了。

老房太太家独门独院，前院养鸡，后园种菜，当中一小平房，半砖半草，没客厅，没厕所，一灶房，一土炕，仅此而已。那两台让我们五迷三道的红白机，外加一彩电一黑白，全都摆在老房太太的土炕上。至今记得铺在炕上那人造地板革的图案，大菱形块儿套中菱形块儿，中菱形块儿套小菱形块儿，菱菱形形无穷尽也，就像《俄罗斯方块》里总也落不完的小块块儿，瞅时间长了眼晕。

想是年岁大的人都怕冷，老房太太家那土炕总烧得贼热。我们穿着棉裤盘腿儿坐她那炕上搓红白机，时间长了难免烫屁股，就改成蹲。蹲久了腿又麻，再改成坐。坐坐蹲蹲没个停歇，像一群抓耳挠腮的小猴儿。有的小伙伴打得太投入，一直烫着屁股而不知觉，还坐那儿用冻皴了的、刚抹完鼻涕的小手猛搓手柄。老房太太被搓得心疼，可是也得受着，依旧笑呵呵给我们换好卡带，端来脸盘，里面盛了温水。

“寒儿，都洗洗手吧。”

老房太太有点口齿不清，把“孩儿”叫成“寒儿”了。说来也怪，我们这群熊寒儿平时在家作妖成精，到她这儿就都听话了。那脸盆挤进来一圈儿小手，温水跟着变成了浑水，然后是黑水。老房太太也没闲着，转过身，赶紧用抹布把手柄挨个儿擦一遍。至于洗手擦手这几分钟，自然要算进红白机的钟点里。

三

老房太太按钟点收费：彩电一小时两块，黑白一小时一块。若是单打游戏，比如《恶魔城》，无需用颜色区分主舵副舵，所以彩电黑白无所谓。但像我这种注重画面体验的闷骚型玩家，老房太太那台十四寸黑白就显得廉价而可憎了。

之所以定义自己为闷骚型玩家，还有个原因：我特别钟爱“救媳妇儿”类的游戏。像《魂斗罗》《沙罗曼蛇》是救人类救宇宙的，关我屁事，画面音质再屌也没兴趣。《坦克大战》那种田字格式的鬼东西更是碰都不碰。《超级玛丽》倒是救媳妇儿了，可小狗小龟小刺猬吃蘑菇啥的咋看咋像小孩儿过家家。关键那时候不懂英语，盯着卡带背后那缺德翻译“超级玛丽十合一”犯嘀咕，玛丽不是女名么，咋一老头儿在电视里追着蘑菇呼呼跑呢？

“老头儿吃蘑菇”，是我给这部全球爆款起的绰号，以表达内心的不屑。

第一款喜欢上的游戏是《影子传说》。打斗场面包括竹林、阁楼、屏风、小河沟，武器有刀、剑、飞镖、带火的飞镖。杂兵是满天乱飞的小忍者，精英怪是戴斗笠、会吐火的老盗。居然还有必杀，就是那本能下咒语的天书。背景音乐有点糙，但很热闹，走的是正宗东洋风，跟剧情也搭。通完春夏秋冬四关，媳妇儿就穿着大红和服站那儿等我了。可惜这游戏出世太早，受技术所限，这媳妇儿看起来不但模糊，而且面无表情，根本就是一僵尸新娘。最匪夷所思的是她跟我手牵手正往家走呢，却被身后飞来一黑衣忍者给叼走了。一声不吭，就那么活活叼走了。只好从头再救，春夏秋冬又通一年，她又穿着大红和服等我，木木地也不亲我一下，又被黑衣忍者叼走，如此往复，根本就是一红白机版的西西弗斯。到最后我钱没打光呢，媳妇儿却已救腻歪了。

真正百救不腻的是《双截龙》：铁拳、飞脚、棍棒、匕首，充分满足了我们对街头混混打群架的想象。最重要的是那媳妇儿做得带劲儿，基本跟《城市猎人》一个水准。穿裙子躺在那儿，就等我干掉 boss（游戏关底的敌人）上来救呢。救完了还有对话，可惜都是日文，一句都看不懂。最后压轴的是亲嘴儿，虽说只是两片像素极低的唇形拼图贴在一起，但对我这个熊寒儿来说已是莫大的刺激了——毕竟，在游戏之外，为救这媳妇儿我可是冒着回家挨捶的风险。

四

老房太太卡带很全，五颜六色一纸箱。不过在她家的消费体验也不无瑕疵。一是前院养的那些鸡总时不时往屋里探头探脑，尤其那只公鸡胆子忒大，突然蹦上炕乱叨，被我们摁住，脖子上的毛都给薅了。二是老房太太家墙上挂的钟不准，总是快。有回她指着钟说，寒儿，八点了，赶紧把钱给了都回家，要不又挨揍了。噔噔噔跑回家一看，《新闻联播》还没演完呢。所以她其实挺黑的：一黑白一彩电，明面儿上一小时收三块，但让那破钟往前一赶，最少四块。那时候四块就不少了，学校发一套校服才收二三十呢。

当时我们没谁能一下掏出三四块的零花钱，都是调着花样各种众筹，今天你回家说发大水捐款，明天我回家说改校服加钱。大伙儿把筹来的钱捐一起，跑到老房太太家黑白彩电昏天暗地打包消费，不知算嬉皮还是共产。

今儿谁出钱多，谁就多打会儿。暂时轮不上的也别蹲炕上傻看，这么多人这么多作业赶紧帮着划拉。划拉不爽了就抢过手柄猛搓一会儿。有时居然还剩了钱，又不愿回家，老房太太就给她的寒儿们煮方便面。也是人多饭香，她煮的康师傅永远是最好吃的康师傅。

挂钟可以调快，康师傅的价格自然也是小卖铺的两倍。有时我们没钱，却想打想吃，就先欠着。欠急眼了就偷家里的国库券，尽管三十块国库券在她家只能折成十块消费，但千万别想赖账，老房太太可是翻过你的作业本儿，知道你几年几班叫啥名儿，急眼了跑学校找你去。

五

老房太太一个人单过，我们就从来没见过老房头儿。倒是有一儿子，戴一副大厚眼镜，冬天一进屋就摘下来，哈半天气才能把霜擦利索。我们叫他“房大眼镜片儿”。每次房大眼镜片儿过来，老房太太都贼高兴，杀鸡，炖鸡，最次也得包顿饺子。买卖也不做了，撵走我们这帮寒儿，收起红白机和卡带，娘俩儿坐炕上吃好吃的。

有那么一次，我犯了救媳妇儿的瘾，刚放学就跑过来，看见房大眼镜片儿拿焊烙铁修红白机，炕上摆了一大碗鸡汤。可是他修完红白机就走，鸡冠子泡在汤里，一口没动。

那鸡汤还热乎，老房太太垫了抹布双手捧起来，问我吃没吃。

我愣了一下，撒谎说吃了。老房太太就把鸡汤端回灶房，红白机插上《双截龙》，一直看着我打。平时可不这样，我们一群寒儿在炕上打，她前院喂鸡，后园浇菜。我被看得不自在，没等救完就要结账回家。老房太太居然不收钱，还说赶紧走吧寒儿，回家太晚你妈该着急了。

六

我们县里有两所小学。第一小学离老房太太家很近，简称“一小”。第二小学离老房太太家很远，简称“二小”。我因为搬家，从一小转到二小，就很少去老房太太家消费了。二小侧门口也有一处快活的所在，就是那家卖茶蛋的铁皮铺子。

当时县里都说二小教学条件不行，我在这方面早熟，已隐约猜到这是在说读二小的孩子家里条件不行。果然，一去那茶蛋铺子，这猜测就被证实了。卡带满打满算不过十盘，还都是千合一（盗版卡带，一千合一的游戏合集）那种水货。最没出息的就属那破彩电，十六寸的宽窄倒也能忍，关键是屏幕跳个不停，这玩儿个屁啊？不玩儿了！哎，别走，卖茶蛋那女的叫住我，狠拍一下彩电，就不跳了。那就再打会儿吧，我又坐下来，可很快又跳。再跳，就再拍，越跳拍得越狠，跟拍小孩儿屁股似的，我都怀疑那彩电就是被她拍坏的。

她也按小时收费，却没有老房太太收得有气魄。因为彩电屏幕跳，只敢畏手畏脚收一块五。可这么低的价，还是让二小的玩家们望而却步，《双截龙》第六关往后根本没机会见过。所以我这个一小转过来的让他们大开眼界。

卖茶蛋那女的看我出手大方，最低消费一个小时，不像别的孩子十五分钟半个钟头那么抠抠搜搜，就免费赠我一颗黑乎乎的茶蛋。剥开皮儿咬一口，又苦又咸，强忍着噎下去，不得不再花五毛钱买一瓶汽水通嗓子眼儿。

后来再去那茶蛋铺子，发现忙乎的只有那女的。她倒是有男人，瘫痪了，躺在杂货后面的床板上，时不时发出一声呻吟。她还有个娃娃，小姑娘蛋儿，在杂货堆上爬来爬去。我和二小的玩家们混熟了，都挺喜欢逗那小姑娘蛋儿的，手指伸到面前，她会表演对眼儿，我们就笑，她也跟着笑，露出奶白奶白的小牙。

那女人不光在铺里卖，还把茶蛋装保温瓶里上街卖。她人出去了，铺子里还咕嘟咕嘟煮着一锅，我们继续打我们的红白机。据我观察，二小的玩家家里条件再差，也没人动那锅里的茶蛋。不知道是嫌不好吃，还是忌惮那瘫在床板上的男人。

那男人时不时冒出一两嗓子呻吟，夹在电子乐与喊杀声当中。我们继续打我们的红白机，若无其事地盯着一跳一跳的屏幕。

有一回，那女人又扛着保温瓶出去卖茶蛋了。那天我们都不缺钱，屏幕也不跳，媳妇儿救得格外专注顺畅，还有几个二小的也抻了脖子看得兴高采烈。那小姑娘蛋儿在杂货堆上爬着爬着，一把没抓住，跌在铁筒打的火炉上，整整一锅茶蛋都翻了，扣在她身上，过一会儿才哭出来。我们都蒙了，有个二小的胆大，上去扒开茶蛋，抱起小姑娘蛋儿，撂柜台上，撒腿就跑。我们也跟着跑，一口气跑到街里，气都来不及喘，仍然能听见那小姑娘蛋儿在哭。我们问那个胆大的到底烫成啥样，他脸色土灰，说他也没看清。

那是我最后一次去茶蛋铺子。后来憋得不行，站在胡同口犹豫，可一想到那扣在小姑娘蛋儿身上的茶蛋，仿佛又听见那哭声，就不敢往里去了。

七

茶蛋铺子没的去，老房太太家也拆了，我就很少碰红白机了。好在一上初中，县里就有了投币的街机，三国、恐龙、街霸，还有打麻将脱衣服的，比《双截龙》救媳妇儿花哨太多，也就把红白机给忘了。

再往后就是高中，又出了 PS（PlayStation，索尼公司的著名游戏机系列）的游戏，《FIFA》《天诛》《月下夜想曲》，画面够细，情节够复杂，可因为有高考压着，就是提不起兴致。

等上了大学，校门口成排成排的小网吧，从来都没进去过——这，就算长大了？

所以对于游戏的回忆，就停留在红白机上吧。一任天堂，一世天堂也。

是为祭。

消失的人民影院

一

小时候看电影分两种：一种学校包场，自己不花钱，《开国大典》《焦裕禄》均属此类；另一种是港台片，自己花钱买票，比如李连杰的黄飞鸿和周星驰的唐伯虎。

电影分两类，看的地方只有一处，就是人民影院，一栋灰色的四方建筑：四方是有棱有角、毫无变通的四方，灰色则是干巴巴的、水泥墙的灰色。远远望去，当天杵地一大坨水泥块儿，门脸上漆着四个朱红大字：人民影院。

影院的墙上挂着个大喇叭，夏日黄昏，一个女人的声音从那喇叭里冒出来：

“各位观众，今晚七点我院上映港台动作片《凌凌漆大战金枪客》，票价两元，学生半价，欢迎观看。”

那时我正和爸妈围坐在饭桌上。凌凌漆大战金枪客？听得心里发痒，想马上跑到人民影院。可爸妈不答应。他们讨厌和“港台”沾上边的那些东西，包括但不限于电影、电视剧和卡带。

二

那喇叭里的女人声音，我一直念念不忘。不是因为多好听，恰恰相反，像“凌凌漆大战金枪客”这么诱惑的名字，让她一读就没了顿挫，少了起伏，枯木般了无生气。每次路过影院，我都在门口徘徊，打量每一个出入影院的女人的脸，试图把那枯木般的声音同一张实实在在的脸联系起来。可那些脸年轻、活泼、漂亮，没有一张像会发出枯木般的报幕声。

我一直没弄清给人民影院报幕的究竟是谁。一点线索都没有。

夏日落雨，她的声音从雨雾穿越而来。春天起风，就像风筝一样飘荡。有时风大，声音做的风筝也难免脱了线。我看家里的挂钟，明明已经六点，却听不见女人的声音。站在院子里也听不见，只有春风招摇而过，摇得院里的樱花树瘦了一圈，地上的粉色厚了一层。我想，难道今天黄飞鸿不踢无影脚了？毕竟连踢一个月，黄师父踢不累，我们也看累了。或者，是她今天病了？可她那声音风吹不动雨打不湿，怎么会说病就病……岂容我多想，又是一阵春风，女人的声音挟着樱花悠然而至：

“各位观众，今晚七点我院上映国产故事片，《摇啊摇，摇到外婆桥》，张艺谋导演，巩俐主演，票价一元，欢迎观看。”

什么？摇到外婆桥？国产故事片？没意思，难怪才一块钱的票价。

多年后在芝加哥市的图书馆，翻到一部国产电影的DVD。巩俐的红唇，李保田的墨镜，我抚摸着它的封面，默念着“摇啊摇，摇到外婆桥”——如此乡愁诗韵的名字，谁会想到居然是一部黑帮片。

三

读高中那会儿满大街都放席琳·迪翁的《我心永恒》，人民影院连放一个月的《泰坦尼克号》，就倒闭了，用县里人的话讲就是“黄了”。现在想来，那简直是回光返照。

在我们县，谁和谁谈恋爱没谈成，就说“他俩谈对象谈黄了”。谁和谁婚外恋没婚外明白，就说“他俩搞破鞋搞黄了”。谁家开小吃铺没开明白，就说“他家饭店黄了”。谁家猪没养明白，就说“他家猪黄了”。谁家单位快倒闭了，就说“开不出资，肯定他妈黄了”。总之这“黄”字一到我们县人嘴里，就变得气象万千，吞含了一切的负面、一切的不如意、一切的哀伤。人民影院，就这么黄了。

再也听不见那女人的声音了。枯木也好，了无生气也罢，那大喇叭一下子沉默了。好似原本一个整天讲话的人，突然被扼住了喉咙。

可人民影院的建筑依旧当天杵地。我站在它面前，不觉得它有多高大，只发现自己很矮小。大喇叭还挂在水泥墙上，依旧高高在上。抬头望去，有一口洗衣盆那么大。它冲着比水泥墙还铅灰沉重的天空，大张着嘴，好像随时要咆哮。可是我看了半天，它还是默不作声，就这样永远缄默：不是喇叭后的女人病了，也不是黄飞鸿踢不动无影脚了，是人民影院黄了。

可人民影院只是黄了，它并没有死。高三那年，县里跟江对岸开通口岸，突然来了一个文化交流团，敲锣打鼓进驻了人民影院。我一听什么交流什么团就倒胃口，何况又是高三，就没去凑那热闹。结果人民影院里跳了一春天的舞，三十块一张票的那种舞，童叟无欺。之前是“外婆桥”，现在是“文化团”，我又被名字摆了一道，后悔死了。

等我读了大学，文化交流团也不跳舞了，继续南下。

人民影院，那灰色的水泥建筑再一次人去楼空。

好在县里又招来一帮南方人——县里不管南方人叫“南方人”，叫“南方仁儿”——不但有钱，也能折腾，挖矿的挖矿，炸山的炸山，洗浴的洗浴。人民影院被囫囵包给一个南方仁儿。灰色的水泥建筑，对着天空永远沉默的大喇叭，摇身一变成了“南国娱乐城”。“人民影院”四个朱红大字，也被白漆涂掉了。因为字太红太大，据说用了整整两桶漆。可惜南方仁儿来得快，去得更快，于是人民影院再一次空了，徒留一道厚厚的白漆，活像狗皮膏药，贴在脑门儿上，再也摘不掉了。

四

再后来就出了国，两张机票把父母接过来，一家三口在饭桌上唠闲嗑。母亲说她在县里每天都踢毽子。我问在哪儿踢。她说就在人民影院门口踢。

不消说，这人民影院是一直黄着了。据说国内早就把影城开到国外，让世界也见识见识我们票房动辄几十亿的国产大片。可为啥我们县至今没有一个能坐下来看电影的地儿呢？刷惯了手机和平板电脑的县里人，还记得坐电影院里啥感觉么？

得，我不过是个出去回不来的书呆子，县里人自有县里人的活法，我这一问恐有不食肉糜之嫌。

饭桌上，我夹起一块母亲煎的刀鱼，细细地嚼着。三口人围坐在一起，这场景何其谙熟。我放下筷子，回到往昔的夏日，傍晚六点，雨后初霁，人民影院水泥墙铅灰凝重，喇叭后面一张陌生女人的脸，她的声音跃过彩虹，踏着樱花，准时准点，不离不弃。

街机大道东

一

提起三国，有人脱口而出“一吕二赵三典韦”，有人心下默念“分久必合，合久必分”。可对于三十年前的我们，三国就是“小恒发”的那台《吞食天地Ⅱ》。

彼时县里有大小两家“恒发”游戏厅。“大恒发”场子大，机子多，却地处主街，家长们上下班经常路过，我们平时不敢去，只能趁周末双休进去猛嗨。小恒发的位置就很亲民：绕过二中厕所，翻过半截围墙，走到胡同底儿，就能见到那个臭烘烘的犄角旮旯，铁皮门上歪歪斜斜一行粉笔字：“恒发电子欢乐大世界”。

这小恒发一前一后两间屋，前屋是锅碗瓢盆半张土炕，老板和老板娘在无数苍蝇当中吃喝洗睡。后屋才摆着那十台喊杀震天的机子，也就是我们的“欢乐大世界”。

这十台机当中，《吞食天地Ⅱ》最受欢迎，因为它既古气拂拂，又充满了杀马特质感的漫画风：关云长撇下青龙偃月刀，挥舞起通体发光的草薙神剑；吕温侯金发碧眼，给曹丞相当起了贴身大护法。最夸张的是斩掉第二关boss夏侯惇，会出现一个奖励关卡，摆在五虎上将面前的是一大盘肉包子和鸡腿，须在一分钟内全部吃掉，根本就是美国人搞的“吞食汉堡大赛”。怎么个吞食法？猛摇柄杆猛拍键钮是也。我们那时发育参差不齐，有些孩子身量小，够不着，拍起来连蹦带跳。可小恒发机子破旧，不比大恒发的新机扛造，拍几下就坏了，那关羽跟小脑抽筋似的斜着来回走。我们趁机喊：“老板，机子坏了，退币！”老板便拎了焊烙铁骂骂咧咧横过来，拆开操纵板，脑袋和烙铁埋进去，吱吱冒了股黑烟，机子便修好了，但币子决然不退。作为报复，我们继续猛拍，关羽小脑就继续抽筋，老板的手就和烙铁分不开家了。

最后，老板烦了，说我这手是他妈用来摸媳妇儿的，不是用来摸烙铁的。当下用粉笔在机子上画了八个大字：“不许吃饭，违者必究！”

“不许吃饭”虽有歧义，却是业内行话，我们都知道是不让摇杆拍键的意思。可“违者必究”的惩罚标准就神鬼莫测：有时关羽刚啃两口鸡腿，被老板抓个现行，只是骂两句，口头教育而已；有时倒霉，赶上老板跟老板娘对骂，那可就真刀真枪罚币子了。轻则两个，重则十个，全依他们对骂的惨烈程度而定。但罚币子终归起了效力，我们不敢拍了，关帝爷只好对着鸡腿发呆。

有一回中午过了上学的点儿，还有一大堆孩子围着《吞食天地Ⅱ》手舞足蹈。原来是张飞一刀将徐晃劈为两截，马上就能见到最终 boss 吕布。大家还没见过通关后到底啥剧情，家也不回学也不上，一个个饿着肚子给张飞当粉丝，七嘴八舌好不热闹，连华容道上的喊杀声都被盖过了。

那位掌舵的玩家自然得意，屏幕里的燕人张翼德更是虎步向前势不可挡。突然，所有孩子都闭上嘴，那沉默降临得不怀好意。玩家心下一凛，回头看去，母亲正怒目相向。

耳朵被揪住了，他装作若无其事。比起这点疼痛，他更在乎自己在粉丝面前的形象。

“放学你就在这儿鬼混？”母亲问。

“我才玩儿上，中午老师压堂了。”

“我刚从学校过来！”

挨了一耳光，他倒没哭，只是颜面扫地。粉丝们一起声援：“阿姨，他真的刚过来！”

猩红披风的吕布大吼一声登场，张翼德却呆在那儿纹丝不动，任凭刀剑往身上招呼。

“妈，我跟你回家。”他捂着脸往外走。

母亲却发现了那八个粉笔字：“不许吃饭，违者必究！”

“谁不让你回家吃饭？”母亲又揪住了他的耳朵。

“不是不让我吃，是不让人家张飞吃。”

“阿姨，这游戏是三国，他选的是张飞……”粉丝们热心帮忙解释。有一个却没那么讲究，二话没说接盘了张二爷。

“就是你不让我儿子吃饭？”母亲去前屋怒问。

“大姐你说啥？”老板正盘腿坐在土炕上吃韭菜盒子，莫名惊诧。

他被母亲揪出胡同口，感觉耳朵不再属于自己了，才哭出来。

这个没挺到最后的玩家就是我。至今还记得耳根深处的撕裂感和二中厕所飘来的臭味。

二

母亲回家跟父亲说了。父亲在交警队上班，隔壁就是公安局，于是小恒发被停业整顿半个月。

我受不住张飞战吕布的诱惑，又捏了鼻子绕过二中厕所，钻进小恒发的胡同，铁皮门上贴着“停业”的封条，轻轻一推，门内喊杀声依旧。小伙伴们一哄而入，我却被老板挡住了。

“你还有脸过来？”老板说。

“我回家跟我爸说你家又开业了。”

“小瘪犊子。”老板被挫掉锐气，放我进去了。

这老板是地道的东北人，挂着一张坑洼不平的长马脸，嘴里爱嚼根干肠或黄瓜，全身枯瘦干瘪，唯有肚腩是鼓出来的。老板娘生得小鼻小嘴，更显眼大。梳不等式，上很重的妆，毛边的牛仔套裙，丝袜下的趾甲涂成暗紫色，活像港片里走出来的人物。只可惜牙口颜色不好，万万不能放开了笑。她自己也清楚，所以总是板着一张小脸，冷若冰霜。再加上是南方口音，让人摸不清她和老板的来路。

与这一身港片范儿不相称的是她烧炕烧饭的日常生活。我们每次大呼小叫冲过前屋，她都缩成一团蹲在烟雾缭绕中。所以这位县里的街机西施只可远观，一者牙像染过的日本仕女，二者浑身都是油烟味儿。

三伏天热，烟雾中潜伏着千军万马的苍蝇，落在她脸上，落在她胸前，落在那双穿丝袜的腿上。饭烧好了，烟雾散尽，二中厕所味儿又飘过来，惹得苍蝇们嗡地一起杀出来了。

“妈的，不吃了。”

老板筷子一丢，撅了根黄瓜蘸蒜蓉辣酱。

“你他妈爱吃不吃。”

老板娘夹起炖开皮儿的油豆角。可是两根筷子落了两排苍蝇，只好去街里烤火腿肠。

像这样有上顿没下顿地对付，再加后屋那十台机子没日没夜的噪音，难怪两口子钱挣再多也胖不起来。非但不胖，火气还大，经常当着我们面对骂。

“我要是牙好，能看上你？”

“那你滚啊？滚回厦门，滚回洗头屋！”

“你说的？咱俩离？”

“离！孩子都生不出来，我到底图你啥？”

后来我们才知道她以前是洗头屋的，在厦门的夜摊和老板好上了。他那时身份暧昧，介乎于民工和不安定流动人口之间。俩人一开始摆摊涮麻辣烫，攒了点钱领了证，盘下十台旧机子，来我们县开了小恒发。

该骂的骂了，不该骂的也骂了，老板娘一怒之下跑到儿童公园吃炒冰果，去人民影院看李连杰版白衣飘飘的洪熙官。她当然知道男人们在瞄她，于是更板起那张圆脸。这些目光让她想起厦门的往日，有怀念，有痛苦，到头来还是没什么意思，便踏着人字拖独自回来了。

“野哪儿去了？”老板嚼着干肠笑问。

“你管我？”

“没野回厦门？”

“野你家去了！”

老板娘也笑了，一口乌黑，吓了我们一跳。倒是老板早就习惯了，而且心情大好，一块钱卖四个币会赠我们一个，只是还要骂一句“小瘪犊子”。

三

小恒发生意火爆，老板进了第十一台机子《街霸Ⅱ》。红人、白人、警察、大苏联、中国妞……这些耳熟能详的角色绰号，也从大江南北飞入县里这条小胡同。

其实《吞食天地Ⅱ》的热闹，基本来自围观粉丝，老板卖不出多少币。可《街霸Ⅱ》这种对决类游戏就疯狂吃币了，所有人都排队等着往里投。每当币子告罄，老板就打开《街霸Ⅱ》的机板，里面保证全都是币子。

大恒发也从省里进了《街霸Ⅱ》，而且是新机子，但大伙儿就是愿意挤在小恒发排队。究其原因，还是人类爱蹭热闹的天性。尤其是那些有两下子的高手，更愿意和别的高手扎堆。

当时县里有两大绝顶高手，一个爱用大苏联，一个擅使白人。用大苏联的已经读高中了，戴着眼镜，嘴角毛茸茸的一层，那招“麻花大坐”使得虎虎生风。使白人的叫小铁，家里就在胡同口炸麻花儿，浑身油腻腻的，个头也不矮了，却还在小学三年级蹉跎。其实他和我同年，本来该上五年级，但游戏打得太猛，家里又不管，才连着蹲掉两个年级。

小铁和那高中生对决时，别人都不敢投币，因为大家都知道自己几斤几两，投了也是送死，能看上热闹就很满足了。高中生沉默不语，眼镜片反射着屏幕的光芒，下手奇准无比，手腕一摇就是一个麻花大坐，半管血唰地就掉没了。小铁更非善类，白人的“葵花连”又快又狠，但他是个话痨，本该属于白人的戏份全被他那张破车嘴给抢了。

“小样儿的，欠揉！”

这是白人用近身投把大苏联给摔倒了。

“蹦过来呀，我嚎不死你！”

“嚎”是“嚎呦根”在县里的简称，这意味着白人要发那招举世闻名的升龙拳了。

一个高中生、一个小学生，一个沉默、一个话痨，各有千秋，难分伯仲，我们看得心悦诚服如醉如痴。一下午就跟那半管血似的，唰地就掉没了。

可这样的激情对决，只维持到夏天，那个高中生突然就不来了。据说他家不在县里，在下面的农场，因为打游戏没考上大学，只好回家种苞米了。

没了大苏联，白人也寂寞寥落。只要小铁一投币，大家都往后闪，他那张破车嘴也只能对着CPU（主机）毒舌了。

“小样儿的，欠揉！”

“蹦过来呀，我嚎不死你！”

然而连小铁也嚎不下去了。他家的炸麻花儿在年前生意最好，可惜一个油点迸起一簇火星，大火在夜空下像一群金色的狮子乱舞，等到天亮铺子被烧落架了。那时小铁的个头已经蹿起来了，便辍学不念，到县客运站门口蹬“倒骑驴（人力三轮车）”，三块钱一趟，风雨无阻，补贴家用。

好在小恒发江山代有才人出，很快又凑齐一批高手，门庭若市依旧，兴高采烈依旧，无论小铁还是高中生都被忘在脑后。偶尔，后屋钻进一个嘴角毛茸茸的大个子，也不投币，也不搭话，默默站在人堆后面，没头没尾看了几局，掉头就走。那辆三块钱全县满地趟的倒骑驴，在他胯下嘎吱作响。

四

《街霸Ⅱ》让老板结结实实挣着钱了，激起了雄心，不但连进几台新机，还扒掉前后屋扩建，颇有赶超大恒发的意思，只可惜二中飘来的厕所味依旧。

新进的机子里有《野球拳》，其实就是和CPU猜石头剪子布，只不过CPU是真人版的女郎，而且可以选择主妇护士钢琴师等身份设定。猜输了，投币；猜赢了，CPU就一件一件往下脱衣服，吸引着县里那些进入青春期、头发染成黄色的家伙。于是小恒发经常会发生这样的对话：

“瞅谁呢？”

“瞅你呢！”

“不服啊？”

“服你妈！”

一言不合，出去单挑。老板不卖币子了，跟我们一起出去看这场真人街霸。

但见俩人立在臭烘烘的胡同里，都不动手。“干支黄瓜架子！”老板表示不满，却没回屋的意思。我们捂着鼻子，也不耐烦。

俩人骑虎难下，只好向对方扑过去。再加地上一双影子，好像四个人抱在一起跳舞。开始见血了，老板张嘴看着，我们也抻起了脖子。

俩人都停住了，脸上是血，身上是灰，地上那双影子气喘吁吁。

“你要牛逼就别走！”一个咬牙切齿走了。

“你快走吧，”老板劝另一个，“他找人去了。”

剩下一个原地转了几圈，拍拍身上灰，“我他妈也找人！”也咬牙切齿走了。

地上那双影子在相反的方向上消失了。小恒发门口只剩一团脚印，几点血渍。老板没过足瘾，也只能回去卖他的币子。我们继续吞食我们的天地，喊杀震天，一切照旧。

有那么一次，也是胡同里的真人街霸，一个抄起砖头往对方脸上拍。等砖头落地，俩人都愣住了。老板很满意，领着我们齐声叫好。另一个只得发狠，亮出一柄三叶甩刀。

老板没叫好，也不拉架，只是喝道："不准动刀！"

我们也跟着喊："不准动刀！"

结果当然是动刀了。刀子亮出来若不比画一下，在县里会很没面子，比被捅一刀还难受。只是这一比画，就把刀子比画到了脑袋上。

我当时很害怕，又舍不得走，就躲在老板身后。从我的角度看，刀子好像插在了太阳穴上。那人歪着头，一只手攥住刀把，另一只手在空中扑棱，像一只没宰透的鸡，在地上乱转。

另外一个愣了愣，一溜烟儿跑了。被捅的那个居然还能说话："他跑哪儿去了？"

我们大骇，老板也说不出话，只往西边指了指。那人迎着斜阳没走几步，一头栽在胡同里，手上还攥着刀把。

老板缓过神，正要关门大吉，救护车呼啸而至。

"是我打的120，"老板娘说，"最见不得动刀子，我弟弟就是被人捅死的。"

120开走了，110又开进来了。动刀那个没抓着，反倒封了小恒发，顺便没收那台《野球拳》，理由是"非法传播淫秽音像制品，毒害教唆未成年人犯罪"。

老板好一番打点人情，才赎回《野球拳》，重新开业。出了不少血，但他没怪老板娘，只嘟囔"以后再也不让那帮黄毛进来，来一个往外踹一个"。

五

经此重创，生意一落千丈。大恒发又连进《侍魂》和《拳皇》，小恒发越发显得过气了。

来的人少，并非全是坏事。至少老板娘感觉不错。以前来的那几个黄毛，一边猜《野球拳》，一边瞄她那双腿。现在都撵没了，只剩我们这些没长开的小子，她可以放心大胆在家洗头，对着镜子摘下耳环，哼唱“往事不要再提，人生已多风雨”。多年后我看了那部《霸王别姬》，才知道这首老歌叫《当爱已成往事》。

她卸下妆，叫老板往盆里添热水，慢慢弯下腰，刚一沾水就喊烫。

“烫根毛儿！”他往她头和肩上抹海飞丝。

她大笑，吊带背心都湿透了，满地的水，满屋的海飞丝泡泡，完全当我们不存在。

连笑带闹洗完了，她撩开一头湿发：“今晚我不做饭了。”

他看着镜子里戴耳环的她：“今晚我也不做。”

“你去买串儿吧，我头发湿，不想出去。”

“败家娘们儿。”他笑着去了。

她的头发还没干，烤串儿已经捧回来了，油滋滋地绽放，像一大束肉感的花。还有啤酒，两口子上炕对瓶吹。他脱光膀子，见我们还不走，便打着酒嗝骂道：“都给我滚，再不滚就停电。”

“停电就退币！”我们一起喊。

“这帮小瘪犊子。”

他笑着躺下吹电风扇，吹着吹着，就吹出了鼾声。她把转速调成微风，来后屋跟我们打《街霸Ⅱ》。

她选了谁都不选的中国妞，身上没有油烟味儿，只有海飞丝的味儿。我们都打得很卖力，可一袭蓝裙的中国妞在半空腾挪几下，就没了兴致，呆呆站在角落。

她面无表情，点上一支烟，往《野球拳》的机子叮叮当当投下一串币子，让代表CPU的女钢琴师频解衣衫。她冷笑一声，长吐一口烟，关掉电源，屏幕里的世界灰飞烟灭。

“赶紧回家。”她板下那张好看的脸。

“币子咋办？”我们问。

“每人退十个。”

十个币不少了，我们怕她反悔，揣兜里赶紧走。前屋的风扇来回吹着，他鼾声如雷。她一台一台关机，胡同尽头的小恒发也跟着一点一点暗下去了。

六

生意继续往下跌，老板一边抱怨“都是二中那厕所给妨的”，一边试图挽回颓势：砸血本进了台水果机，闪闪亮亮一个彩灯，转到苹果吐五个币，转到西瓜吐三十个，对于买币子的和卖币子的都是纯粹的赌博。他太心急了，把中奖难度调到最高，无论我们怎么投币都有去无回。

这台新水果机在小恒发的角落空转着彩灯，眼看又要沦为一场寂寞，直到那个中年男人坐在它面前。我们都很奇怪，因为他的皮鞋一尘不染，黑西装笔挺合身，白衬衫也掖得一丝不苟，简直是个机关干部之类的人物，根本不该出现在这里。

老板不知对方来路，笑着敬了支烟，那人摆摆手，买了十块钱的，四十个币子摞成四摞，码在水果机前。搬一张凳，正襟危坐，投一个币，拍了一下木瓜的按钮，彩灯飞转起来。我们都看着，以为来了不世出的高人，彩灯却毫不客气地落在香蕉上。他再投一个，还押木瓜，又落到橘子上。我们难免失望，不再理他，继续我们的《街霸Ⅱ》。彩灯不停飞转，嘀嘀响着，像只贪婪的蜜蜂。他点上一支烟，漠然地对着屏幕，一直拍木瓜，像是跟这种水果过不去。四摞币子变成三摞，两摞，一摞。最后一个币，最后一次拍木瓜，彩灯慢慢落在了葡萄上。他起身就走，外面响起一阵马达：他原来还是个骑摩托的。

老板在水果机前蹲下来，从里面掏出四十个币，十分快意。

第二天这人又来了。还是十块钱的币子，码成四摞，正襟危坐，面无表情，依旧拍木瓜，输完就走。老板彻底失去敬畏，非但不再敬烟，背后还追加一句“傻逼”。

那阵子这人成了常客。因为只押木瓜，我们给他起外号“大木瓜”。有一天大木瓜竟押中了，中的就是木瓜，越中越多，四摞变成八摞，十八摞，二十八摞。老板在旁边歪歪嘴。

可无论输赢，大木瓜只默默抽他的烟，对着屏幕出神，一个币接一个币往里投，投完就拍木瓜，仿佛机械地在完成某种仪式。烟灰落在西裤上，也只伸手一拂了事。白衬衫高高地挽起袖口，露出一截青筋暴跳的腕子。

“别弄脏了，”老板娘看不下去，板着脸递来个旧茶缸，“往这里弹吧。”

老板瞪了自己老婆一眼。

那人接过茶缸，轻轻放在地上，继续押他的木瓜。

这时进来一个小姑娘，径直走到水果机前，站在那男人身旁。

“爸，该回家了。”小姑娘对着旋转的彩灯说。

那男人捡起茶缸，币子都放进去，递给老板：“等我再过来的。”

父女俩一前一后出去了。又是一阵马达声。

老板很不屑，一茶缸的币子往桌上一摔。我们却面面相觑，因为那小姑娘可是学校里的三道杠，和我们同年不同班。她有没有认出我们？会告老师么？老师会找家长么？我们被这些问题折磨一夜，第二天提心吊胆去学校，偏偏又撞见她，戴着三道杠登上主席台，都吓坏了，以为是要在全校面前揭发我们，谁知只是例行公事领唱国歌而已。

魂不附体地挨过这一天，老师的教鞭也确乎没抽到我们的手心上。第二天还是如此。我们又迫不及待绕过二中厕所，翻墙跑去小恒发了。

结果那位大木瓜又坐在水果机前，码了几摞币子，赌到女儿放学又来找他。

她的三道杠摘下来了，红领巾也不戴，对着炫目的水果机发呆，全然没了在学校里的气势。大木瓜输掉所有币子，反倒很放松，像是完成了仪式，骑着摩托带女儿回家。

“当妈的呢？”老板娘摇头叹道。

“咋的，心疼了？”老板拉下一张马脸，“要不你去给当妈？”

“滚！”

考完期中试，语文老师给我们读全年级的范文，《我的妈妈》，作者就是那位三道杠，开篇即云：“妈妈不在了，我和爸爸都很想念她。”

七

期中考完就是期末，再往后就是小学升中学。小恒发愈发败落，老板越发颓废，整天躺炕上抽烟，机子坏了也不管，估计连自己坏了都懒得修，简直是县城里躺平者的先驱。

县里又开了好几家街机厅，花样多，币子又便宜，把大恒发都快顶黄了。偶尔再钻那条胡同，那扇铁皮门已经上了锁，“恒发电子欢乐大世界”的字迹模模糊糊，往门上踹一脚，我也就悻悻回去了。

满嘴脏话的老板和板着小脸的老板娘去了何方，没人知道，没人在乎。

只要不是“滚回洗头屋”就好。

从大学放假回县里，网吧如雨后春笋，街机厅苟延残喘，大恒发已经变成了水果批发点。滚滚长江东逝水，浪花淘尽英雄——《三国演义》这开篇词用在我们县的电玩江湖可谓分毫不爽。

再过十年，我回国探亲，去县公安局补办第二代身份证。刚好路过二中，拐进去一看，教学楼是新的，主席台是新的，老师学生全都是新的。常年发臭的厕所没了，半截围墙没了，后面那条小胡同也没了。或者说它们其实还在，只是幻化成了新建的塑胶足球场而已。

我踩着铺满黑胶粒的假草，远看那群孩子追逐一个皮球，好像在阳光下捕风捉影。从童年到少年，我不觉得有太多值得怀念。那只是一段臭烘烘的时光，充满了打打杀杀的电子音。可就连这，也没了。

我这人大概什么都不曾有过。

豆腐状元

一

从小喜欢吃豆腐。麻辣豆腐、豆腐煎鸡蛋、豆腐炖萝卜、豆腐海带汤、豆腐白菜汤……母亲换着花样煎炒蒸炖，我亦百吃不腻，渐渐成了习惯。

我们县十月飘雪，三月开化，每年有一半天寒地冻，见不到什么新鲜蔬菜，难免上顿下顿吃豆腐。在我自然是乐事：一块块豆腐又白又嫩，冒着热腾腾的活气，简直就像刚出锅的方形小胖子。

那时有不少卖豆腐的，大多上了年岁，推着板儿车，“豆腐、豆腐”满街吆喝。现在想来，人家是有行规的，事先分好地盘儿，你卖一粮店南边那片平房，我卖北二道街的家属楼，切豆腐一样把县城切成十几块儿，这样大家才都有的吆喝，才都有的卖。

我家那片儿卖豆腐的是一个南方女人，面相老，个子小，腰又直不起来，远看不像推板儿车，倒像趴在上面。但她速度可不慢，我在家里听见吆喝，拎盆冲出去，她和板儿车已经出了胡同口啦。

她吆喝起来像唱戏，叽里咕噜一长串，绵远悠长，颇具穿透力，我在卫生间刷牙听得一清二楚，就是不懂她那串词儿到底是啥。不过无所谓，反正卖的是豆腐，吆喝不出油条浆子就是了。

豆腐分老嫩，我人小嘴浅，吃不出来。母亲却在乎，总嫌那女人卖的豆腐不够嫩。每次给我零钱，都嘱咐挑板儿车中间的拣，因为边儿上的豆腐“都让风给吹老了”。

我听了好笑：那豆腐难不成是人脸磨出来的，风一吹就老了？但我还是去让那女人挑中间的拣。她停下板儿车，叽叽咕咕说个不停，抱怨我挑三拣四，又夸耀她家的豆腐没有半块儿是老的。她摘下棉手套，掀开盖豆腐的军用棉被——那手指黑红短粗，像刚从地里挖出来的胡萝卜——军被下是透明塑料布，塑料布下是土黄的帘子，帘子底下才是白白胖胖的豆腐，娃娃似的被包了一层又一层。豆腐呼着白汽，她的嘴也呼着白汽，眉毛鬓角挂了一层霜，有点像武侠片里某个不世出的高人。

我冻得手指都快粘到铝盆上了，拣了豆腐就往家跑。刚跑两步又听见她吆喝，也不绵远悠长了，而是又急又冲，似乎跟我有关，猛一回头，才想起忘给她钱了。

她板儿车上的豆腐很便宜，两毛五一块儿，三四块就够一锅麻辣豆腐。一板儿车豆腐能有百十来块，满打满算也就几十块钱的买卖。母亲给我买豆腐的钱，都是块儿八角的零钱，可还是有法克扣五分一毛的去混游戏厅。一个币子两毛五，一块豆腐也两毛五。记得那时语文课本上有《卖炭翁》，配了插图，牛和炭都是黑的，老翁的胡子眉毛是白的。我看着手痒，用涂改液把黑牛改成花牛，黑炭涂成白豆腐，歪歪斜斜添上“一车豆腐，一百个币子”。

二

可惜好景不长，我在游戏厅被母亲堵住了，回家一问，钱居然来自每天早上的拣豆腐，她以后就自己拣了。依旧挑中间嫩的拣，嫌人家手不干净，还自己带了小铲刀。母亲能听懂那南方女人的口音，两个女人就在胡同口唠上了，一个靠着板儿车，一个拎着铝盆和铲刀。比娃娃还软还嫩的豆腐，都让风给吹硬了、吹老了。

母亲回家，一边添油炸锅，一边说那女人本是一家四口闯东北，丈夫因为肝病走了，剩下她磨豆腐供两个儿子读书。老大上高中了，聪明、用功，一表的重点院校打底。老二还在初中，学习一般，但是听话，帮家里干了不少活儿。总之这个家少了一个卧病榻的，却多出无限希望。

爸妈啧啧不已，夸人家孩子有出息，更数落我身在福中不知福。我默不作声，连挖两勺豆腐，跟碗里的米饭搅成糊状。

那时我刚上高一，英语烂泥扶不上墙，摆弄不明白语法。班主任偏又是教英语的，最得意的学生叫王达，英语课代表，不单自己成绩好，还爱给人讲题，在班里很受欢迎。王达有个弟弟叫王进，在读初中，据说家里条件很差。但到底多差，班里没人知道。我们只能看到王达平时穿两套校服，一套是过去初中发的，一套是现在高中发的。两套校服换洗得很勤，闻不出豆腥味儿，他自己又守口如瓶，谁能想到他家里是干吗的。

还是当妈的说走了嘴。卖豆腐的女人再一次见到母亲，嘴里哈着白汽，说她家老大叫王达，英语考了“全县第一”。

“你们学校有叫王达的么？”母亲回家问我。

“有吧。”我打了个哈欠。

“英语是考第一么？”

“不知道。”

“你跟这么出息的孩子多学学吧！”

期末考试王达学年第一，我英语没及格。家长会上，母亲和他妈妈坐一起，一个被班主任请到上面介绍经验，一个跟老师做出各种保证。母亲回家没训我，倒是和父亲商量要请状元一家过来吃饭。

这饭虽然没吃成，却比骂我更让我难受。

真正的刺激还是来自恋爱。当时我喜欢班里一个短发女生，男生们背后说她是假小子，还说她胖，但其实都觉得她好看、丰满，能激发各种联想，所以她永远是各种见不得台面的话题中心。那女生英语也很厉害，能报奥赛的那种厉害。我喜欢她的方式就是上学放学跟在后面走，而且不远不近，因为太近怕被她回头看见，太远又看不清她书包上星星的颜色。

当时班主任想制造一点学英语的气氛，于是发动同学起英文名。王达是课代表，又是全县的奥赛种子，当仁不让起名叫

Adam，发音与他名姓相近，而且 A 排在字母首位。那女生毛遂自荐，站起来说她姓夏，就叫 Eve。刚坐下，王达回头看了她一眼，看得我心里一沉，回家翻开自从买来就没碰过的牛津双语词典，才知 Eve 是夏娃。往前翻到 Adam，不敢细看，还是忍不住看了：果然，Adam 不是别个儿，正是天杀的亚当。

亚当，肋骨，夏娃，裸体。然后就是省城的奥赛，班主任领着 Adam 和 Eve 坐火车去的，还给少男少女各做了一套手工西服。女生们说亚当穿上西服真帅，男生们笑夏娃的裤裆太瘦。无论哪种说法，我都强装没听见。

胡同口，卖豆腐的女人也不再迎风吆喝了。她的板儿车上绑了个电喇叭，童声清清脆脆："新鲜豆腐，两毛五一块儿！"

"这是你家老大王达么？"母亲笑问。

"老大不在家，去省里参加比赛了。"她也笑，"喇叭是老二给装的，怕我天天顶风喊伤了脾肺。"

母亲要请她母子三人来吃饭。她笑说太客气啦，等老大从省里回来再说。

"省里什么比赛？"

"英语比赛，国家办的，国家掏钱让我儿子去的，来回报销吃住，还给做套西服，取上还有奖金呢。"

"这么大的好事儿，别说公费，就算自费也得让你儿子去。"

"自费可不行，我得推多少车豆腐！"

越说越开心，她拣了板车儿当中最嫩的四块送给母亲。那天干巴冷，我站得很远，还是能看见豆腐和那女人呼出的白汽。

三

王达从省里得胜归来，带着他的夏娃。学校大操大办，主席台上发奖状，发现金，连县电视台的摄像机都架进来了。于是在家里的电视上，我和爸妈见到了王达，看着和平时不大像，有些腼腆，半低着头说感谢县里，感谢学校，感谢家里。母亲想看看王达家里到底什么样，可是镜头一切，换成班主任和那个姓夏的女孩，坐在学校新建的语音室里侃侃而谈。母亲问谁家姑娘脸这么圆，我说那是我班学委。

母亲又提请客的事，我不爱听，扒过早饭，匆匆出门了。那天莫名其妙起了暖意，整个胡同被雾填满了，湿暖暖的，吸进肺里很舒服。胡同深处，“新鲜豆腐，两毛五一块儿”的电喇叭照常响起，却显得有气无力，难道是快没电了？

拨开白雾，入眼的是七零八落的板车儿。王达的母亲仰面躺着，身上是雪白的豆腐，脸上是血，像遮了一面小红旗。电喇叭还在吱吱呜呜叫着，却不知被大雾埋在何处。

雾里冒出三三两两的路人。有的说司机缺德，撞完就跑。有的说看街里哪辆车上蹭了豆腐，就是哪辆车肇的事。还有的说这就是卖豆腐的点儿背。说完又各自钻回雾里了。我怕看见雾散尽是什么样，低头往外闯，可雾里到处都是染血的豆腐块儿，到处都是嘶哑的电喇叭，声音拖得变了形：两——毛——五——一——块儿！

班里的早自习和往常一样，亚当夏娃前后排讨论题目。王达很认真，只不过他每说一句，姓夏的女孩都跟着笑，笑得毫不掩饰，生怕全班没听见。我翻开课本，反复读着那句“孔雀东南飞，五里一徘徊”，眼前还是一片大雾。

校长进来了：“王达同学请出来一下。”

雾到底散尽了。我的位置靠窗，隔着玻璃和过冬的塑料膜，影影绰绰看见王达走在校长前面，弯腰上了警车。姓夏的女孩跑到我这儿看，同学们也都围上来了。看那警车开走，女孩冲了出去。大家七嘴八舌，班主任进来一声怒喝，才各回各位。

我溜（瞟）了一眼窗外，那女孩已出了校门。

整整一天，王达没回来，女孩也没回来。放学我走到胡同口，豆腐、板儿车、电喇叭、脸上有血的女人全没了。日光之下，路人匆匆。

回到家里，母亲盛了一碗海带豆腐汤，问我早上看没看见。

“看见了。”

“她儿子呢？”

“被叫走了。”

那碗海带豆腐汤谁都没动，直到晚饭也没人动。

四

老天无常，昨天起雾，今天下雪。姓夏的女孩回到班里，因为头发短，眉心鼓出的疖子格外触目，被班主任叫到办公室，整整一节课才回来。

王达没来上学。有人看见他在教育局门口举着纸牌：“还我母亲”。弟弟王进另举一个牌子：“严惩凶手”。雪花又大又沉，直直地往下砸，哥俩举一会儿就得拍身上的雪。好在没刮风，街对面又是客运站，门口就有烤地瓜。

母亲下班路过，也看见了王达，回家说这卖豆腐家的老大跟电视里看着不像，老二没长开，还像个小孩儿。又说雪里看热闹的人不少，教育局那门卫披着大棉袄，时不时出来撵人。有人问哥俩儿为啥不去公安局门口，王进说公安局不让我俩站门口。再问，弟弟就被哥哥喝住口了。倒是教育局门卫给出了半官方的说法：“局长知道当哥的学习好，让我照顾照顾，要不早撵回家了。”

“俩孩子最后被教育局的小车拉走了。”母亲开始准备晚饭。

“肇事的是辆丰田大吉普，县里的车，够呛。”父亲脱掉交警队发的大衣，换上棉服，屋外扫雪去了。

那天晚上吃的酸菜粉条。平时拣豆腐用的铝盆摆在碗架柜上，洗得干干净净。

第二天雪没停，下午王达来上学了，新棉服、新毛衣、新皮鞋，连书包都是新的。我们都很惊讶，没想到他居然气象一新。班主任叫他去办公室，我们都看那姓夏的女孩，她正埋头在本子上划拉着什么。王达过一会儿就回来了，没人敢问到底说了啥。第一节政治课，校长背手进来，身后跟着教导主任和班主任，说王达是学校和咱县的骄傲，他家遭受不幸，我们会尽力帮助他的。还说王达和他弟弟从此以后住校，食宿全免。

校长说完，王达站起来鞠了一躬，政治老师带头鼓掌，姓夏的女孩一直埋着头。

雪过天晴，王达搬到学校的宿舍楼，没多少东西，两个包外加一行李卷。姓夏的女孩戴着遮耳的橙色棉帽，帮他拎包，俩人深一脚浅一脚地在雪里走。大家在教室里看着，说这对象搞得人挡杀人佛挡杀佛。我听了大笑，终于死心了。

五

哥哥搬楼里住了，弟弟自己在家烧炉子硬挺。大家本以为这小子有志气，岂知他混游戏厅的时间远远多过上学。周围的邻居有人给他送了面煤和大白菜，也有人怕他偷东西，里外门都上了锁。县里看不入眼，电话打到高中，校长只好找班主任，班主任又把王达叫到办公室。哥哥回到自己家草房，好说歹说差点动了手，才赶在元旦前帮县里搞定了弟弟。

王达在宿舍住单人寝，学校本想安排哥俩同屋，王进不干，只好打发去了二楼，跟几个重读生同寝。偏偏重读的又都是老油子，熄灯前麻将扑克，熄灯后开窗往下跳。进入变声期的王进也跟着跳，腿上一麻，踏雪进了一小黑屋，烟雾缭绕，电视发出幽幽的蓝光，屏幕里的女人喘息蠕动，屏幕外的男人们年龄不一，屏息静气。

好在哥哥越来越有出息，戴孝参加英语演讲比赛。学校内部先过一遍，姓夏的女孩被刷下来了，却心服口服。班主任亲自给王达润稿，排练，开头就上马丁·路德·金。决赛，又是省里，出发前在班里比画一遍，既是热身，也算壮行。王达挥舞着胳膊上的黑纱——班主任给设计的动作——那句“I have a dream（我有一个梦想）”吼得气势如虹。他的夏娃在底下微笑，书桌上转着爱华牌迷你录音机。

王达不负众望，省里拿了奖。有人不服，说这是照顾他家里的特殊情况。但不管怎样，他再一次出现在我家的电视上。

“他又去哪儿了？”母亲停下织毛衣的针。

“省里，拿奖了。”

“家都没了。”两根长针又在母亲手中飞了起来。

胡同口又有人推板儿车卖豆腐。是一老头儿，吆喝不动，挨家挨户拍门。母亲嫌他磨的豆腐牙碜，一大早开门又烦，就不大买豆腐了。对于我来说，吃现磨豆腐也渐渐从习惯褪为记忆。

高二，我对英语总算有点开窍，成绩偶尔能排上名次，可跟王达还是没法比。亚当夏娃永远把持着第一第二，神仙眷侣似的甩开后面二三十分。大家都说他俩要一起考北京，学校也早早锁定了这两个进京名额。他又上了两回电视，依旧半低着头说感谢县里的支持和培养。因为这个明星，县里人开始相信“寒门出贵子”这种传说。弟弟王进却像臭了的豆腐渣一般无人问津，初三就不念了，从宿舍楼里搬出来，给街里新开的电脑游戏室打杂，看宿。管吃，管住，但是不给钱。

高三，王达从宿舍搬到高局长家的两节小楼。高局长的儿子是我们班的小高，一个爱听歌爱打篮球的瘦高个儿，头发长，眼睛更长，乍看像《灌篮高手》里的漫画少年，很受女生追捧。高局长太忙，高妈妈便从市教育局往下找，一路找到我们高中校长和班主任。班主任又把王达叫到办公室，说管吃管住两年，外加现金。王达一开始不同意，班主任在中间为难，高妈妈表示理解，说给老二王进安排当兵。王达就搬过去了。姓夏的女孩炸了，和王达闹分手。换成别人对象搞黄了，学校高兴还来不及，可这是全县第一和第二搞黄了，兹事体大，班主任劝那女孩“在北京等他一年”。不管用，她自己一个人去看《泰坦尼克号》，看完泡在语音室听《我心永恒》，练习簿上画满了“You jump, I jump（生死相随）”。

化学课上，王达给她传了张纸条：“我只有弟弟，你有父母，继续作吧。”

当晚，俩人手拉手去人民影院，看全县最后一场《泰坦尼克号》。

王达从此成了高家的人。高妈妈视如己出，只是很忙，没法顿顿下厨，那辆黑色凌志开到高中门口，接小高和王达出去吃，还叫姓夏的女孩上车。开始不去，王达跟她说了，也就去了。母子坐前面，亚当夏娃坐后面，有说有笑像一家人。临近高考，高妈妈又添一万块钱，让王达好好存着，以后王进也能用上。

王达成绩依旧生猛，只是再也没上过县电视台。“寒门出贵子”的励志剧情有些走样，县里人却没法怪王达，毕竟他有个烂在游戏室里的弟弟。他的鼻子和嘴唇之间冒出稀疏的胡须，伴着没日没夜的电子音与方便面，度过了变声期。

六

王达与小高同住二节楼，穿同样牌子的衣服，用同款同色的索尼唱片随身听听歌，还跟小高学会了反向上篮。他和小高越来越像，连高妈妈带他出去吃饭，都说这是咱家儿子。直到高考考场，王达在试卷上填了小高的名字与考号。

随堂监考是我们高中的老师，流动监考则是市里来的人物，来回走动着，缓慢、肃穆、郑重其事。那几天出奇地热，风扇嗡嗡转着，没有凉快，徒增燥热。有人正在擦鼻血，被交卷铃声吓得一哆嗦。

平时考完试，王达都和姓夏的女孩坐一起听英文歌，用她的爱华录音机。可这是高考，那辆凌志车就停在校门口，高妈妈摘下墨镜对他说："咱娘俩儿去吃点解暑的吧。"

王达考了全县第十。大家众说纷纭，比如天热影响发挥，他身上压力太大，或者平时条件太好，反倒学不进去。还有人说不是学不进去，是没用自己的名字，再考第一就太不像话了。不论哪种说法成立，高妈妈还是用这成绩把小高送北京去了。

姓夏的女孩考了全县第一。收到北京的录取通知书后，她穿了条新裙子，去高家的二节楼，用一整夜时间和王达约好来年在北京不见不散。高妈妈倒很喜欢这丫头，说送一个是送，送俩也是送，坐我们车一起走吧。还要带上王达，说给他散散心。亚当不去，夏娃上了凌志，就此别过。

十一放假，小高回到县里，给王达捎了一件三叶草单肩包。

王达问那女孩在北京怎么样。小高笑了笑。再问，小高才说她跟一个德国人爬野长城去了。

小高返校后，从北京寄来一盘磁带。王达听了，是自己吼的那句马丁·路德·金：“I have a dream——”

大一那年寒假，我们每晚都聚在县里新开的那家冷饮厅，小瓶的啤酒，能K歌的包间，涂满黄油的爆米花。王达场场不落，带着他的女朋友。那女孩和他同班，也是重读的，以前看小高打球，现在看王达。我们问小高回来了么。王达说他搬回宿舍住了，不知道。我们就没再问。王达喝了不少啤酒，我们劝他少喝，还问他总出来玩儿不怕耽误复习么。他往喝空的啤酒瓶里塞爆米花，说复个鸟习，学校安排保送，他把奥赛整明白就行了。

我出去上厕所，在另一个包间门口撞见姓夏的女孩，灯光昏暗，恍惚觉得她瘦了很多，头发也长了。

“进来一起喝？王达就在里面。”

“不了，明儿一早得赶火车。”

“北京这么早就开学？”

“不是开学，是办签证。”

她说话已经有了北京味儿。我也没再让，钻回包间，继续和王达他们喝酒，吃冷饮，吹牛逼。他的女朋友搭着他的肩，自己点歌自己K。

我喝到半夜回家，睡到中午起来，煎了盘饺子，去网吧厮混。没想到碰着王进了，他兼职两份网管，白班去客运站那家，夜班在北二道街。他四肢细长，肚子却是圆的，一边重装系统，一边帮我们下电影，自己还挂着一排 QQ，嘀嘀嘀此起彼伏。他身上看着不脏，闻着却有股说不清道不明的恶心，去过网吧的人都知道那是什么味儿。他的单人床上撇着一本脱了页的英汉词典。我问这是啥意思。他说这年头不会英语都当不了网管，没有汉化立马傻逼。

七

王达到底走保送了。学校牌子虽没那么响，但搞了联合培养，面向所有大一新生，考核指标就一个：英语。王达用尽平生所学，抢到一个去美国的名额，又上了县里的新闻。母亲往我在省城的大学宿舍打电话，说王达又上电视了。

"他又上去干啥？"说实话我感觉有点阴魂不散。

"他要去美国了，县里请他做报告。"

"给谁做报告？"

"给新一届的高三学生，家长都去听了。"

"哦。"

至于姓夏的女孩，新的传闻是她没去成德国。有说是签证没办成，也有说是跟德国人黄了。当时我们建了 QQ 班级群，所有人都拉进来了，包括在芝加哥落地的王达。插科打诨，有荤有素，好不热闹。那女孩也在群里，头像一直黑着，不知是隐身还是不在线。她的个人说明是一串我拼不懂的单词，估计是德文。不是没想过申请加好友，却不知道在附加消息里写什么，不加也罢。后来管理员发现她退群了，就开王达玩笑："你俩老夫老妻的，赶紧把她拽回来。”王达只回“呵呵”。管理员又说：“别老呵呵，你在那边泡个美国妞拉咱群里也行。”王达还是“呵呵”。

八

等到我出国那年，王达的 QQ 空间已贴满了芝加哥的照片：雨后初霁的密歇根大道，十五米高电子屏幕的人脸喷泉，还有唐人街的牌楼，题着孙中山的“天下为公”。没出国时看着新鲜，等自己去了两趟芝加哥，也就那么回事儿，前脚后脚到处都是人罢了。我在的小镇离芝加哥有两个小时车程，和王达通过电话，但没见过面。他在电话里一点不见外，给我出了不少主意：学生会该参加得参加，跟国内要多保持联系，不用着急追女生，绿卡搞定了，整不好就是她们追你了。又说可以留心一下房产，金融危机刚过，价跌得还没缓过来，你又一待好几年，不如趁早先买，不但自己有的住，还能往外租。

我听得头大，他正说到兴头上：“五年之内必须杀回国。”

“为啥？”

“在美国待傻了。”

“怎么傻了？”

“五年后你就知道了。”

同学群里，王达一直活跃，不但升级成管理员，还把班主任也拉了进来。小高去美国玩儿，特意拐到芝加哥找他。俩人去了家五星夜店，往群里传了不少照片，班主任留言说：“我为你们俩骄傲，为咱班骄傲。”逢年过节，王达会转发那种“每逢佳节倍思亲”的电子贺卡或小视频。如果赶上枪击案，必定痛骂这个国家已经病入膏肓了。他一毕业就找到了工作，数据分析，电话里劝我转行：“动作要快，将来大数据这一行肯定 bloody rich（富得流油）。”

夏天，王达给我寄来他婚礼的请柬。可是不巧，赶上我回国探亲，只回寄了他贺卡和支票。飞机、火车、大巴、夏利，我在各种交通工具上倒完时差，回到县城。返美之前要填写签证方面的表格，我去了高中校门口一家打印社，老板面色苍白，正是王进。他的业务很杂，租碟打印婚纱照无所不有。打印机后面还有一间屋子，门口挂了层黑帘，我笑问那是不是网吧。他一本正经说咱家开的是电脑培训班。正聊着，帘里转出一个女人，怀里抱着个胖娃娃。

“这是我媳妇儿，”王进两头介绍，“这是我朋友，刚从美国回来。”

“我家宝贝儿，三十五斤，”他掐那娃娃的脸，“才一岁半就营养过剩了。”

“赶紧的，里面有人死机了。”女人笑着拨开他的手。

三十五斤重的娃娃是什么概念，我一无所知。我只知道他这媳妇儿力气很大：表格打印好了，我要付钱，她把我推了出去。

九

五年后我申请绿卡，移民局需要我提供本人的出生证明，母亲存上我的资料，去了王进的打印社。

“人家又生了个姑娘，”母亲回来在视频里跟我说，“有儿有女的真好。”

“嗯。”我敷衍了一声。

“成家，抱娃，都是好事儿，”母亲又说，“可惜那个卖豆腐的一件也没赶上。”

我听了一愣：好多年没吃过板儿车上的豆腐了。

同学群又从 QQ 迁移到了微信，听说我在办绿卡，有人在群里开玩笑问我是中国人还是美国人。我不知怎么回答，只当没看见。倒是王达解了围：“肯定要当中国人啊！”

那年大阅兵，群里炸锅了，“军威亮剑”的口号开始刷屏。有人问我和王达，你们那边阅兵么。王达说这边阅不阅兵干我腿事。又有人说把咱们的剑亮给那边看看。王达发个笑脸：“然而这边不用微信哈。”

正扯个没完，有人退群了，又是那个姓夏的女孩。

沉默了一会儿，有人冒泡：“她能待到现在，也不容易。”

有人接道：“我们让她待到现在，更不容易。”

哈哈一笑，继续炸锅亮剑。

我有她的微信，头像是《海涅诗选》的封面，个人说明是“阿涅丝的减法”。朋友圈只贴了一张《巴黎雨中即景》的照片，芝加哥美术馆的那幅压轴儿画。这是去过芝加哥？莫非还单着？我问她阿涅丝是不是昆德拉《不朽》里的阿涅丝。没有回复。

年前爸妈来美国看我，他们又老了一些，尤其是牙口，所以我们去华人超市买得最频的就是豆腐。保鲜柜里一盒一盒摆得整整齐齐，买回家也是调着花样煎炒蒸炖，可就是吃不出小时候的感觉。母亲说的没错，豆腐和人脸一样，都能被风吹老，只不过那是时间之风。

临到春节，王达打来电话，说想来我这儿过年。我一口答应下来，准备腾出一间卧室。他说别麻烦，一张沙发就够了。我猜到他可能是离婚了，跟母亲说别问不该问的。

周一是大年三十，他周六就开车过来，车后座跳下那只我在他朋友圈里见过的金毛寻回犬，一点也不认生，爱闻鞋，爱舔脚。王达虽是一张中年人的脸，但眉宇间还是少年时的模样。那天我们包的饺子，一荤一素两样馅儿。他饺子皮儿擀得飞快，给满桌饺子拍照，上传到群里："给咱班拜年了！"金毛寻回犬把厨房闻了一遍。

爸妈吃过饺子，出去散步。我启开第二瓶红酒，狗肚子压在我脚上，又暖又沉。

"在美国越待越没意思，"他往蒜末上添了一勺辣椒油，"每天出门狗叫两声，回家再叫两声，一天就过去了。逢年过节就懵逼，不知道该去哪儿，也不知道该找谁过。"

"回国呗，"我有点上头了，筷子反过来，往狗嘴里递了个饺子，"你那大数据的方向国内更热。"

"这不放不下绿卡么，"他借着酒劲儿叹了口气，"熬到入籍再说吧。"

又说："回去干毛儿啊？房子都买不起。"

又说："去广州出差，打车，司机开 A6，说是城中村改造，连着划拉三套房，闲极无聊，买一 A6 跑出租玩儿。”

又说：“早知道在国内买房子了，出个鸟国！”

蒜味儿有些刺鼻，狗还盯着桌上的饺子。我俩收拾好碗筷，去客厅接着喝。壁炉里的火苗一跳一跳，像是在喘气的狗肚子。

“把它自个儿留家，放足狗粮，两天两夜没事儿。”王达逗弄着狗脖子底下那块嘟噜肉，“上次我从达拉斯往回飞，晚点了，回家看它在舔自己的屎，恐怕是拉自己家里有罪恶感，你说我还咋训它？”

第二瓶酒也空了，还是没喝出个所以然。本想说点小时候的事儿，见他没有兴致，也就作罢。窗外在落雪，被路灯闪得点点金星。狗把自己身子蜷起来，毛茸茸的一大团。

晚上他坚持睡沙发，说在家也睡沙发，睡床反倒睡不着。狗在沙发底下陪了他一夜，第二天一早跳起来，跟我俩出去铲雪。雪很厚，狗踩上去嘎吱作响。他团了个雪团，砸在树上，惊起两只乌鸦。

母亲熬了萝卜牛肉汤，下了豆腐。王达一口气连喝两大碗，着急要走。母亲说过完三十儿再走。他笑说礼拜一正常上班，美国人可不管中国人过啥节。

他走了，那辆斯巴鲁在雪中四平八稳。车窗里伸出狗的舌头，冒着白汽。

“你俩都唠啥了？”母亲问。

“没唠啥。”

“唠他弟弟了么？”

“没有。”

“他妈妈呢？”

“没提以前的事儿。喝完酒，看会儿球，就睡了。”

母亲不再问了。那天我们一家三口又去别的朋友家聚会，吃吃喝喝年就算过了。王达在群里发照片，他和狗在雪中的密歇根湖畔。没有人回复。依据我的经验，真正到了国内节日的正点，那些群反倒冷清了，连红包都抢得寥落。

失散在江边的亲人

一

姥姥有五个子女，小舅最小，按说应该叫“小五”，可大家都叫他“小六”，我对此好奇，便问母亲。她说姥姥最疼这个小的，怕鬼神之类勾他性命，便用“小六”来敷衍。

把“小五”换成“小六”，就能骗过鬼神？我没法理解这逻辑，一如亲人间的剪不清理还乱让人糊涂。

姥爷去世很早，五个子女都是姥姥用一只胳膊拉扯大的（另一只在她小时因战争没了）。因为有哥哥姐姐，小舅从小就免去家事的义务。至于学业方面，姥姥自己不识字，也不觉得读书会给人生带来什么好处，小舅便又卸掉功课的烦恼，青春期的精力与荷尔蒙，便通过无数次打架来释放。单挑、群架，动刀的、不动刀的，进医院的、不进医院的……不论什么阵仗，小舅每次都毫发无损。这固然神奇，但也不能算作利好，因为他在别人身上留下的暴力，总是由他二姐——也就是我母亲——出面抹平。

从我记事起，母亲就不叫他“小六”。母亲叫他“小死六”。可“小死六”不但不死，反倒惹出无穷的麻烦，母亲不得不动用她的社会关系。不过说到底，她的社会关系都来自在交警队上班的父亲。

母亲为小舅的付出，往往不假思索。而她在痛骂“小死六”时，也不假思索。其实不光母亲，姥姥家的人表达感情都是这样直来直去。父亲倒是慢性子，不仅不抱怨小舅惹的麻烦，更不会用“小死六”来称呼自己的小舅子。这耐心和风度固然让人钦佩，但和母亲与小舅间的骨肉亲情——即使这亲情有时会带来伤害——还是没法比。

二

姥姥家的墙上挂着一张小舅的照片：二十岁的他扛着录音机站在江畔，喇叭裤，太阳镜，敞露胸口的白衬衫，烫成羊毛卷的爆炸头，嘴角上扬，略带轻蔑和嘲讽，背后是那块刻着“中苏两国人民友谊万岁”的石碑。姥姥后来去教会，红色的十字架就坠在这照片下面。

母亲和父亲常在饭桌上谈论小舅，所以他和小舅妈的邂逅，我是就着酸菜粉条一路听下来的。据说小舅当时去读省城的厨校，在绿皮火车上碰见了小舅妈。能去上厨校，自然是母亲多方奔走的结果，至于小舅妈为何独自坐火车，就没人知道，只能说和小舅有缘吧。两个人的热恋到底有多天雷地火，我没具体见识过。

倒是小舅妈对母亲说过："二姐，你们家老六看着傻乎乎的，但就有那么一股吸引人的劲儿。"

小舅妈说这话时在我家包饺子，她擀皮儿，母亲剁馅儿。但见母亲手起刀落，对还没过门的她说："这小死六不但傻，还能作祸，你以后勤管着点儿，俩人好好过日子才是正经。"

我在旁边想偷偷尝一下肉馅，母亲训我，小舅妈笑着挑了一筷头肉馅让我舔，还掐了一下我。她手上的面粉就沾到我脸上了。见到小舅妈之前，我还不懂女人怎样才算好看。小舅妈出现之后，姥姥家的人都说她好看。我不但开窍了，还跟着得意：嗯，只有这么好看的小舅妈，才配得上我小舅。

三

结婚不久，小舅妈生下了女儿，我那神出鬼没的小舅又惹出了麻烦：他和他的兄弟们喝酒，大醉，有人趁兴往夏普录像机里塞了一盘盗版的带子，电视屏幕里的橘黄色正在蠕动，警察突然出现了，有如神兵天降。兄弟们作鸟兽散，除了小舅。他睡得太死，赤赤条条被警察摁在了土炕上。

整个过程充满了荒诞与无厘头，活脱脱一出县城版的《低俗小说》。公安局隔壁就是交警队，这盘盗版的录像带加上睡眼惺忪的小舅子，让父亲成了同事们的笑柄。而他和母亲还来不及感受耻辱，就开始为拘留、释放、罚款之类四处奔走。小舅妈撇下襁褓中的女儿，一个人去了南方。安静、匆忙、坚决，来去都很干脆。

四

小舅剪掉了他的爆炸头，从拘留所里出来，发现自己年轻又好看的妻子消失了，而她的娘家纠集了各路亲戚，怒气冲冲从江边杀到县城，来姥姥家要人。

说是要人，其实也还是为了钱。因为大家都知道，小舅妈可是自己去的南方。

姥姥是满族人，脾气倔强，本来不怵这种场面，但她信了教，只能把愤怒转化为祷告，用那只仅有的胳膊抱起啼哭的小表妹，对着墙上的十字架求告主的怜悯与大能，十字架上面还是小舅在江边的那张照片。

整场闹剧的结果是小舅妈的娘家抱走了小表妹，姥姥家凑出了一笔能让他们暂时安静的抚养费。这决定对襁褓中的孩子来说固然残酷，但让两家的成年人暂时松了一口气。

经历过这些变故，小舅沉默几天，痛下决心，跟家里人说要改邪归正。这个二十出头的单身父亲，为自己和女儿设计了一条救赎路线：在江边——他所能想到的离自己女儿最近的地方——开一家全鱼馆，踏踏实实给女儿赚钱。他翻出认识小舅妈那年在省城考的厨师证，跑到我家来借本钱。母亲一边数落着“小死六”，一边掏出存折，条件是全鱼馆必须由她来管账，小舅满口答应。

一万响的大地红，整整十分钟的烟尘，江边的全鱼馆开张了。小舅脱掉背心，甩开刺着麒麟的膀子，颠起烧开油的马勺（长柄大勺）。省城那张厨师证并非浪得虚名，全鱼馆也着实火了几个礼拜，连小舅妈的娘家人都过来忙前跑后，颇有冰释前嫌的架势。

可惜好景不长，那帮因为盗版录像带一哄而散的兄弟，又找上门来了。

母亲没法理解小舅为何还跟这帮“滚刀肉”藕断丝连，可他也有他的理由：女儿养在别人家里，老婆不知睡在何处，八月份的汗珠儿甩进油锅里，噼里啪啦迸到身上，一烫一个水疱，这么多的苦楚，他一个从小浪荡惯的人，自己能吞咽得了么？必须得跟兄弟们整几瓶。

为了帮自己的弟弟，母亲倒是在全鱼馆尽了全力。可问题是她刚挡住正门，小舅就放开了后门，母亲只能眼睁睁地看着那些狐朋狗友坐在鱼馆里狂嚼滥饮。

父亲实在看不下去，告诉母亲：“本钱可以赔进去，但身体不能不要，你给我从江边回来。”

不到三个月，母亲撤了，全鱼馆挂牌兑店，小舅的救赎之旅就此完结。

五

小舅也从江边回到县里，白天在外游荡，晚上回姥姥家睡觉。母亲说他是没脸再来我家了，父亲听了就笑：“小六根本不用来咱家，你自己会乖乖跑过去管他的。”

果然，母亲去了姥姥家，见到小舅，还有他的女儿。小舅又展开新的鸿图——说穿了也还是一笔钱——让他的朋友在江上搭出一条水路，这样他就可以去对岸“好好发展”，因为那边有许多中国人开的饭店；而只要有中国人开的饭店，他就一定能给女儿赚到钱。

小舅说得兴起，姥姥却垂目祷告。母亲心又软了，决定再扶一把这个烂泥扶不上墙的弟弟，条件是他不能带着女儿去对岸，因为“孩子要是跟你就彻底完了”。

父亲对此的看法是小舅根本没打算带女儿去对岸，那不过是个幌子而已。

小舅最后跑到了对岸，一去就是好多年。至于他是否在某个中国人开的饭店里“好好发展”，没人知道，也没人过问。对于母亲来说，“小死六”没有消息，就是最好的消息。

六

后来我去省城读书，寒假回来，我的屋子里坐着一个八九岁的小姑娘。

“这是你表妹，”母亲说，“她爸还在江对岸呢。”

“哦，那我住哪儿？”

我不明白母亲为何要留她在家里。至少我从小表妹身上看不到这么做的理由。她实在乏善可陈，脸上既没有小舅当年的桀骜，也看不出小舅妈的好看。唯一让人印象深刻的就是那双眼睛，谄媚与惊恐轮流闪烁。

母亲还让我趁着放寒假给她补功课。补课？我心想家里不丢钱就谢天谢地了。直到过完年返校，我也没和她说过几句话。还是父亲让出每天打乒乓球的时间，戴上了老花镜，在我的书桌前正襟危坐，给表妹补算术和语文。

然而江边来的小表妹功课差得太多，父亲虽一如既往地耐心，母亲倒先泄了气，再加上家里也确实在不断丢零钱，就说："算了，买几件新衣服，包顿饺子，送回江边吧。"

那天雪大，大巴都停了，只能坐火车。父亲去单位值班，我陪母亲送表妹回江边。车厢里挤满了人，没有座位，我看着窗外的雪，表妹一直攥着母亲的手，问："二姑，你下回啥时来接我？能不能早点过来？"

火车里人声嘈杂，表妹没怎么样，母亲倒先哭了。

出了站，表妹戴上母亲买的橙色小棉手闷，一路踏雪，带我们去了小舅妈的娘家。门口的雪没扫，散落着被炸开的鞭炮，炮衣鲜红，皮开肉绽，黑糊糊的炮屑和白雪掺混在了一起。这春节过后的景象，跟我们县里没有任何分别。

母亲往表妹的棉手闷里塞了两百块钱，叮嘱道："这钱你跟谁都别说，自己管好了，留着开学用。"

表妹点了点头，结结实实戴紧那双手闷，推开糊着"人和家顺百事兴，富贵平安福满堂"对联的门，屋里膨胀着烟气与吆喝，小舅妈的娘家人在火炕上支了桌，麻将打得赢天输地。

母亲掏出准备好的两百块钱，握住小表妹戴着手闷的手，赔笑说："这一百是给她姥姥姥爷拜年的，另外一百是她奶奶这边给孩子的压岁钱。"

火炕上站起一个老女人，颤颤巍巍放下烟锅，伸出干枯而青筋凸露的手，接了钱，一把拽过小表妹。

母亲问："她妈妈在南方怎么样了？"

老女人笑："在南方可好哩，总给孩子寄钱呢。"

"什么时候回来？"

"回来干啥？"

母亲尴尬了一会儿，说："要不我们先走了。"

娘家人全站了起来，男女老少，黑压压一火炕，异口同声留母亲和我吃饭。

"不麻烦了，还得赶火车呢。"

母亲领着我逃出了这间烟气呛人的屋子。雪越下越大，灌了一身的寒风才到火车站。从车窗里看那条大江，腊月封冻，四月开化，历经春汛，入夏便是黑滚滚的汪洋，隔两岸为两国。大雪暂时模糊了国界，我不禁在想，小舅一个人在对岸有没有年过？有没有麻将可打？赚没赚到钱寄给学会偷钱的小表妹？

后来，表妹写过信跟母亲要钱，不止一次。母亲把这些信压在了抽屉底下。我抽出来读了一封：凭空捏造的情由，明显是成人的笔迹。如此拙劣的骗局，母亲照样乖乖往江边寄钱。我当时实在没法理解。

再后来，表妹辍学，也去了南方。小舅妈的娘家对此的解释是："这孩子根儿不正，随她爹，天天不学好，还偷钱，俺们管不了，让她妈收拾去吧。"

失散多年的母女，重逢于不下雪的南方。她们在那边无亲无故，到底靠什么安身立命？对于这个问题，所有人都选择了缄口不语。

姥姥那时已去世了，家里没了她的祷告，十字架亦不知散落何处；唯有小舅那张照片还在墙上落着灰尘：喇叭裤，爆炸头，上扬的嘴角略带轻蔑和嘲讽。

七

2014年我回国，居然见到了小舅。他刚从对岸回来，理了干净利索的平头，自称在那边开了饭店。

母亲半信半疑，他拿出一笔钱："二姐，帮我缴养老金，等我老了回国用。"

小舅可是一点都不显老，白白胖胖一张四平八稳的脸，乐颠颠的像个小佛爷。我想起那位好看的小舅妈，她会不会变老呢？

小舅说他在对岸找了个媳妇儿。

得，到底应了当年小舅妈那句话："二姐，你们家老六看着傻乎乎的，但就有那么一股吸引人的劲儿。"

小舅给我们看他的全家福：他和一个中国女人坐两边，中间站着一个戴眼镜的中国少年。

"那是谁的孩子？"母亲问。

"跟谁过就是谁的孩子呗。"小舅嘿嘿一笑。

"自己的亲生姑娘呢？问都不问一句？"

小舅笑不出来了。

还是父亲给打了圆场：“一个在江对岸，一个在大南方，还能咋整？”

“就是，还能咋整？”小舅一边点头，一边重复着四个字，“还能咋整。”

他去姥姥墓前献了一束花，回到过去的旧房，对着墙上自己那张旧照片发了会儿呆，扯下来，团一团就扔了。好像逝去的那些日子，也能团一团扔掉似的。他在县里百无聊赖，没过几天就嚷嚷着要回对岸。那边不但有他的事业，还有他的老婆孩子热炕头。

“也别瞧不起我这个舅舅，”临行前，他要给我钱，“好不容易有你这么个出息的大外甥，还不让我意思意思？”

对这个中年发福的男人，我是全然陌生的。我心中的小舅，永远是那个穿喇叭裤的爆炸头。我不想接这钱，母亲却让我收下：“这是你舅的一片心意。”

多年没见小舅，本以为母亲会很动感情，没想到她那么安静。不过想想也是：她为小舅，为表妹，为骨肉相连的一大家人操了这些年的心，再多的感情，也透支完了。

非典时期的葬礼

我实实在在地告诉你们，一粒麦子不落在地里死了，仍旧是一粒，若是死了，就结出许多子粒来。

——《约翰福音》十二章二十四节

一

2003年春，风干气燥，非典肆虐。姥姥家和舅舅家同院不同屋，舅妈往我家打电话，告诉母亲："老太太又想你和二姐夫了，这两天念叨你们怎么不来看她。"

母亲放下电话，觉得奇怪。明明上周末刚去看过姥姥，带了蒸饺和排骨，她照例祷告，感谢神的大能，还问该先吃哪样儿。母亲告诉她饺子赶紧趁热吃，排骨留着明天炒一炒也很香。莫非姥姥这么快就吃完了？母亲心里嘀咕着，让父亲去买两斤鲫鱼，打算再添上黄豆和干辣椒，跟大酱一起炖了，这可是姥姥最喜欢的满族人炖法。

父亲戴上口罩，骑自行车去了菜市场。路上风大，空气中滚动着尘土与病毒。行人步履匆匆，口罩能遮住脸上的表情，但遮不住心里的不安与躁动。

那天市场上只有谭老歪家卖鲫鱼，一大早打的，本指望趁鲜卖个好价，却因他没戴口罩，无人问津。到了黄昏那鱼就不新鲜了，在大盆里吐着绝望的白沫。父亲犹豫要不要买，谭老歪恼了，说两条破逼鱼，要买就买，不买就滚，一个老爷们儿咋恁磨叽？

因为一场不合时宜的风寒感冒，父亲被单位隔离了一个礼拜，心里正郁闷着，就回了几句。谭老歪大怒，竟要动手。卖鱼不比杀猪，谭老歪没有像样的家伙，只有一把刮鱼鳞的铁挠子，没头没脑抡起来，父亲用手臂去挡，立刻挂了彩。菜市场本来因为非典死气沉沉，这下炸了锅，买菜和卖菜的都凑过来，齐刷刷挤满了白口罩。可这是疫情期间，公共场所禁止闲杂人员汇聚往来，当下过来两个穿制服的，散开看热闹的，拉开动手的，一番公了兼私了，谭老歪被罚款，父亲推自行车回家，结果家里大门没锁，母亲亦不在，写字台上留了纸条："我妈不行了，速来。"

父亲冲了出去，也忘了锁家里的大门。

二

父亲和120救护车前后脚赶到了舅舅家。姥姥正处于昏迷中，急救大夫先量血压，二百二，最高值，"要够呛啊！"

父亲听这大夫的声音耳熟，等他摘下口罩，才认出是人民医院的高副主任。

“高主任，我岳母还行么？”

“马上就不行了，赶紧上车！”

姥姥被抬上了担架。姥姥本来就不高，个子又缩了很多，可父亲母亲舅舅舅妈四个人四双手还是觉得不够用。上了120，高医生见父亲手臂的血殷透了茄克衫，就给做了包扎，母亲只是木然地看着，怎么也反应不过来。

人民医院外科给姥姥做了CT，脑干出血100cc。

父亲问：“我老岳母今年七十五，还有希望么？”

“都七十五了？100cc是绝对极限，”高医生说，“先走保守治疗吧。”

急救室给开了几种注射剂，其中一种叫甘露醇，姥姥打下去后血压是降了一点，但很快又升回来，只好再打，再降，再升，反复折腾了两天两夜，县里县外的亲戚朋友全来了，每个人都戴着口罩。姥姥在教会的姊妹老马太太也来了。她和姥姥都是满族人，满姓马佳，县里人不管那么多，只叫她“老马太太”。

老马太太告诉母亲：“老姊妹们都在给你妈祷告呢。”

当初是老马太太拉姥姥去的教会，母亲只当是老人找老人做个伴儿，一直没放在心上，此时此刻更听不进这些了。她两天两夜没合眼，倒也不困，只是觉得姥姥那输液瓶看着眼晕，辨不出冒的泡泡是大是小。

“也别怪我说，你妈妈保不齐是要归天家了，装老衣服拿没拿来？”

老马太太寡居多年，以哭丧为营生，哭过的死人比医院救过来的活人还多。她这话虽不顺耳，却有分量。

县里的习俗是人走之前穿四层装老的新衣：从里往外，先是贴身内衣，然后是棉衣，第三层是外衣，第四层是大衣，脚上再套一双绣花鞋。时节虽已暮春，母亲还是给姥姥穿上这厚厚的四层，既是守俗，也是想冲一冲，说不定多穿上反倒没事了。

病房里还躺着一个刚截肢的年轻人，醒时怒骂，睡时磨牙，昼夜不休。姥姥裹在四层衣服里，倒很安静。母亲昏昏沉沉守着，想起上次去看姥姥，小声对父亲说咱们该回家了，姥姥平时耳背，那次却听得清楚，跟到大门口，一直挥手，说你们可得过来啊，那眼神就像依恋父母的孩子。走出很远，母亲回头看，姥姥还在挥手，更觉得奇怪。舅妈也说姥姥这阵子有点反常，爱吃小孩吃的零嘴儿，还说她要是走，就是往急里走，走完直接回天家。她还真出门走了六七里的路，去街里看她的姊妹老马太太。

午夜，病房又响起磨牙声。母亲眼前现出姥姥在门口挥手的模样。抗战时姥姥还不懂事，被炸掉一只胳膊。姥爷过世又早，她用剩下那只胳膊带大了所有子女。父亲后来说他这辈子唯一佩服的人就是姥姥，说这老太太一生刚强，一只手带这么多孩子也不求人，县里来检查卫生，姥姥家的院子扫得比两只手的人家还干净。还说姥姥活着时刚烈、性急，走时也刚烈、也性急。

我那时在省城读书，赶上非典封校，连着给家里打了几次电话没人接。最后母亲打回来了，说这几天忙你姥姥的事了。我问姥姥怎么了。

“你姥姥没了。”母亲听起来很疲惫。

我想起姥姥生前戴的那副假牙，不戴的时候就泡在一杯盐水里，被我和舅舅家的表弟偷偷藏起来。她知道是我们干的，还是装模作样找，一边找一边笑。她不戴假牙笑和戴假牙笑很不一样。我放下宿舍电话，不知道是她的哪一种笑让我哭出来了。

三

病床一侧挂了三样吊瓶，轮流向姥姥体内输送药液。她那一只胳膊能扎针的次数有限，就往脚上扎。钢制的氧气瓶，管子插进鼻孔，呼吸机分分秒秒转着。护士分开她的眼睛，没有反应。脉搏倒还在跳。母亲觉得还有希望，护士却隔着口罩说先别盲目乐观，这可能是输液输氧制造的假相。

来的亲戚里有位四舅姥姥，家住江边，多年不相往来，此时冲进病房，也不戴口罩，拍着腿嚎哭：“弟妹啊，你家儿女不孝，心急火燎给你穿死人衣服！”

母亲和舅舅们都目瞪口呆，医生护士原本见怪不怪，见她用拐杖戳氧气瓶，方来劝阻。四舅姥姥干脆坐地撒泼，从江边跟过来的三姑六婆也一拥而上。同病房的那位年轻人截肢伤口感染，化脓，重新开过刀，呻吟中夹杂着咒骂。

闹剧正在上演，姥姥的脉搏已经停息了。

四舅姥姥又一口咬定是医院害的人命，扬言要往市里告。亲戚们也七嘴八舌，却没人给出个正经主意。唯有老马太太劝母亲这边抓紧准备后事。

姥姥的遗体被抬进殓房，刚好赶上另一位逝者的家属子女在闹房：有烧纸的，有放炮的，还有两只大公鸡，被炮声吓得乱窜，满地的鸡屎。正慌乱着，老马太太走到当中，朗声哭唱了起来。她身量高，腰板直，中气又足，不慌不忙，抖擞精神，从“离开你我可怎么过”一路哭到“常回家看看”，也算是与时俱进哀而不伤。鸡不叫了，四舅姥姥也不闹了，口罩挂在脖子上，安静欣赏这位全县的白事一姐自哭自导自唱。

原来这老马太太是要借机做一把业务。母亲正有点心寒，老马太太已收钱收工，小声对母亲说：“刚才这是小哭，只能算热身，过两天出殡才是大哭，得带上俩徒弟。”

母亲只是点了点头。乱了这些天，她已分辨不出小哭和大哭有什么差别。

“老姊妹归天家是好事儿，你们也不用太难过，”老马太太又劝，“我再找几个跟你妈妈要好的姊妹过来，祷告赞美主，世俗的归世俗，属灵的归属灵，两全其美。”

姥姥生前说过她身后的事要按教会规矩办，家里人都以为这老太太信口一说，没谁当真。不想真到了生离死别，她最要好的姊妹又重提此事，母亲和舅舅们也没别的办法，就同意了。老马太太当下找来几个姊妹，白衣白花戴着口罩，手拉手围在姥姥跟前祷告：

“亲爱的主，感谢赞美你，这里为我们的老姊妹献上祷告，感谢你终息她此生的奔波劳苦，赐给她永世的喜乐平安，也求你安慰她的家人，抚平他们心中的忧伤，让他们理解她是被接到了天家……”

祷告完毕又唱赞美诗，殓房内外挤了不少人看热闹，以为这是老马太太推出的新节目。

老姊妹们边唱边笑，而且还一分钱不收，但毕竟“今生今世跟随主”不比“离开你我可怎么过”来得刺激，众人听了一会儿也就散了。舅舅们继续和各路亲戚周旋应酬。活人都走了，殓房只剩下姥姥和死亡带来的沉默。母亲终于哭了出来。父亲亦不劝她，找了一把笤帚，默默打扫地上的鸡毛和烧纸放炮留下的黑灰。

四

这县城有一处火葬场，二三十家能办红白喜事的酒楼，可姥姥的葬礼该怎么办，还是个未知数。许多双沾亲带故的眼睛都瞪圆了看着，却没谁出来帮忙。四舅姥姥干脆放了狠话：“后事再不给办体面点儿，我就死在弟妹家！”

舅舅们都下了岗，没多少社会关系，姥姥的后事能否体面，担子就落在母亲身上。可是她刚和单位解除劳动合同，同事一听有白事要随份子，街里碰见硬装没看见。

父亲那边情况也不妙。他前一阵刚被隔离过，这些天因看护姥姥又没来上班，回到单位，大家的目光难免有些异样。

领导把他叫到办公室，父亲以为是组织要表示关心，领导却问最近忙啥了。

“我岳母病危，在医院抢救了。”

“哪家医院？”

“人民医院。”

“哦，人民医院，”领导码了码办公桌上的文件，“这两天听说又高烧了好几个，你这样进进出出，万一感染上啥，影响不好吧。”

“我岳母去世了！”

“将心比心，我也是为咱单位负责。”

父亲大怒，摔门回家。母亲问怎么样，他说关键时候一点也指望不上领导。

“这要是领导家里死人了，别说非典，就是飞机往头上扔炸弹，那些溜须拍马的也早把门挤破了。”

父亲手臂的伤一直没好，穿衣脱衣都不方便，别扭，窝火，也明白姥姥为什么是急性子了：不是因为是满族人，不是因为家境，更不是不认字，而是一辈子只有一只手可用。

母亲却说姥姥过去性格是急，后来跟老马太太去教会，越去越温柔，每次拿好吃的去看她，嘴里嘀嘀咕咕，说感谢主的大能。母亲听着好笑，问好吃的是我给你做的，为啥感谢主呢。姥姥也笑，说感谢主赐给我这么孝顺的姑娘。

姥姥的遗像洗好了，摆在家里写字台上。黑白照里她的微笑和生前一模一样，只是就此生死两隔。父亲不知如何才能过丧事这一关，又怕母亲再哭，叹一口气，把遗像翻了过去。

五

一筹莫展之际，老马太太找上门来，说办丧事不如就用教会的法子，不放炮，不摆车队，不哭不嚎，不大吃大喝，兄弟姊妹真心实意，不讲排场，不需招待，只戴白花，只唱赞美诗，平安喜乐送老姊妹最后一程。

母亲摆出姥姥遗像，老马太太伸手摸着，又哭又笑。哭是因为后悔，后悔在人民医院没跟姥姥再唠一回体己嗑儿。笑是因为过去劝姥姥信主，费了多少唇舌，闹出多少笑话。

“当初教会的人看不上我，嫌我是哭丧的，带上你妈妈也是给我壮声势。她不识字儿，那么多年手把手教她祷告，最后信得比谁都好，每回奉献都掏钱，还一只手蒸黏豆包儿给大伙儿吃。”

老马太太哭得脸上一塌糊涂，鼻涕眼泪用手帕一把都擦了。原来她不收钱的哭法跟收钱的完全两样。

母亲虽不信主，但也想起姥姥生前遗愿，觉得也算是冥冥之意。当下和父亲商议，照老马太太的意思办丧事。舅舅们却不同意：“老太太这后事，凭啥交给一帮不认识的老太太？何况过去别人家红白事儿咱们随了那么多礼，这次不操办一下，咋收回来？”

母亲默然。事情到了这一步，都是活人做给活人看，早就和姥姥没有关系了 。

舅舅们首选的酒店是东方郡。烧的菜未必最好，但席面肯定最贵，县里要是谁能在东方郡摆酒，别说地上的活人有面儿，连地下的死人都含笑九泉。

以舅舅们的状况，按说不该招惹东方邨。可是那老板姓高，过去和姥姥家住前后院，还和大舅一起挤绿皮火车去北京见过毛主席。舅舅们念着这点旧情，便戴孝去了东方邨。高老板也戴了一块白的，只不过是遮在脸上的口罩。舅舅们问能不能给席面打个折扣。高老板不说打，也不说不打，只拿出县里下的通知，白纸黑字，县委的大红戳儿，禁止集会活动，禁止公共场所汇聚往来。

“老高，你他妈少忽悠，”舅舅们面子上挂不住，“上礼拜东方邨门口还放大地红呢！”

“上礼拜是烟草公司的李总二婚，四川娶来一丫头片子，”戴着口罩的高老板说起话和风细雨，“换作你们，这酒摆还是不摆？”

东方邨斜对过是贵人港，虽不比前者富贵，但菜码足，场子大，摆完酒还能摆麻将，在县里绝不算丢人。舅舅们过去打听，哪承想关门停业，门缝夹了张纸条，上面是电话号，说如有意向者请联系此号。半信半疑打过去，那头有人接了，说县里抓得忒紧，但是别担心，咱家在江边有分店，那头管得松，能炖江鱼，能打麻将，还能唱卡拉OK，东方邨没整到位的咱家全给你搞定。

“你们到底啥意思？”舅舅们以为自己听错了，“我们这是要办白事儿，七大姑八大姨一大早请过来，先拉火葬场，再坐两小时车去江边招待？”

“对，就是去江边，咱家还给包大客呢，一起打折算酒席里，”贵人港的老板娘在电话里春风滚滚，“这不是非典给闹的么？咱家这么贴心到位的服务，满世界你找不到第二家！”

舅舅们挂掉电话，无计可施，只好听母亲的，联系了一家中档饭店，席面不大，价格实惠，至少能招待亲朋好友一顿便饭。至于那些不愿来的，也不必厚着脸去找。最重要的是聚会人员数量不能超标，否则会被县里连查带封。

六

出殡这天风大，又干又硬，尘土飞扬，不少人随了份子就回家了，四舅姥姥干脆都没来。老马太太和教会姊妹倒一个不少，个个胸戴白花。母亲拆开一包口罩，老马太太摆摆手："戴这玩意儿还咋唱歌？"

"月有圆缺明黯，常显主恩；人有生离死别，情同古今——"

没有车队，没有敲锣打鼓，只有赞歌随风起落。县里人都觉得稀奇，风沙中停下脚步，互相问道：

"谁家死人了？咋不哭反笑呢？"

"常去教会的家里人死了呗。"

"当中那高个儿是老马太太？"

"瞅着像。"

"她唱的到底是啥？"

"我也听不出来，估计又整新业务了。"

老马太太的哭丧事业，不但经营有方，而且推陈出新，各种套餐业务层出不穷："余音绕梁"六百六，"海枯石烂"八百八，"天崩地裂"一千八百八十八。至于她这套唱功到底是在教堂还是火葬场练成的，就只有全能的上主知道了。

棺材抬到火葬场，姥姥被排在第四号火化。快到中午，亲戚都走差不多了，只剩教会的人陪守在殡仪馆。母亲要留他们吃饭，老马太太一口谢绝，又小声叮嘱：“待会儿交钱，千万看仔细了收据，里面有一条‘遗体告别聚会服务费’纯属扯淡，一来现在非典不让聚会，二来咱这几个人也够不上聚会。咱县这火葬场我一礼拜来三趟，黑着呢。”

母亲拿到收据留心看了，果然有一条“遗体告别聚会服务费”，金额是七百八十五元，便问这钱到底是怎么回事儿。

“大姐，我们从早上到现在连烧八个，”管理处的小伙子在窗口里干巴巴地说，“又忙又饿，瞅花眼了，给你重开一张收据。”

七

非典那年我读大四，封校两个月，头发留到肩膀，略有自来卷，像扑克牌里那张J。白天不上课，晚上喝扎啤看枪版的《搏击俱乐部》，半醉半醒间很想找谁打一架。

知道姥姥去世后，想跑回县里参加她的葬礼。白天去学校大门口踩点，看见保卫和几个学生会的都戴着口罩，男男女女有说有笑，搬了两张课桌斗地主。大门的铁栏杆有三米多高，每根粗细跟红肠差不多。从铁栏之间望去，86路公交来了又走，走了又来，平均七八分钟一趟。晚上再溜过去，大门便上了大锁，月光在铁栏内外一般清冷。同寝兄弟都劝我节哀，顶风逃跑会被学校处理，还说有个大四的半夜翻铁门摔折了腿，被保卫抬到校医院，通报，罚款，连保研资格都给撸了。究其原因，无非是想跑去师大见一面女朋友。好一场瘟疫，竟瘟出了无数牛郎织女。

因为校园里打架闹事的太多，学校开始禁烟禁酒，最后连仓买（小卖部）也一并禁了。我好不容易找到一块黑布，以为男左女右，就缠在左臂上。同寝兄弟说不对，外姓长辈应该缠右边，还得再别一朵小花，最好是蓝白系的浅色。花是断然弄不到的，我只能剪了头发，黑布缠到右臂，孤魂野鬼一般在校园里游荡。

后来我读研，出国，家里的长辈又走了不少。2016 年春节，爸妈飞美国来我这边过年。这中西部的镇子比我们县城还小，我怕他们嫌闷，周末带他们去这里的教会，中英双语的唱诗班，四层键盘的管风琴，牧师讲道时还配了同声翻译。

在信仰方面，父亲大抵是个唯物论者。我问他有啥感觉，他说没啥感觉，想了想，又说唯一对这方面有点感觉，还是多年前姥姥去世。

“你姥儿一只手带这些孩子，从不求人，这一辈子多不容易？她走的是急，但也没遭什么罪。说句不孝的，我和你妈还有你舅他们都是平头老百姓，没能耐，没地位，你姥儿从病危到后事谁也没拖累，这大概就是他们说的神迹吧。”

这个平安夜不下雪，只有连绵不断的雨。父亲讲起许多姥姥的旧事，说她头疼脑热从不吃药，光靠祷告。说她一点也不懂藏着掖着，喜欢谁不喜欢谁都摆在脸上。说她太刚强，不论住哪个舅舅家，都忌讳人家嫌她一只手。说她嘴馋，吃鲫鱼炖黄豆就像个孩子，总是卡到刺。

雨还在下，父亲还在说姥姥的不是。越说越说不完，直到自己把自己说哭。父亲也是六十出头的老人了，我平生第一次见他落泪，手足无措。

八

姥姥住的屋很小，和舅舅家的屋子紧挨着，前院栽西红柿，后院种油豆角，再往后是一条小河，不深不浅，不清不浊。暑假我去姥姥家玩，表弟把姥姥的小煤铲丢进河里，问我敢不敢捞。我说敢，裤子也不脱就往下跳，结果一头栽进河里，眼睛还没来得及闭上，只见河底灰蒙蒙一片。表弟在岸上看见我两腿倒着往上蹬，像电视里演的花样游泳，大骇，喊道："奶奶，我哥掉河里了！"

姥姥正在后院摘豆角，三步并两步跨进河里，一只手把我拎出来——现在想来，若非她那只手干了一辈子活儿，是断然拎不动我的。姥姥自己爱干净，也知道她的二女儿爱干净，把我的衣服仔细洗了，又叮嘱我回家千万别说。第二天母亲过来接我，很奇怪我跟表弟疯了两天衣服居然是干净的。临走，姥姥先忍不住了，问我回家说没说。

"他啥也没说，"母亲更糊涂了，"到底怎么了？"

"他掉河沟儿里了，我不敢说，憋得这个难受！"姥姥垂头，闭目，献上祷告，"感谢主的大能，猫呛狗呛孩儿不呛。"

至今记得姥姥用一只手在搓板上洗我的衣服，至今记得她用一只手给我炖最爱吃的油豆角，至今记得她戴上老花镜，从箱子里拿出那本黑皮子的经书，地名人名下面都画着线，字我都认识，却读不懂什么意思。

姥姥翻开有折痕的那一页，让我为她放声朗读：

“我实实在在地告诉你们，一粒麦子不落在地里死了，仍旧是一粒，若是死了，就结出许多子粒来。”

中篇

美漂十年

像星辰一样漂

一

2008 年是我出国的第一年。转眼十年过去了，我还是没法理解那一年在我人生中意味着什么。

2008 年的上半段，我虽人在厦门大学，却不是厦大的学生，只是随导师去做毕业课题，所以不住学生宿舍，没有学生证，去食堂打饭得蹭别人饭卡，是不折不扣的黑户。

五月，临近毕业季，校园里弥漫着软绵绵的感伤，鲁迅石像底下画着“不想毕业”之类的粉笔字。的确，这校园号称全国最美，最适合谈恋爱或者校园卡拉 OK。如果我是这里的学生，我也想继续待个三年五载。可惜我只是个黑户，只想赶紧毕业，走人，出国。

回东北答辩，毕业，去沈阳办签证，一大早排队面签，排我前面的那个女孩拉着几个同伴女孩的手，闭上眼念念有词。当我听到“感谢赞美主”，才明白这是在祷告。那女孩在国内读的神学院，想去美国深造。签证官是一个长着亚裔面孔的男性，用语速奇快的英语问她既然是学《圣经》，去哪儿不行，为什么非去美国。女孩听不懂，急了，翻来覆去就一句事先准备好的英语：“我去美国不为别的，就为了学《圣经》。”两个人越说越不明白，签证官满脸铁青，拒签。那女孩哭着走出来，和刚才一起祷告的姊妹抱在了一起。

轮到我了，签证官扫了两眼材料，说你回去等着吧。我很错愕，因为他讲的是汉语，还略有沈阳口音，我苦练两天两夜的英文攻略根本没用上。

读研时我就想出国，不但为之努力，还没来由地相信自己一定会出去。当时觉得那叫信念，现在回头看看，说成是少不更事的偏执也亦无不可。美国驻沈阳领事馆，和平区十四纬路，一个陌生女孩的哭泣，让我第一次琢磨出国究竟意味着什么。

二

可是已经晚了。八月底，东北的县城凉意初露，赴美签证寄到了我家里。母亲既替我高兴，又舍不得我远行。父亲倒很淡定，只说时间赶得还好，等奥运会开完，去北京就不那么费劲儿了。

行李是父亲给准备的：棉被（因为县城是苦寒之地，母亲对其他任何地方的被子都不放心）、衣物、碗、勺、电饭锅、菜刀、小塑料菜板、鞋子、袜子、各种款式的鞋垫（也不知是哪路亲戚说的，美国人从来不垫鞋垫）……我看着他一样一样往里装，心说这哪儿是去美国呢，去援助非洲还差不多。

这些物件能铺满一屋子，但全让父亲装进了行李箱。他意犹未尽，说要不是怕超重，还能再塞一条电热毯。

父亲也没什么高深的诀窍，嵌套着压缩空间而已，比如饭锅里盛鞋垫，棉被中掖菜刀。母亲说这么一大堆东西，装了又散，散了又装，真是佩服你爸的耐心。

父亲给行李打包更是一绝。他嫌超市卖的绳子不结实，非要往里串几根铁丝。他年轻时当过钳工，手一沾铁就停不住，扣子拧得结实无比，行李箱被他五花大绑，像一炸药包。后来我在美国落地，得用钳子才能拆箱过活，把房东都看傻了。

爸妈去北京送我，竟是三口人第一次一起出门远行。临走前一天晚上，我出去跟同学喝酒，回来睡得很沉。第二天上车，母亲嘀咕说你爸真是老了，总担心忘了啥东西，三更半夜把行李拆开，大小物件挨个儿过一遍才算放心，等重新打好包天都亮了。

在北京停了三天。三口人马不停蹄，恨不得把北京城逛个遍。我是怕停下来就会想到这一出国再回来就不知何年何月，至于爸妈为什么不停下歇歇，我也没问。三口人只是闷头逛，闷头照相。

首都国际机场，父亲很疲惫（他一出门就失眠），母亲跟我喋喋不休，说碰过生肉的手绝不能沾碗筷，说在美国用洗衣机，内衣内裤和外衣外裤千万分开搅。说美国人是美国人的身板儿，人家冬天光不出溜啥事儿没有，你千万别嘚瑟跟着瞎学。到了安检，她又数落起我们县的裁缝。我说裁缝怎么了，做的西服不挺合身么。她说你现在穿是合身，在美国吃几年高热量的汉堡三明治，合不合身我就看不着了。

我听了摇摇头，笑着去过安检了。明明不敢回头，却还是回了头。

这一回头就看见母亲在哭。父亲也不劝她，只背着手站在一旁，左顾右盼，不知道在看些什么。

三

北京直飞芝加哥，我头一次坐跨国航班，十三个小时，睡睡醒醒，醒醒睡睡，吃了一肚子经济舱的快餐，感觉比十三年还要漫长。邻座那哥们儿也是东北人，也出来做博士后，和我又是同一专业，就聊了起来。

“美帝不可久留，往死里整两三年，”昏暗中他的东北口音杀气腾腾，“赶紧杀回来占个坑儿！”

他刚当上父亲，老婆孩子都在国内。给我看他儿子的照片，手机是滑盖式的，像素很低，只能看出一个娃娃的轮廓。我说恭喜，很可爱。他摇头，说媳妇儿只给他一年时间，顶多一年半，要不他回国，要不就离。所以他要心急火燎杀回去，可绝不只是为了占个坑儿。

边聊边刷靠椅上的显示屏，飞机在太平洋上空一点点往东挪着，飞行高度的单位是美国人习惯用的英尺，我们俩却毫无概念。我有点羡慕他：至少他对未来有一个方向，有方向就有盼头，可是我呢？我应该在美国“往死里整”几年么？回去固然没有媳妇儿在等我，可是会有个坑儿占么？

芝加哥落地，我俩聊得脸上油光锃亮（关于出远门脸上冒油这种现象，坐过夜车的同学自有体会）。我的目的地需转乘大巴，他要转机飞东海岸，习惯性互留了国内手机号，一想在美国用不上，赶紧换QQ。我和他同龄，连QQ都是同样的七位号。当下相视一笑，就差没在机场里宰头猪拜个把子了。

就此别过，至今再没联系。

十年后的他，应该在陪儿子看俄罗斯世界杯呢吧。也不知他在美国“往死里整”了几年，回国占了多大一坑儿。如果杜甫也申请了七位号的QQ，个性签名没准就是“人生不相见，动如参与商”。

四

刚到美国的房东是一位中国大姐，在这边做了十多年的博士后，人很热情，开车过来接我，说欢迎来到玉米地。我向车窗外一看，真的就是一人多高的玉米地，成片成片一望无际。

“很荒凉很农村吧？”大姐笑问，“许多国内的刚来都不习惯。”

我还好。从小在县城长大，城市生活对我没有特别的吸引力。何况我来这儿是做博士后，用飞机上那哥们儿的话讲是“往死里整”几年后马上走人，所以荒凉也好繁华也罢，都不关我事。

其实出来前我想找美国人当室友，练练英语，熟悉文化。但母亲坚信还是中国人靠谱，为了让她安心，我就在留学生的论坛上联系了这位大姐。她迅速发来给我准备的房间的照片：中央空调，实木地板，窗外能看见修剪得比板儿寸还工整的草坪。

可是当她把我接到家，却让我先在客厅将就两天，理由是住在我房间的房客还没搬走。

我以为她说的将就，是指睡沙发什么的，岂知是我自作多情：客厅里没有沙发，只有一张美式的安乐椅，挂一道帘子与厨房隔开，我睡地铺而已。

刚飞完十三个小时，云里雾里倒着时差，但我毕竟还是十年前的身板儿，地铺就地铺吧，难不成退了房跑到玉米地里天人合一？至于租金该怎么折算，也由房东去吧。出门在外，别太较真儿。

真正让我头疼的是洗澡。这是一栋旧式的木头房子，能洗澡的卫生间只有一个，却要满足六口人的需要：大姐一家三口，暂住我房间的那对小夫妻（当然，他们仍然认为那是他们的房间），还有我。

肯定是要可着大姐一家先洗。她做科研辛苦，又要顾家，洗澡就是弥足珍贵的放松，所以一洗就半个多小时，水汽透过门，弥散进客厅，我那地铺都是潮乎乎的。她的先生在国内当过兵，出国这些年不讲英语，一洗澡就高唱“一二三四一二三四像首歌”，很是豪迈惊悚。

那对小夫妻通常在晚上洗澡，老公搭着老婆的肩笑嘻嘻进了卫生间，鸳鸯戏水戏到深夜。卫生间与我睡的客厅只隔一道门板，我因为时差失眠，而失眠时的耳朵又特灵敏，该听的不该听的全一股脑儿听进去了。

跟国内打长途电话，当时还用长城卡。大姐给了我一张，让我给家里报个平安。母亲上来就问一切好不好。我说一切都好。又问这几天吃饭怎么办，大姐在一旁笑说您就甭担心，我们给他做饭就好了。母亲让我把电话递给大姐，先跟人家道谢，又数落我不懂事，让大姐凡事多担待照顾。

说到底，母亲还是担心我寄人篱下。张爱玲曾用“一直低到尘埃里”来形容爱情的姿态。可爱情是要缘分的。缘分尽了，姿态也就收回去了。不讲缘分只讲姿态的，恐怕只有骨肉。

五

大姐在家里不做饭。她先生在中餐馆打工，每天带回各种炒饭，都是顺着美国人口味的快餐，加了许多糖和酱油，油腻腻的。所以，还是我自己做吧。

我从行李箱掏出菜刀菜板，在厨房摆开架势切土豆丝。大姐的儿子凯文跟过来了。据大姐说这位变声期的少年“将来非藤校不读”，我不敢怠慢，停下菜刀问他吃没吃，他却跟我探讨美国的时政。

“知道么，奥巴马其实是个非洲人。”

凯文七八岁就来美国了，却对这个国家毫无认同感。看出来是憋坏了，好容易逮着我这个刚从国内来的，张口猛喷。

“你这都听谁说的？”

“天涯、铁血，你在国内不上这些论坛么？”

凯文还说他从不听美国歌儿，只听周杰伦。我说他那套哼哼哈兮不也就是邯郸学步美国黑人那一套么。

“邯郸学步是什么意思？”他问。

我解释半天也没说明白，他没了耐心，给我看他的MP3，里面存着《范特西》。我笑说这都猴年马月了，你偶像Jay早依然范特西了。他有点窘，沉默一会儿说还是老歌儿好听，回地下室继续他的哼哼哈兮了。

我刀功很差，土豆丝切得粗细不均，炒起来怕糊，添好几次水，炖成一锅土豆条儿了。给家里打电话，没人接。这里是晚上十点，国内是上午十一点，也不知爸妈在忙些什么。

那对小夫妻马上要回国，男的在美国读了两年联合培养，女的是学生家属签证，扫了无数打折货，装了四大包行李，鸳鸯浴洗得特别晚，声音有点过分，我干脆去夜里散步。

踏黑而行，信步走进一处公园，虫鸣蛙叫，星垂满天，流萤烂漫。在这片中西部的玉米地里，忽然吼出两句李商隐：

“嫦娥应悔偷灵药，碧海青天夜夜心！”

草丛里探出两头野鹿，月光下一前一后，一高一矮。估计是一公一母。也好，野合万事兴。

“哥们儿，”回去时被邻居家一黑人小孩儿拦住了，“有烟么？”

“没有。”

“去你妈的！”

六

出国做博士后，和那些考托福考 GRE 出来攻读美国学位的留学生很不一样。简单来说，博士后是拿到博士学位之后才有资格申请的科研经历，听着好像更高级，但实质相当于刚毕业的博士生在拿到学术界（比如终身制助理教授）或企业正式职位（比如研究员）之前的缓冲期。

说到底，博士后可以看成一个没有时间上限的临时工，收入远低于那些拿到正式职位的人，但工作压力和强度却与后者差不多。除了完成科研项目，博士后还要帮实验室的真正老板（项目负责人或研究组负责人，通常由拿到终身教职的教授担任）撰写论文和课题申请书，训练博士生们的实验技能，下班之余还要阅读研究领域的最新文献，每周工作五十多个小时是家常便饭，节假日老板可以和家人团聚，学生们出去游玩，独守实验室的往往就是博士后，而且没有任何薪资上的补偿。

不仅待遇糟糕，博士后作为一个暂时性的工作职位也缺乏保障：一旦实验室的课题经费断档，教授还有教学与教务方面的薪酬支撑，学生则可以申请换导师换实验室，博士后就只能走人。能不能找到下一个实验室，找到什么样的实验室，无他，全凭运气，前任老板最多写一封漂亮的推荐信而已。

最绝望的是没有职业上的提升空间，做三年与做三十年并不会让博士后的头衔和待遇有本质的提高。这是不折不扣的温水煮青蛙：烫不死，也烫不活，斗志、精力甚至健康就这么一年年被消耗殆尽。

在卫生间里，我总是能看见大姐掉的头发。那些花白的、一缕一缕的头发缠绕起来，化为一柄利剑，悬在我的头上：我不想变成她，一个做了十多年还不知何时才是尽头的博士后。

我之所以来到这个被玉米地紧紧包裹的大学城，加入其中一间实验室，只是因为在国内读到这实验室老板发表的论文，发了一封套磁邮件，递上简历，通了越洋的面试电话，在聘书上签下名字，仅此而已。好在我还算走运，老板在学术领域颇有声望，为人也很厚道，我才能顺利发表论文，凭着应用性较强的科研方向与经历，最后进了企业。然而这只是个体的运气，从整个领域来看，有太多老板的学术成就是建立在对博士后——尤其是非美国本土的博士后——无底洞式的盘剥上。

在美国，教授与其雇佣的博士后之间充满了争议与灰色地带。两者间的权利和义务，既没有明确的界定，对处于绝对弱势的博士后更缺乏规范系统的保护。有不少闹到龃龉、翻脸、冲突，甚至以博士后一方鸡蛋撞墙式的惨烈而告终。极端情况下，甚至会酿成血腥之灾：2016 年，一名西奈山伊坎医学院的中国博士后，开枪射伤俩人，其中就包括他的前老板。

人们总说能者多劳，又说多劳多得。我只同意一半：如果缺乏制度性与行业性的保障，不论能者还是弱者，最后都会沦为只劳不得。

七

我那时经常上一个华人论坛，认识了不少有趣的朋友，也见识过最粗鄙恶毒的语言暴力：韩国人叫“棒子”，白人女孩叫“白牛（‘牛’谐音‘妞’）”，在美国的中国博士后叫“千年老妖博后”，简称“千老”，来戏谑无休无止做博士后的人生惨状。

论坛上还发过一篇很有名的帖子，标题即云“我是千老”。作者生于六十年代，自嘲说当年上大学“什么都不懂，稀里糊涂地学了生物”，日后“因为心高气盛，而且不太善于搞人际关系”而辞掉国内工作读研，直到受聘于美国大学去做博士后，才觉得“自己终于给自己创造了改变命运的机会”。

这位六〇后大哥用沧桑的笔调讲述了很多亲身经历，比如妻儿赴美团聚，比如数次更换实验室。对自己尚在延续的“千老”岁月，他这样形容：

“实验室做了那么多年，什么是什么，究竟怎么回事儿，也越来越清楚，看淡了；我尽量找能给我钱多一点的、稳定点的实验室，毕竟我还要为了我的孩子，毕竟我不认为自己还是那个为了出人头地能忍耐一两年牛老板压榨然后立马走人的愣头小伙子了。”

大哥这般挖心掏肺，除了抒发一下情怀，也想劝劝年轻的网友：“人人都不容易，何必嗤之以鼻的，把心都放平些，什么都好办了。”

然而“千老”这个词还是在论坛泛滥开来，甚至衍生出“琐男千老”和“卢瑟千老”等多种组合。我一度以为这些字眼儿来自国内，后来才知是出国者的原创。最有杀伤力的，果然还是来自群体内的互相伤害。

我的房东大姐，在家是妻子是母亲，在学校是加班加点的博士后，如果登录上那个论坛，她又会是谁？“千年卢瑟琐女老妖”？还有飞机上遇到的东北哥们儿，曾在太平洋上说“往死里整两三年”，我总算感受到了这话里的腾腾杀气。

八

博士后的生活虽谈不上温柔敦厚，却不妨碍这小镇秋日的美好：湛蓝的天，松软的云，黄红相间的落叶，枝头上一跳一跃的灰松鼠。每天步行去实验室，走过那条铺满红砖的小路，砖铺得紧实细密，颜色是吸足了阳光雨露的绛红，看着极为舒服熨帖。一场细雨过后，砖块又被滋润一回，光脚踩上去，有一种踏踏实实的温润感，瞬间让我想起夏日的黑龙江畔。

这些小情小景被我用数码相机拍下来，晒给国内的亲戚朋友。至于做博士后的艰辛压力，当然只字不提。

出国后的第一个中秋，留学生办的联欢晚会，我花十美元买张票溜进去了，发现台上吆喝的全是学生会的头头脑脑，跟国内读书时没什么两样。然而我早就没了做学生时的心境，兴味索然，直奔后面那桌月饼而去。掰开两块尝尝，枣泥蛋黄两样馅儿，甜得发咸，在国内也就地摊货的水准，跑到这边就是美元的身价了。

有月饼的地方自然少不了人，大家互问国内哪个学校出来的。这个话题很有吸引力，特别是对那几位出自名牌院校的人来说。等我报出省城学校的名字，大家“哦”一声，各掰各的月饼，再无别话。

小时候读杂志文摘，形容美国是“汽车轮胎上的国家”。出来后真正体会到拥有一辆车子的必要性，是去超市买菜。我当时坐公交去沃尔玛，司机是位黑人大妈，虽一脸怒相，却准时准点，风雨不误。本地人也有坐公交买菜的，但人家用的都是布质购物袋，大方，体面，环保。我浑身挂的是印着沃尔玛商标的塑料袋，里面塞着土豆西芹鸡翅脱脂牛奶，一看就是刚从国内来的。正忙着在颅内拷问灵魂呢，对面的白人老妪对我眨眼笑了笑：“扫了不少好东西呀？”

车上还有几个像我这样挂满塑料袋的中国人，都是男的，互不搭茬，又能感觉到彼此的存在，像丛林里散落的蘑菇。过了一阵，有的人不再坐这趟公交了，要么是回国，要么买了车子，其他人都很羡慕。不过很快又会冒出一个新来的，大家心里也就平衡了。

我第一次蹭同胞的车，是因为在球场上认识了个东北人，他其实很年轻，但常年踢中后卫，硬生生踢出一脸老相，大伙儿就叫他老陈。每次踢野球，都是他开车捎我去十二英里外的塑胶球场。我要请吃饭，他摆手一笑：“拉倒吧你！先出来的帮后出来的，都是这么帮出来的。”

老陈那时新婚，博士刚答完辩，硅谷的工作已经找妥了。他要搬走，想卖掉他的丰田车：1994 年的花冠，跑了十六万英里，转过无数人无数手。

那次我们跟韩国人踢了一场狠的，好几个人都抽了筋，老陈啥事儿没有，大伙儿开玩笑说你这也不像刚结婚的呀。他送我回去，问我想不想买他的车，五百刀（美元）。

“谢谢陈哥，我不会开车。”

“不会开更得买旧车练手了！我教你，俩礼拜包你拿到驾照！”

五百刀已经便宜得不像话，何况还有人教开车。我回头给他打电话，没人接。第二天再打，还是没人接。

再听到老陈的消息，却是死讯。当天他踢完回家，关上卫生间的门洗澡，一个多小时还没出来，妻子觉得不对，喊人，没音，拍门，不应，里面只有哗哗的水声。当下破门而入，丈夫赤条条躺在水里，急救车过来已经晚了：突发性心血管破裂。

老陈的告别仪式是学生会给办的，还在那个办过中秋晚会的礼堂，只是稀稀落落的抽泣声代替了枣泥月饼。

老陈生前有哪些重要的人，死后一目了然：新婚燕尔的妻子一袭黑裙，国内赶来的父母肿着双眼，实验室的老板和师兄弟，再有就是球队的几个哥们儿。

大家就那么站着，倒有点像给他送站：老陈踏上了一趟不知开往何处的列车。

我也去了，第一次穿上那套老家县城裁缝给做的西服。白发人送黑发人，我想跟老陈的父母说两句安慰话，却什么也说不出来。原来人生一世，能说出口的，基本都是废话。

老陈就这么没了，像某次踢比赛他没打招呼就缺席一样。球队也散伙了，大家约好似的互不联系，好像再凑一起踢球，就对不起另一个世界的老陈。

2009 年第一次下雪，我总算买了车。白天没人教，夜里趁黑鼓捣，居然也拿到了驾照。来年开春，行李装上车，我要从大姐那儿搬走。

她也不留我，只淡淡说："住得不爽就走呗。"

我和她同在一个小镇，六七年再没有过联系。直到去年我找到工作，要从这片玉米地搬走，才偶然遇到。约好一起吃顿饭，只有她和儿子凯文来了。我问她先生呢。她说他受不了美国的无聊，先回国了。

我搞不清这"先回国"的含义，不再作声，用筷子扒拉油腻腻的美式宫保鸡丁。

"我也要回国了。"

"你博士后做完了？"

"不做了。那玩意儿还有个完？"

"回国去哪儿？"

"没想好去哪儿，"她摇头笑笑，"哪儿能搞定房子，就去哪儿呗。"

我点头称是。

"现在回去已经晚了，好一点的坑儿都被占了，"大姐抢着去结账，"今天我儿子毕业，这顿我请。"

凯文长成一个高大的帅小伙，刚读完州立大学的本科。我问他还听周杰伦么。他笑着摇头，谦逊、腼腆，对未来满是憧憬。

就此别过。大姐为回国做准备，我也开车上了高速。后备厢堆着锅碗瓢盆和半箱子的书，到了新地方就能用上。六七小时的高速，这些旧物像老朋友似的陪在身旁，倒也不觉得漫长。

二十多岁的我飞过太平洋，觉得人生不会被国界束缚。岂知出国十年，搬过无数次家，见识过无数次聚散离合，越发觉着“美漂”二字贴切。

人和人好像星辰，在同一块夜幕上闪烁浮动，看着挺近，其实远到让人无法理解；偶尔相遇，也只是擦肩而过。

爱情与割草

一

卖房，卖车，卖家具，贴广告，找代理，办手续，交接旧职，被谷歌地图绕得七荤八素狼奔豕突，在陌生城市寻找陌生住处……八月底拿到新工作合同，九月初去新公司报到，谁能想到会有这么多杂事需要处理。朋友说这些是幸福的烦恼——好吧，幸福尚需空中画饼，但烦恼已无穷无尽。

趁周末天好，我把杂七杂八的物件摆在车库门口，每样贴上黄色标签纸，也学美国人来一次 garage sale（家居二手货交易）。手电筒网球拍级别的都标上“$5”，碗碟唱片咖啡杯统统按“$1”处理。毕竟跟这些物件相处了这些年，多少积下点感情，一股脑儿扔垃圾箱里不落忍，好歹给寻个下家，也算有始有终。

吆喝一整天，嗓子冒烟，喝到第四瓶冰镇苏打水，还是有好几件无人问津。只好堆在草坪上，旁边插了“For Free（免费拿走)”的牌子。那个银色的戴尔牌显示器，掰手指一算，最少用了五年，顺眼，舒服，像是穿顺脚的旧鞋子。看看天边那团火烧云，担心会下隔夜雨，可又懒得往回搬，遮一层塑料布，听天由命吧。

八月底的黄昏，悄然有了凉意，街对面的枫树也一点一点染上了红。忽然想到就此和这小镇别过，不舍之情有如枫树被夕阳拉长的影子，慢慢遮上心头。打算拍几张照片留念，开车去了球场、图书馆和那家专放非主流片的小影院。都是我平时常去的地方，跟老朋友似的道一声珍重。

在肯尼迪大道的拐角等红灯，瞥见 Espresso（浓缩）咖啡店门口停着一辆宝马，白色的休旅车型，侧面贴着十多年前韩日世界杯的标志和标语：“2002, Dream for All(2002，所有人的梦想)”。

这镇子很小，小到让时光变成了黏合剂，让分分离离变得难舍难分。没想到还会见到这辆宝马，许多往事涌上我的心头。

二

这宝马的主人原本是一位阿祖妈（韩语音译，泛指年长的已婚女性)，九十年代初曾和丈夫经营Han-Mi Grocery(韩美杂货店)，是当年镇上唯一的韩国店。彼时韩国留学生很多，是故生意火爆，没几年就买了这款拉风的宝马。大概是钱来得太快，丈夫闹起了离婚，把女儿和店铺留给阿祖妈，远走高飞回了韩国。

阿祖妈自己忙不过来，请了一个白人小伙当伙计。他叫肯尼，阿祖妈叫他肯，生得人高马大，却恭顺得像只绵羊。肯尼在店里一干好几年，学韩语，看韩剧，还往宝马车身上贴“2002, Dream for All”。后来镇上中国留学生多过了韩国留学生，连带着中国店也压过了韩国店，镇中心甚至开了一家华夏大超市，售货员是清一色的白人姑娘，气派，有面，虽然不便宜，但总算给国人长了脸。阿祖妈的铺子渐渐被这些中国店顶了，好在她委实赚够了钱，年岁也大了，便将铺子兑给一对中国夫妇，自己搬去阳光明媚的南加州养老。大概出于多年的老情分，那辆宝马就留给了肯尼。

这些都是镇上的陈年旧事，我也算半个陈年旧人，记得当时肯尼往车上装行李，叼着烟，一脸的疲惫和黯然。好在他一个单身汉，没多少物件，后座都空了一半，宝马一阵风似的把他拉走了。转眼又是好几年，谁能想到他又开回来了呢。

我把车停在Espresso咖啡店门口，发现这辆宝马保养得很好，至少肉眼看不出光阴的磨痕。我推门进去，壁炉对面沙发坐着一个白人大叔，谢顶，戴眼镜，目测有两三百磅，把沙发填得满满的。这便是数年未见的肯尼了。

我跟他握手，拍肩，热情中有那么一点夸张：“嘿，肯尼，你这是从哪儿钻出来的？”

“我也没去哪儿，”肯尼放下手中的汉堡，“就是瞎转了几个地儿。”

他脸庞臃肿，头发比胡子还稀疏，但那微笑依旧透着和气，还是当年韩国店的那个年轻伙计。触目惊心的不是那些皱纹，而是那副眼镜——他竟然戴起了老花镜？

“所以，你这是又回来了？”

“对，又回来了。”

“嗯，回来也挺好。”我又拍了一下他的肩。

“没错，我一直喜欢这小镇，”肯尼推了推眼镜，“你看看，又来了这么多年轻人。”

他说的年轻人，是围坐在咖啡桌旁的几个亚洲学生，埋头刷手机，戴耳机追剧，或者对着笔记本电脑发呆。论身材、发型或穿着，他们和套着灰汗衫的肯尼格格不入，似乎不该出现在同一家咖啡店。

“得，我不耽误你了，咱俩有空喝一杯。”

“好，喝一杯。”肯尼又拿起牛排汉堡，一双大手衬得汉堡像块小饼干。

我又把车开到肯尼迪大道拐角等红灯。透过咖啡店的落地窗，能看见肯尼的背影：谢顶的头部深埋下去，正在专心对付他的汉堡。

三

多年前我从国内来到这个小镇，刚好赶上气温突降。那是夹在感恩节和圣诞节之间的一段初冬，每天刮着阴沉沉的风，既不下雪，树木又萧瑟，最是难熬。租了一小间公寓，不通大巴，只好从某一户人家的garage sale买了辆二手自行车。现在想来，那户人家的garage sale跟我自己现在张罗的也差不多，仿佛这些年在小镇上画了一个轮回。

那时从公寓到学校骑自行车要半小时，早上出门喝杯热乎牛奶还能顶住寒风，晚上下班肚子里空空的可不大好受。阿祖妈开的韩美杂货店就在实验楼斜对面，我打算买一小罐辣白菜，回去跟火腿和土豆片一起炒。推门进去，煮方便面的味道扑鼻而来。

原来是阿祖妈开了新业务：她把一包包韩国辣牛肉面拆开，加上水，再卧个鸡蛋，微波炉里转三五分钟，端出来就是两美元一碗，热乎，便宜，最适合饥肠辘辘的穷学生。

一碗面连汤带水吃下去，肚里和心里暂时被暖流填满，却又泛起一层乡愁。满屋子都是韩国人，唧唧呱呱讲着韩国话，唯一不吭声的是个白人，他就是多年前的肯尼。

阿祖妈忙着收钱，用微波炉转方便面，和韩国学生们谈笑风生。肯尼在过道忙活，肩扛大袋韩国香米，又戴上白线手套，搬弄冻成一板板的刀鱼。不论干什么，他总是面带微笑。

时日一久，难免诧异：这小镇上的亚洲店请伙计，除了亚洲人便是墨西哥人，怎么这里偏偏请了白人？请得起么？

可这个白人又不像是伙计，因为他的微笑太自然了，有一团和气在里面，好像这店铺是他开的，一屋子的学生都是他的顾客。他还会讲韩语，阿尼昂哈塞优（你好）、康米撒哈密达（谢谢），连找零钱的姿势都是地道的韩国式：微微鞠躬，双臂向前。

吃过面，我又买了包韩国的爱喜牌香烟，站在杂货店门口，对着满天星斗抽了起来。正抽到怅然处，门里冒出一团黑影，是那个白人。他说他叫肯尼，也出来抽会儿烟。我问你抽啥。他说抽骆驼呗，“在这小破镇上还能抽啥？”说完俩人就笑了。

那时的肯尼不谢顶，不发福，不戴眼镜，一头金发，眼珠湛蓝，五官线条硬朗。他说他以前在这镇上的大学读本科，主修东亚史。那时没有智能手机，没有社交网络，他要往韩国给同学打个电话，只能来韩美杂货店买长途电话卡，薄薄一张塑料片，刮开锡箔纸就是一串密码，二十美元能跟太平洋另一端聊八百分钟。那是一个淅淅沥沥的雨夜，肯尼第一次遇见了他的 Mrs. Kim——金夫人，他一直这样称呼店里的阿祖妈——愣了一下，接过长途卡，掉头就走，回去才发现金夫人把两张卡贴一起给他了。当下冒雨跑回店里，双手奉上那张多出来的卡："米安嘿呦（对不起）。"彼时的金夫人正闹离婚，店里忙不过来，还要跟律师和前夫周旋，疲惫，沮丧，突然见到这么一个傻乎乎的白人小子，心里一阵热乎，酸着鼻子给肯尼切下一大块糯米打糕。

"天哪，那块打糕是我这辈子吃过最香的。"他一挥手，烟头在黑暗中划出一道弧线，坠到路灯杆上，烟星四溅。

肯尼在一个农场长大，母亲很早去世，父亲进了精神病院。他一路贷款一路打工，自己把自己供上了大学。他说他从小就想走出农场，走出被玉米地覆盖的中西部大平原，走得越远越好，便选了东亚史，把韩语当成第一外语，打算将来去太平洋对岸看一看。可韩国还没去成，却遇见了命中注定要遇见的金夫人。他用发音古怪的韩语问金夫人能不能在杂货店打工。金夫人说她付不起工钱。肯尼说钱多少无所谓，反正他要练习韩语。金夫人叹了口气，就把他收下了。

"说实在的，哥儿们，你和这儿真挺有缘的，"我跨上自行车，准备往黑夜里冲，"祝你好运！"

“嗯，你也好运。”

肯尼一个人站在杂货店门前，又点着一支骆驼香烟。

四

店里的阿祖妈每天上妆，不深不浅，不卑不亢。不论春夏秋冬，总是穿一条裙子，刚刚好过膝，露出两截笔直的小腿，脚踝线条恰到好处，趾甲也涂得不温不火。她的年龄在视觉层面大抵是个谜，只有那双穿梭在零钱与杂货之间的手，那一道道凸起的青筋，讲述着逝去的岁月。

她的女儿叫乔伊丝，所谓的“ABK（美籍韩裔）”，据说书读得不错，小提琴拉得更好，是地地道道读藤校的料子。只是但闻其名不见其人，因为这位高材生从不来这店里。

又是一年圣诞，雪大，学生们都各回各国各回各家。我留在小镇上，搬到一栋独门独院的房子，有草坪，有车库，算上地下室总共四层，太空了，填多少家具也填不成一个家。全美都在休假，有的是时间，我踏雪逛了一天，拍了两三百兆的数码相片，打算买两斤羊肉和韩国烧酒，晚上回去涮个锅子，往国内传传照片，半醉半醒也就把节日混过去了。韩美杂货店里烧得热乎乎的，阿祖妈和肯尼正对着同一台笔记本看韩剧。阿祖妈看我落了一身雪，递来一把小扫帚。肯尼给我泡了杯大麦茶，说马上就关门了，准备晚上吃 ddeokguk（切片年糕汤，韩国新年传统食物），算是提前过年，还问我要不要一起尝尝。那口气，俨然就是个男主人。

我摇头，说谢谢了。

阿祖妈包好羊肉和烧酒，又赠了我一小幅新年挂历，她自己亲手设计的，十二个月份，十二张梵高的画，翻到来年八月，便是那幅《星夜》：蓝的夜，黄的星与月，百年前画家眼中的夏夜在我眼中闪烁旋转。

“金夫人以前读的是艺术专业。”肯尼在一旁笑眯眯地说。

我接过挂历问，你们看啥剧呢。

“《来自星星的你》，第十二集。”肯尼把笔记本转过来，“好看着呢。”

“行啊你，都不用字幕了？”

“得了吧，”他得意地挤挤眼，“我看韩剧都看出博士学位了。”

他这话可不只是玩笑。店铺里屋设了个小隔间，摆着肯尼的单人床和花花绿绿的韩剧 DVD，五美元一套租给韩国学生。每天收工，金夫人回家带乔伊丝去拉小提琴，肯尼就钻进小隔间，躺在单人床上看韩剧。所有新剧都抢先看过，所有韩星都如数家珍，再用一口流利的韩语推荐给学生们，可是帮了金夫人的大忙，她这才有空重新捡起了画画儿。但毕竟生意为先，顾客出出进进，她的画儿也跟着描描停停，每张纸只画了一半的人脸，看不出画的是谁。整本画儿都被肯尼收起来了，用美式漫画风续出另外半张人脸，歪歪扭扭的不成模样，无他，但求金夫人一笑尔。

大麦茶喝完了，我卷起羊肉、烧酒还有梵高的画儿拼成的挂历，往雪里去了。肯尼和金夫人继续看《来自星星的你》。没人知道他比他的老板小多少，也没人知道他俩为什么不结婚。或许是因为金夫人有乔伊丝，那个要读藤校、从不来店里的ABK。或许韩国人太守旧，这种老少配过于惊世骇俗。又或许，他们只是老板和伙计，赶上过节搭伙看个韩剧而已，根本没往结婚上想。

那时肯尼还没谢顶，但已经发福，所以打糕吃多了也不比薯条强哪儿去。高高胖胖的一个白人大汉，站在一堆韩国人当中特乍眼。夏天，他叼着他的骆驼烟，准备往宝马车底下钻。我问这是干吗呢。他说给校校轮胎，千万别去镇上的保修店，黑心着呢。

车身一侧贴着“2002, Dream for All”，我问是2002年你们就买这车了么。他说不是，2002年他想去韩国看世界杯来着，没去成，一直念念不忘。

“你们俩没一起出去转转？”我问。

他愣了一下，没说话，胖大身子塞到车底下忙活去了。

后来镇上有了中国店，连韩国店都不止这一家，我就不怎么去了。再听到他们的消息，就是乔伊丝去洛杉矶读书，阿祖妈兑掉店，宝马留给肯尼，自己去南加州养老了。

说到底，折腾半生，还是为了下一代。不论金夫人在美国待多少年，也还是个吃稻米的亚洲人。

五

东西处理得差不多了，只剩挂牌卖房。在网上找了一位房产代理，光洁的牙齿，一丝不乱的头发，名片式的职业笑容，高尔夫和低碳饮食锻造出的颀长身材，戴着婚戒的无名指，号称金牌代理人的埃里克·杜鲁门递过来一张名片。

代理人先生脱掉皮鞋，船一般的大脚掌踩在地板上，说你这屋里还凑合，但前院的草坪实在不像话，各种野草横生，又正对着街面，没人会愿意为这样的房子出价。

“卖房子呢，就像嫁女儿，平时怎么随意都行，但一辈子就那么一次，必须打扮到位，才能嫁个如意郎君，你说对不对？”

子孙满堂的埃里克双手插进西装裤袋，大谈特谈生意经。不过他也不是空穴来风，因为在这小镇上草坪就是脸面。但凡体面一点的人家，四五月份草长得最旺时每周都要修剪，七八月的盛夏就频繁浇水，务必要伺候得整整齐齐绿绿油油。可我是一中国来的单身汉，四处投简历找工作，活得浮皮潦草，随时准备拍屁股走人，之所以买房无非是受够了每年搬一次公寓的麻烦，省下每月的房租，连带着让爸妈过来有个地儿住，什么草坪不草坪的根本就不在乎。疏忽一久，正儿八经的草都黄了，死了，取而代之的是各种奇形怪状的野草杂木。

我站在这些叫不出名字的植物中间茫然四顾。后天就要搬到另外一个州，自己一个人肯定搞不定，必须找人帮忙。可找谁呢？活得浮皮潦草的另一个坏处，就是交不下什么朋友——尤其是那种能跑过来帮你拾掇草坪的朋友。

我只好挨个儿去镇上的亚洲店，因为在那儿能找到各种临时工的小广告。路过韩美杂货店的旧址，发现不但换了牌匾，还扩了门脸：老北京食街。唏嘘之余，又看见了那辆贴着“2002, Dream for All”的宝马。

推门进去，赫然站着肯尼，隔着一排烤鸭对我微笑。

“你丫在这儿干吗呢？”

“上班儿呢呗，还能干吗？”

他穿了一套白色的厨师服，袖口卷起来，两只毛茸茸的大手裹在透明的薄膜手套里。鸭子烤得嗞嗞冒油，油烟机嗡嗡地抽着。他头上扣着高高的厨师帽，脑门儿中间是个魏碑体的“京”字，鬓角挂着不知是油还是汗的液体。

“你是来买鸭子的么？”

国产油烟机太猛，比直升机还响，肯尼拨开悬挂的烤鸭，不得不扯着嗓子对我喊。

“我来找人帮我剪草坪，我要搬走了。”

肯尼身后那间小冷藏室，过去曾是韩美杂货店的小隔间。花花绿绿的韩剧 DVD 没了，他那张单人床也没了，取而代之的是一箱箱的冷冻鸭子，被掏空了五脏六腑。金夫人不在了，店面也换了，肯尼却不离不弃，不明白这个两三百斤的大块头是怎么想的，何苦要把一辈子都搭在这儿？

“我能帮你。”

“谢谢哥们儿了。”

我们隔着烤鸭喊话的当儿，凑过来两个拎伞穿裙子背双肩包的中国女生。外头是大晴天，伞是遮阳的，不消说，肯定是国内新来的。

她们俩点了半只鸭子。肯尼笑容可掬，伸出长刀割得整整齐齐。两个女孩意犹未尽，觉得看一戴厨师帽的老美割鸭子新鲜，掏出拍立得，让我帮忙给合张影。

我没搭白，肯尼倒痛快答应了，重新拨开烤鸭，摘下手套，竖起两根胖手指，配合她们摆好姿势。我只好接过了拍立得。

有鸭子还有照片，女孩们很开心，问白人大叔会不会讲中文。这下肯尼摇头了：“对不起，我学不会别国的语言。”

连拍三张，两个女孩各留一张，最后一张送给肯尼。去外面对着阳光晃一晃，现出两条裙子和一把太阳伞，然后是长刀、魏碑体“京”字的厨师帽，肯尼那张胖脸夹在一排酱色烤鸭当中，笑得开心，笑得云淡风轻，笑得我心里发堵。

六

第二天蝉一直在叫。滑开天气预报软件，不但高温，下午还有雨。我心里正急，宝马已停在车库门口，肯尼下来了，车子跟着忽悠一下。我只有一部割草机，前几天还卖掉了。幸亏肯尼带了工具过来，长锯、手锯、电锯、割树的大剪刀，全是正经人家过正经日子用的，和这个形影相吊的胖子并不搭调。

“你懂的，”他耸耸肩，“偶尔挣点外快罢了。”

我们摆开工具干了起来。这些植物虽张牙舞爪，但在金属面前不堪一击。天越发闷热，蝉叫得比电锯还夸张，好像这雨一下来，夏天就过完似的。我出了很多汗，腋窝又烫又疼，像夹了两块烙铁。再看那个胖子，T 恤汗透了，紧贴着发颤的肚皮和双乳。

他半跪在草丛里，停下手中的铲子。我问他没伤着吧。他摇摇头，扯起一把半枯半绿的东西给我看，原来是两株无名的植物，一个似藤，一个似干，紧紧缠绕在一起，互相窒息着对方，不知道到底是谁离不开谁。

“见鬼，这俩货跟蛇差不多。”肯尼一铲子下去，两株冤家齐刷刷断了。

喘息的当儿，他从车里翻出骆驼香烟，一人一支点上。这烟忒冲，解乏儿不解渴。他瞥见插在我车库边上的牌子，问：“丫是谁啊？”

“我的房产代理。”

“这帮杂碎。”他小声嘟哝着，不知道是骂人还是骂草。

蝉越叫越催命，肯尼拎出一红色冷藏保温箱，里面装着碎冰和激浪饮料，问我喝不喝。我摇头，知道那饮料喝着不怎么甜，糖分却很高，而且富含咖啡因，越喝越上瘾。他打开一瓶，仰头就灌，根本不在乎那一瓶装了多少卡路里，能长多少肉。

他干掉两瓶饮料，张开宝马的车门，用音响连着放一首首老歌：尼尔·杨的《父亲》、鲍勃·迪伦的《铃鼓先生》、保罗·西蒙和阿特·加芬克尔的《罗宾逊夫人》……这些歌太老了，老到连我这个异乡人都能跟着哼出来。

我们继续跪在草里干活。蝉鸣、锯声、冰镇的激浪饮料，在老掉牙的美式民谣中，各种植物应声倒下，闷热中充满了新鲜纤维的腥味儿。

活儿干得很快，半空中还攒着雨点儿，前院已经横尸遍野了。我们把所有植物的尸体装进牛皮纸袋，贴上红色标签，第二天垃圾公司会凭标签把它们运走。这场屠戮宣告结束，我的房子可以放心挂牌待售了。

赶上中午饭口，我给必胜客打电话叫了两大张比萨，一张芝士，一张意大利烤香肠。我就着自来水吞下去半张，胖子把剩下那一张半和保温箱里的激浪饮料一扫而空。

我问他收现金还是支票。他说现金。我就把现金装进信封里，疑心他到底有没有银行账户。他收好工具和保温箱，拍掉挂在身上毛茸茸的球状种子，开着宝马走了。美式民谣消失了，空气中除了紧似鼓点的蝉鸣，就是越发迫近的雨腥。

等到天黑透，蝉都叫不动了，雨才姗姗来迟，却很有后劲儿，下了整整一夜。我卖掉了床和沙发，躺在睡袋里听雨。早上晴了，空气很清新，垃圾公司把泡软了的牛皮纸袋一股脑儿都装走了，前院是整整齐齐的绿，除了被雨浇了一夜的蝉们，谁还记得昨天那场杀戮？

埃里克·杜鲁门的牌子被我竖在草坪中央：光洁的牙齿，一丝不乱的头发，名片式的职业笑容。代理人要做他的生意，我要收回我的投资，焕然一新的院子在等待下一个主人，而下一个主人又在期盼一个新的家。人生总是要向前看的，难道不是么？

我打住胡思乱想，随身物品装进车子，匆匆上了路。

七

上高速要走肯尼迪大道，一路往北，经过 Espresso 咖啡店，往前三个路口到爱荷华路，左手边那栋红砖建筑是我工作过的实验楼，斜对面就是现在的老北京食街，过去的韩美杂货店。

等红灯的当儿，我想拐过去看那辆宝马停没停在老北京食街门口，进去跟肯尼打声招呼。可是灯绿了，只能顺着肯尼迪大道继续往前开，被早上八点半的车流涌上了高速。

衣服、衣架、床单、鞋子、睡袋、电脑、打印机、锅碗瓢盆、半行李箱的书……这些物件填满了车子，是它们在新的地方帮我落脚，帮我安营扎寨，让我安心寻找新的物件，一件一件代替掉它们。这跟换工作是一个道理：唯有换新的，才能加薪，才能升职，才能搬家，才会有新的开始。

副驾座被我装上衣架，挂着面试专用的正装西服。穿上它就觉得自己上了战场，才有拿下聘书的气势，所以这套西服我伺候得很用心，每次穿完都拿去干洗熨烫。它就像另一个我，坐在副驾上自信满满、杀气腾腾。正驾驶座上的我却疲惫不堪，对着高速上的车流一片茫然。

七个小时车程，中间停了三次：给车加油，给自己买吃的，再来一杯冰咖啡防止路上睡着。高速边上全是快餐店，没什么好选的，就去了必胜客。不明白肯尼为什么要把自己吃成一个胖子。他以后怎么办？糖尿病？高血压？老死在那辆活见鬼的宝马车里？我试着吃下整张芝士比萨，喝掉整瓶激浪饮料，任凭卡路里涌进我的血脉。给胖子发了一条短信，说我上路了。他回得很快："祝哥们儿好运。"

到了新的地方，认识新的人，很快把旧的都忘了。偶尔在手机里翻到胖子的号码，却再也没发过短信，打过电话。

在感恩节之类的派对上，我跟几个国内来的朋友聊起过去那个小镇，讲起肯尼和阿祖妈的故事。这哥们儿的确有点意思，男的听了耸耸肩，女的听了都很唏嘘。一个打鼻钉、怀抱吉娃娃的女孩更夸张，说到哪儿能认识这样的男人，真想嫁给他。

等等，等等，你说你想嫁给他？你是认真的么？说这话之前，你最好想想那个胖子的体重，那些令人头皮发麻的卡路里，他仰脖灌激浪饮料的模样，他头上扣着“京”字厨师帽的模样，他湿透了的汗衫紧贴在双乳上的模样。他是你鼻子上的小银钉儿么？他是你怀里的吉娃娃么？他是很痴情，但对不起，他痴情的可他妈不是你。

“这是他号码，你打过去吧，问他娶不娶你。”我开玩笑似的把手机递到她面前。

那只据说刚被骗过的吉娃娃突然来了精神，鼓起一双卵形的眼睛，冲我叫个不停。

李金姝的理发店

一、康德姐

小镇是典型的中西部大学城：四四方方被玉米地包裹着，随处可见开Ram道奇公羊皮卡的美国汉子，膀大腰圆，露在T恤以外的肢体晒得通红。商场里能数上价儿的牌子也只是Polo（保罗）或Coach（蔻驰），若非最近有留学生遇害，国内没人会注意这里。

时日一久，留学生们也养出了自嘲精神，戏称这里是“村儿”。开两个小时高速去趟芝加哥，这叫“进城”。品牌店扫一通货，唐人街吃顿重庆火锅，大包小包开车回来，一路夕阳，玉米地绵延无边，便是“回村儿”了。

解馋扫货之类可以进城解决，但理发却成了不大不小的难题。女生还好，往长里留就是了。除非受了恋爱或求职方面的重挫，咔嚓来个短的，不然都是留到回国再剪，或焗或染随意，回村儿能顶过大半个学期。可男生就不好办了——或者更准确地说，家里条件没那么好的男生不好办。

韩国大姐李金姝的理发店，刚好方便了陈焕生这样每月剪一次、每次最多消费二十美金的男小留（学生），所以很受欢迎。

李大姐这店在镇中心的主街，门脸细小。当街挂个牌子，Lee's Hair，再穿上一对风铃，朝九晚五迎风叮当作响。下午五点一到，就收了风铃，牌子就哑了，便是收工了。小留们虽频繁光顾她家，都说那风铃好听，暗地却笑棒子英语忒烂，硬生生把一理发店起成了"李的毛发"（理发店店名通常会在"hair"后面接"salon"，即"沙龙"之类的词）。

老李家前后有四位理发师：康德姐、纳沙、迭戈和老板李金姝。先说这康德姐：只要她出工，小留们就肯定排她的号，一者大家同是中国人，二者小费不用给那么多。

据说康德姐在北京也拿过博士学位，可惜专业太形而上，搞什么存在主义，若非在五道口淘日本和平牌香烟认识一老美，漂洋过海嫁过来，怎么可能出现在这村儿里呢。

嫁过来后生了个女儿，地地道道的混血，脸上那漂亮劲儿就像迪士尼的卡通人物。可惜老公出了车祸，细雨天，高速，八十迈，为了躲一头站在路中间不知所措的鹿，车和人在空中翻了两翻。老公生前是这大学的助理教授，跟许多三十出头的美国人一样，处于偿还各种债务的爬坡阶段。康德姐这边绿卡还没排下来，英语讲得也没那么利索，一夜间就成了遗孀——技术上来讲，是偿还各种债务的遗孀。

正是从这时起，康德姐抛掉了那一书柜的萨特加缪，开始去教会，中韩印美墨西哥混在一起抱团敬拜。她抱着女儿受洗，跟黑白黄肤色的兄弟姐妹分享她的苦难。英语虽磕磕绊绊，在场的人还是听哭了。各种援助纷至沓来。中国人一般直接出钱，现金，塞信封里，不见得很多，却实实在在。美国人毕竟在自己家门口，能玩儿的花样就多了：有人帮她找律师周旋各种债务加速绿卡申请，有人帮她申请政府救济和奥巴马医保，还有人建议她在教会的幼儿园帮忙看小孩打零工。

这些人当中有一位韩国大姐，便是李金姝。最开始带来各种吃的：一罐罐辣白菜，一板板冷面，一盒盒烤海苔片。两个女人来往几次，李大姐就问你会不会剪头发。岂料康德姐被问哭了，当下从卫生间里拿出一把剪子：原来丈夫出车祸是因为去底特律开会，西服衬衫是她给熨的，头发也是她给理的。得知车祸后，从垃圾桶里翻出剪掉的头发，淡黄色一缕一缕，被她收在一个小盒子里。因为亲手碰过，所以比骨灰更让人伤心。

李大姐也听哭了，第二天就把康德姐招进店里，从零工做起，扫地，洗头，吹风，接电话。康德姐也确实像样，一大早把孩子放教会幼儿园，上午在老李家打工，下午去镇里的社区大学培训，晚上接孩子回家，连哄带喂，伺候睡着了，再偷偷开车去福建人开的“唐王朝”中餐馆端盘子。

如此熬过大半年，虽然瘦脱了相，但英语说得溜了，社区大学也听说她的情况，提前颁发了毕业证。她拿了执照，便在李大姐这店里正式出道。普通男发十五块美金，李金姝抽九块，剩下六块加小费全归康德姐——照这边的行规，李大姐已经没法再够意思了。

结果康德姐和她的剪子大受小留们热捧。这首先归功于她的母语，无论剪什么发式都能顺畅沟通。不像李金姝，剪得虽然卖力，但英语忒差，掰扯不明白，唰唰唰剪完，都一个模样，流行杂志上那些韩流男星的机械翻版而已。连陈焕生这样自以为英语还不错的，都受不了李大姐那发音。若非价钱便宜到不剪就觉得吃亏的地步，他早去别的店了。

跟康德姐就舒服多了，不但能用汉语讨论发型，还能聊聊哲学。康德姐说她的专业虽是偏现代的存在主义，但真正喜欢的还是古典主义哲学。最爱读的是康德，因为康德有点像古代那些隐居的贤哲，独居在德国的一个小村，生活简单，作息规律，村民们甚至以他的起居活动为钟点：康德起来散步，大伙儿起来种地；康德中午回家读书，大伙儿回家吃饭；康德晚上出来遛狗，大伙儿也准备洗洗睡了。

康德姐用一口嘎嘣脆的京片子，跟所有小留讲康德遛狗的段子，很快就有了“康德姐”的绰号。大家私下里说她为了省趴车费，晴天骑单车，雨天坐公交，比天气预报还准，所以论其规律性，恐怕也不会输给正版康德。

康德姐的操作奇快无比，一手捋头发，一手下剪，简直就是在薅羊毛。这一点小留们也喜欢，因为大家不像老美，把理发当成一种享受。小留们都是用中午下课晚上吃饭的边角时间过来排号，剪完立刻走人。因为消费理念有本质差别，小费就给得不大情愿。康德姐表示理解，毕竟国内也没有给小费的习惯。所以她就更有理由剪得糙快猛了，反过来小费也给得更可怜，留下皱巴巴一美元的大有人在。好在双方都不在乎——我们永远以量取胜。

赶上秋季入学，康德姐突然单飞了。东挪西凑盘下主街对角一间小屋，自己当老板，店名起得也够哲学，Kant's Clock，字面意思是“康德的钟”。这可是狠狠摆了老东家李金姝一道，因为这是每年争抢顾客的旺季，而李大姐新招来的纳沙还很不成器，最紧缺的就是人手。

偏偏“康德的钟”又花样频出：剪一个头只需十美元，只排十分钟，比煮两包方便面还快还省。许多小留被吸引过去了，陈焕生却因为纳沙，坚持留在了老李家。可他又没胆子直接翻纳沙的牌子，便又坐在李金姝的镜子前。

“我很理解那个中国女人，不是不让她走，可跟我打一声招呼就那么难？礼拜天还在教会里一起唱赞美诗，礼拜一就在街对面成仇家了？我给她女儿买了礼物，还要认干亲呢！”

李大姐的英语依旧是一股大酱汤味儿，头发依旧剪得一丝不苟，陈焕生一边听她絮叨，一边用余光瞄纳沙。

剪着剪着，李大姐突然停住了，直起腰，晃一晃脖子，仰头长叹一口气。在她家做过的理发师都会这套动作，估计是一天到晚扭脖子弯腰落下的职业病。舒展完身体，她口气也变了，还是从“我很理解那个中国女人”开始，说中国女人的婚姻，说她丈夫的车祸，说她有一个女儿，天使一般漂亮，却是个重度自闭症。

陈焕生听得倒吸一口凉气：这中国女人不知给他理过多少次

发，讲过多少回康德遛狗，可除了一口京片子、一个戏谑的外号和一窄条削瘦的身形，他对她一无所知。

二、纳沙

“纳沙”是纳塔利娅的昵称。她有一双圆而深的蓝眼睛，本该让人联想到月亮或湖水之类的比喻，却因为太瘦而塌陷得很凶，整个人像一只受了惊吓的猫。可惜这是陈焕生一厢情愿的想象，人家纳沙可自得其乐，夏天穿条不无夸张的短裤，一条腿又白又直，另一条布满了刺青，密密麻麻，绿得发了蓝。暑假客少，一有空闲她就拉上康德姐抽烟。Lee's Hair 的风铃下，总是站着一黄一白两个奇瘦无比的中年女人。

纳沙是白俄罗斯人，不少小留不知道这小国的英文名，生搬硬造问：“你是白色的俄罗斯人么？”纳沙很生气，用带着东欧腔的英语反击：“我的祖国是白俄罗斯，和俄罗斯没一毛钱关系！”

不但脾气大，她还对政治特敏感，疑心所有来这儿的中国人都是党员。陈焕生觉得好笑，耐心解释国内如何选拔党员。

纳沙早已失去耐心，嘟囔一声“Whatever（爱啥是啥）”，扶着陈焕生斜躺在理发椅上，拧开龙头。

“热么？”她问。

“不热。”

“冷么？”

“也不冷。”

“您大概是一条蜥蜴吧。”

纳沙喜欢扎起一头金发，盘成髻，刘海散开一小缕，弯腰给陈焕生洗头时会垂下来，扫到他脸上，被她一口气吹开，他便实实在在感觉到那混合了香烟、咖啡和口香糖的奇异味道。那双蓝眼睛就在上方，他还从未在这个角度被凝视过，慌忙闭上眼，装作享受水温和她手指在他的短发间抚过的感觉。剪发前洗五分钟，剪完后冲五分钟，每一个月十来分钟的亲密，他开始对她念念不忘。

陈焕生的科研并不顺利，换过两任课题负责人，无端蹉跎两三年，便多读了不少所谓没用的书，比如文学。究竟无用到何种程度，想想他已经三十还孑然一身就知道了。可在纳沙身上，他仿佛看到了文学的用处。比如她的膀子上刺了个蓝色的大胡子老头儿，底下一行斜体字母，好像是D开头，一问果然是陀思妥耶夫斯基。陈焕生大喜，忙说自己最爱俄罗斯文学，通读过托尔斯泰全集，但陀思妥耶夫斯基那种大段对白读起来就比较吃力，而且中译本都太拗口了。

岂知纳沙一撇嘴，高高吹起那缕散开的刘海：“俄语？文学？Nie, nie, nie!（不，不，不！）”

原来她在读大学时去了一趟巴黎，连走亲戚带穷游，顺便在一家咖啡店打零工，那里彻夜举办俄语文学沙龙，她也跟着泡在不加伴侣的黑咖啡与“索尔仁尼琴”之类的字眼儿中昼夜颠倒。

“那你怎么来美国了？”

“还能为什么？为了一个美国男人呗！是个搞文学评论的，光骂别人自己啥也写不出来的那种。拿到绿卡我就跟那狗娘养的拜拜了。”

“对不起，纳塔利娅。”斜躺在理发椅上的陈焕生睁开眼。

“对不起？得了吧你！叫我纳沙好了。”

纳沙，让人心里麻酥酥的名字。陈焕生又闭上眼，感受着水温和她的手指。

那年诺贝尔文学奖颁给了白俄罗斯女作家阿列克谢耶维奇。陈焕生以为机会来了，网购了女作家的代表作，英文版《锌皮娃娃兵》，想把它当作圣诞礼物送给纳沙，却惹得这姑娘大发脾气：“把它拿开！收集别人苦痛，署上自己名字，编成一本烂书，卖出去出名得奖，到底算哪一路英雄好汉？算哪门子狗屁文学？”

陈焕生很尴尬，李金姝更是一头雾水，暂停了笔记本里放的韩国偶像剧。

“好啦，陈，对不起，”纳沙发完脾气就道歉，她发不准“焕生”的音，一直叫他“陈”，“我离开那狗娘养的好几年，可是讲话却越来越像他。”

偶尔，赶上纳沙开心，会给陈焕生做上两分钟的脖颈按摩。她手腕很细，没什么汗毛，简直不像他见过的那些白人女生。陈焕生撑起胆，磕磕巴巴说出了这念头，纳沙听了大笑：“陈，你这傻瓜，不会连女用剃刀都不知道吧？你应该跟我老板去她们教会瞄一瞄，那儿有很多单身的亚洲女孩，你该找个女朋友啦！”

亚洲女孩？找个女朋友？这是拒绝么？陈焕生想约她出来，一直没敢说出口。

偏偏纳沙又说些没心没肺的："喂，陈，你猜今天几个男的跟我要电话？才两个！昨晚我又失眠，现在看着肯定像坨屎，但他们也不至于这样吧？这帮狗娘养的，看我是个洗头发的，就把我当成一个笑话。你知道他们说我啥么？说我发音可爱！ Fuck those pigs!（这些猪头去死吧！）"

不消说，这在陈焕生听来更是拒人千里了。

时光以月为单位在猜来度去中流逝，转眼到了枫叶披红的时节，康德姐跑到街对面单飞，李金姝气得病了一场，纳沙孤零零一个人在风铃下抽烟。

"唉，那个读哲学的是个真正的婊子，"她背对着陈焕生，仰头吐了个烟圈，"但谁又不是呢？生活本来就是个超级大婊子。"

李金姝为了多留顾客，不得不把纳沙转正为理发师。可又不敢彻底放手，因为纳沙说总有男人试图动手动脚，还说再敢这样就用剪子戳瞎他们的狗眼。

陈焕生的爱情就更没指望了。他既攒不够找纳沙洗剪吹的勇气，又舍不得不来，只好坐在李大姐的镜子前，任凭那双蓝眼睛凝视着别人，对着别人怒骂诺贝尔奖，让别人也叫她纳沙。

他越发搞不清自己和纳沙这点亲密，到底算个什么东西，终于鼓足勇气，来个了断，大大方方约出来，独立日请她去密歇根湖畔看午夜烟花。成就成，不成以后就不想了。

他带着必胜的憧憬和必死的悲壮站在风铃下，店里却只有李大姐在忙乎。一问方知纳沙病了，又没有人家电话，苦等到下礼拜再来，纳沙依旧不在，反倒是一个穿紧身T恤的大胡子在冲他笑。

“纳塔利娅哪儿去了？她到底怎么了？”他问李大姐。

“她不干了。去别的州了。”

“别的州？为什么？去哪个州？”

“去能让她堕胎的州了。”

原来他的纳沙前一阵发现自己怀孕，很是歇斯底里，没法相信自己三十好几，居然“还犯中学生才他妈犯的错误”。这小镇位于中西部的Christian Belt，即所谓“基督教地带”，不但堕胎有悖教义，而且她还没有医保，负担不起费用。李大姐劝她生下来，说这生命是上帝的礼物，哪怕是不请自来，教会也肯定会帮忙的。

纳沙撇撇嘴，标志性地一吹刘海：“如果耶稣能搞清是哪个狗娘养的把这礼物塞到我肚子里，生下来也无所谓。”

李金姝信主多年，又有一种大韩民国式的执拗，当下被这态度激恼了。两个女人用各自乡音浓重的英语大吵一架，纳沙愤然离开。临行前又跑回来，给前任老板一个充满大麻味道的拥抱：“李，我虽不信你那套，但你是个很棒的人。我很抱歉在这种时候跑掉，但再不抓紧跑，那个上帝的礼物就更弄不掉啦。”

“这是新来的迭戈，是我见过手艺最棒的，你要不要试试？”李金姝指着那个大胡子问陈焕生，“我发誓再也不招女人了。”

陈焕生茫然无措，不知是该转身走掉，还是该躺在那张他感受过水温和纳沙手指的斜椅上。

三、迭戈

迭戈来自阿根廷，据说年少时在布宜诺斯艾利斯街头混过，凭一把沉甸甸的大剪刀。那刀身是黑的，剪柄末端缀着一只金色螃蟹，随手指动作连起一片金光。问他是不是金的，迭戈便憨乎乎笑了，露出一口健壮的白牙："我的小婊子送的，问他好了。""小婊子"是迭戈和吉米对彼此的称呼。

迭戈不抽烟，喷古龙水，浑身透着带香味的安静。闲下来的时候，他不会站在风铃下，只拾掇那把剪刀，擦得干干净净锃锃亮亮，收在一个刻着"D&J"的木盒里，慢悠悠吹他的口琴。

那口琴也是黑色的，很小，让他大手一衬，像块长条形巧克力。他斜躺在理发椅上，凝神静气，口琴埋进络腮胡子，曲子就出来了，时而忧伤，时而欢快，像是高高低低的溪水，从一大团胡子里流出来，流遍整个理发店。每到这光景，李金姝或专心招待顾客，或插上耳塞看她的偶像剧。

迭戈那柄大剪使得唰唰作响，不愧是在布宜诺斯艾利斯街头攒下的功底。但男小留们抱怨说这厮盯着他们脖子的眼神不大对劲儿，鼻息又重，简直像头公牛在耳边喘气。女小留都很粉这位穿紧身T恤的南美汉子，尤其是他在吉米过二十五岁生日那天剪掉胡子，露出那个"能夹住口琴"的肉乎乎的下巴时。不少姑娘找他合影，贴在朋友圈里，一来二去那柄螃蟹剪子就排满了。

李金姝对此很满意，因为女生动动剪，喷一喷，染一染，再蒸一会儿，搞不好能消费上百美金。于是街上两家理发店出现了瓜分的局面：男小留贪图便宜快捷去“康德的钟”，女小留因为迭戈结伴逛李大姐的店。

陈焕生依然照旧。倒不是痴盼有一天纳沙回来，而是出于惯性：如果不对着李金妹那面镜子，不听一听时隐时现的风铃，他都不知道该拿每个月冒一茬的头发如何是好。

李金妹给他披上银色的纱质围巾，迭戈的口琴声在旁边响起。阿根廷人剪掉了大胡子，手、嘴、琴的配合在镜子里清晰可见。

“所以我该给你这小调儿付钱么？”

既然没有纳沙，陈焕生就不再紧绷绷了，也能开个玩笑。

“要付就付给那个小婊子，琴也是他送的。”

说笑代替了琴声，李金妹在一旁皱起了眉。

迭戈的“小婊子”叫吉米，膀大腰圆一黑哥们，骑着赛车摩托来接他下班。一黑一褐两条大汉一个当街搂住了另一个的腰。

劝纳沙别打胎，然后招来这么一位南美哥们儿？陈焕生想问李大姐你到底咋想的。但当时康德姐又招来两个中国人帮忙抢生意，他才明白要不是迭戈给撑着，老李家早就被挤垮了。

迭戈每天摆弄头发，微笑，吹口琴，极少和人闲聊，简直像个翩翩公子，只是肤色太深，肌肉太壮实。陈焕生真正和他混熟，还是在球场上。阿根廷人不知从哪儿拉来另一伙阿根廷人，七拼八凑了一支球队，唧唧呱呱扎堆讲着西班牙语，每个人球衫背后都印着 10 号梅西，没人踢中后卫和门将，就拉上陈焕生和吉米来充数。结果梅西太多，对方连半场都过不来，吉米便倚着门柱和陈焕生闲聊起来。

原来这二位爷是在芝加哥的酒吧对上眼儿的。后来吉米发现迭戈沉迷赌博，才坚持要搬来这小镇。当然，这是整个故事吉米的版本。迭戈的版本是他觉得吉米住的黑人区犯罪率太高，为了小婊子能读上政治学博士才搬过来的。

陈焕生听了有点不是滋味。他每次踢球最不喜散场，因为要独自熬过剩下的一天。

“晚上带你去‘蓝鸟’开开眼。”

散场时，迭戈和吉米笑嘻嘻向他发出邀请，一个搭着另一个的肩，一个拍着另一个圆滚滚的屁股。

“蓝鸟”是那种后半夜才营业的酒吧，警车在外面晃来晃去。陈焕生被保安拦住了：“请出示驾照（在美国驾照相当于身份证）。”

“别怕，只是确定一下你的年龄，”吉米冲他挤挤眼，“跟是直是弯没关系。”

酒吧当中有一个大舞池，酒精、汗味、荷尔蒙、催命般的迪斯科，所有男人脱光膀子在里头蹦，说是涌动的肉池也不为过。只有陈焕生还穿着T恤，一股大麻味扑鼻而来，有人凑上来搂他，被吉米一把推开：“滚，别他妈碰他！”

陈焕生浑身是汗，要了一杯冰镇苏打水。灯光闪烁，两个留着山羊胡的白人大叔在角落里热吻，大毛腿叠着大毛腿。他想离开，却被吉米拽住：“别走啊，好戏还没开始呢。”

所谓好戏，便是迭戈与两个墨西哥人合奏卡洛斯·桑塔纳的曲子。迭戈一个人搞定口琴和吉他，活脱脱一个南美插电版的鲍勃·迪伦。

“看到了么？我的婊子像样吧？”吉米一边拍手，一边晃着黑人特有的浑圆臀部。

本是一个令人心醉的夜晚，却毁于迭戈和墨西哥鼓手一个醉醺醺的吻。二位爷大吵一架，吉米踹翻桌子，扬长而去。

“对不起，太丢脸了，他今晚太过分了。”迭戈捋了捋乱掉的头发。

可二位很快就合好了。吉米发表了第一篇论文，探讨美国非洲裔性少数群体，乐得大呼小叫，计划暑假和迭戈来一趟最牛逼的公路旅行：从密歇根湖畔一路向南，穿越南北美洲大陆，一直开到伊瓜苏大瀑布。

车牌照左边，迭戈涂上“我弯到没法直着开车”。右边留给吉米，本想涂“黑人的命也是命”，但觉着不够脾气，就先空着，想好再涂，岂知就出了事：右翼极端分子持枪横扫“蓝鸟”，迭戈连中数弹，当场身亡。

这小镇虽地处“基督教地带”，但镇里的大学却标榜自由开放。政治系的老师学生都认识吉米，群情激奋，组织示威游行。于是某个风和日丽的午后，“反对歧视”“让仇恨滚蛋”“爱是一切”之类的口号塞满了整个小镇。

理发店窗外是满满一街的深色肌肤，迭戈的巨幅画像在上面漂浮。装着螃蟹剪子的木盒还摆在那里，“D&J”的字样不离不弃。已经跟逝者没有关系了，陈焕生默默注视着这支年轻愤怒的队伍。

“人堆里有吉米么？”李金姝问。

陈焕生摇了摇头，窗外吼声雷动。

四、李金姝

此后，陈焕生就不再去李金姝家了。他那时工作找得一筹莫展，心思根本不在几根头发的长短上。

他注册了好几家求职网站，手机一天到晚响个不停，全是广告：“亲爱的陈博士，我们有一百多个为您定制的新工作！”

顺着这些广告，他一次次投出简历，还做了表格备份：红色字体是明确收到拒绝通知的，紫色是走到了电话面试的，绿色则代表当场面试的。表格排了三四百行，绝大多数是黑色，沉默的黑，石沉大海的黑。少数是刺刀见血的红。紫色寥若星辰，绿色根本没出现过。

专业不对口？英语不过硬？发表的论文不够分量？推荐信力度不足？公司只招有绿卡的？陈焕生能找出无数个理由，可怕的是每个理由又都说得通。但他能怎么样？只能硬着头皮继续投，任由表格上的黑体字满怀恶意地向下延伸。

每投一次简历，就像在某家公司门口行了一次乞。明知这种念头只是徒增烦恼，心里却根本止不住，日渐汇聚，化成一只巨大的虫子，啃噬吊在他身上的绳索。签证日期一到，那绳索就断了，坠入无底深渊。

也不是没想过回国，也听说国内发展好，而且都说欢迎海归，可回去的又有不少想再出来，都劝他轻易别动，但他还是做好了回国的心理准备。公寓是租的，没攒下什么值钱物件，一股脑捐掉了事。托尔斯泰和陀思妥耶夫斯基也是从图书馆借的，还的时候既舍不得，又不甘心：不会真是这种书看多了才找不着工作的吧？

唯一要准备的，实际上就是卖车。那辆二手丰田车是他来这小镇第一年花八千美金买的，最后在网上挂了四千块的价。稀松平常的车型，载着他风雨无阻，从未添过半点麻烦。如今缘分将尽，人能为车做的，不过打个对折卖掉而已。

不巧赶上毕业季，卖车的太多，丰田车和主人一样无人问津。实验室的课题经费断档，他只能辞掉助理研究的工作，直面每个月的房租和生活费。一边在售车广告上降价，一边当起了优步司机。所以帮他撑过这段日子的，竟是一门心思要贱卖出去的车。

为省掉四十美金的网费，他每天去星巴克投简历，手机里优步软件一闪，马上出车。最喜欢接的活儿自然是机场，两头有客能赚一百多。要飞走的留学生，都是有目标有奔头的。国内过来刚落地的，更是充满希望。唯有驾座上的他，没有着落，没有盼头，觉得自己像沙漏中掉下的一粒沙子。

开车和用电脑都是坐着，又没心思自己烧饭，成盒成盒买沃尔玛的炸鸡和冷冻甜甜圈，活该贪便宜，二话没说就胖了。对着星巴克卫生间的镜子，把自己吓了一跳。回家拎鞋就奔人工草皮球场去了。散场后躺在人工草皮上，胸肺像着过一场火，才觉得小腿是断了。蹭了一身黑胶粒回家，冰块贴小腿上，不知撕裂的是韧带还是肌肉。这一瘸倒也六根清净，彻底断了出汗的念想，任由它胖下去吧，胖到一见镜子就扭头绕开。至于头发乱成什么样，谁又在乎，反正也等不着面试。

主街上他一瘸一拐。有人在风铃下招手："好久不见！你这是怎么了？"

是李金姝，正往窗子上贴广告。他凑上去一看，才知是店里招人。

"我挺好，就是工作找得不顺。"

"快进来吧。"

陈焕生又走进这家小店：靠窗那面镜子一直是李金姝在用，堆满了剪子、雾壶和发胶，靠墙那面曾是康德姐、纳沙和迭戈的，现在只空对着一张椅子。

正是暑假，小留们或回国或出去游玩，所以没有顾客，没有预约。李金姝要给陈焕生剪个免费的，他不肯，却被她拽到椅子上："如果明天就有面试呢？你这样谁会要？"

银色的纱质围巾披在肩上，陈焕生不得不面对镜子里那张横起来的脸。

"工作找多久了？"李金姝用手指夹住他的头发，开始下剪。

"半年。"

"知道我丈夫找了多久么？"

陈焕生在镜子里摇头。

"四年。"

李大姐的丈夫——确切说是前夫——曾在芝加哥的国立科研所工作。2008 年经济危机，联邦政府大幅削减科研经费，这个除了核裂变就一窍不通的韩国男人被扫地出门，不得不操着磕磕绊绊的英语四处面试，从加油站到快餐店，连碰了四年的壁。李金姝扛起了三口之家的生存重担，在密歇根大道上的理发馆里用一把剪子苦苦支撑。十点上工，八点收工，手腕和脖子像被抽掉筋一样摇摇欲坠。可真正让她绝望的是丈夫患上了抑郁症，整个人放弃了，放弃找工作，放弃做家务，放弃接儿子上学放学。唯一不放弃的是体重：失业前一百五十磅，四年后二百二十磅。

“你根本想不到咱们亚洲人能胖成那样，堆在超市的电动车上——就是那种残疾人或重度肥胖症患者专用的车子——在速冻食品区转来转去，这就是我的丈夫。”李金姝下剪依旧很慢，说得也心平气和，像是在讲别人的故事。

是丈夫提出的离婚，理由是她一个人能抚养好孩子，他还能从政府领救济金和食品券，足够满足自己对垃圾食品无法满足的瘾头。所以她才带着儿子来到这小镇，在教会认识不少朋友，开了这家小店。

“离婚前我是不信主的，”她说，“后来我才明白很多事你什么也做不了。我丈夫是个无可救药的大胖子，我不想离开他，却什么也做不了。人只有被逼到份上，才会想起信点什么。”

“他现在呢？”

头发剪掉一圈，镜子里那张脸更显突兀，陈焕生在围巾里深吸一口气。

“我跟他的医师通过话，说他有在服药。去年每个月都回芝加哥看他。今年儿子说不想再见到他了，就改成寄支票。”李金姝打开水龙头，“过来洗一下吧。”

他躺在斜椅上，闭上眼，感受着水从凉变温。

“陈，你要找的只是一份工作，不是一百份，”李金姝直起腰，晃晃脖子，仰头长叹口气，做了那一套舒展身体的动作，“你自己要是放弃了，那谁都帮不了你。”

陈焕生顶着这款新剪的发式，开车去了大峡谷，在北美的壮丽山河前忘记拍照。回村儿甩卖掉车，单程票飞回了国。二线城市的私企，头两个月且忙且乱，天又热，水土不服，自然而然瘦了下来。经人介绍认识了个本地姑娘，很快发展到一起看房一起看午夜场。散场后手机收到一封邮件，看标题是美国那边的，心下一动。“滴滴”叫了车，先送姑娘回家，掏出手机读了两遍，才确定没错，真是波士顿那家公司，过去屡投不中，如今新开了职缺，问陈博士有没有兴趣面试。

有没有兴趣？他把目光转向窗外，国内的夜色与灯火缝合得如此温柔。

本想一删了之。回去冲完澡，对着空调凉快下来，打开电脑，调出那张表格，用亮绿色的加粗体，在最末一行输入那公司和职缺的名字。

早春，雨雾

一

跟往年一样，今年这早春也是阴晴不定，冷暖无常，风也刮得凄厉。好在折腾了一年多，我总算辞掉这小镇上的工作，准备给自己寻一个新的去处，一片新的气象。

在那张四方的办公桌后面，我坐了七八年，窗外延伸出一片树枝，树叶黄了又绿，绿了又黄，灰色的北美松鼠在上面飞来蹿去。不知不觉，抽屉里积下许多纸张，全是专业领域的论文，简明，精准，像裁纸刀将这桌子上的光阴裁成无数张小薄片。清理到第三遍，抽屉露出一张小卡片：淡青色的罗马式斜体字，印着你名字的英文拼写和电子邮箱。

差不多一年前，这张卡片来到我的掌心，留下了它的质感。以后常联系，当时你是这么说的，我也是这么答应的。一年过后，我不知你人在何处，更不知自己将去何方。

二

去年的早春，也刮着干冷的阴风。可是就在你来的那一天，莫名其妙湿暖了下来。所以你的到来，就像那场突如其来的雨雾，弥漫过步履匆匆的我，弥漫过庸常一如既往的街灯，将整条林肯大道浸润成一帧泛黄的老照片。

你从温暖明媚的南加州来我们系面试，穿着浅色的正装套裙。这中西部的春风刮起来有多凄厉，我猜你并没领教过。

四位面试者，你是唯一的中国人，系里安排我中午接待你。照例是校门口那家“面包伴侣”，瑞士奶酪、美式牛排、意大利方饺、呷一小口就会让人头晕的浓咖啡，这顿上限八十美金的二人午餐，好像是系里在出钱请我和你约会。

你的面试报告我从头到尾听了，很有趣的研究方向，论学术背景也不差，但你肯定拿不到这职缺。我也说不出个所以然，就是这么个直觉——七八年光阴在这系里磨出来的直觉。

你站在上面讲，我坐在下面听。你那张上了妆的脸，时而退入黑暗，时而暴露在幻灯片的光线中。这世上恐怕只有时间才能穿越空间，我忍不住想，把你这张脸带进我的视线。系里的教授们开始轮流提问，你尽力招架。我们的系主任，那个据说得过诺贝尔奖提名的白胡子老头儿，用颤颤巍巍的得州口音，跟你开了个玩笑。整个礼堂的美国人哄堂大笑，台上的你也跟着笑。可我知道，你和我一样，并没听懂这古怪的南方玩笑。

你一定很累了，我心里这样念道。

报告结束了，一阵敷衍的掌声。众人散漫退出礼堂，我逆着他们向你走去。原来你的浅色正装套裙搭配的是深色高跟鞋，正立在那团乱糟糟的电脑接线当中。

“嗨，午饭由我负责接待。”话一出口，我才意识到是英语。

你笑了笑，蹲下去打开地上的双肩背包，拿出一双橙色的布鞋。这鞋的样式今年颇为流行，特别是在年轻女孩当中。不过她们都是配牛仔裤穿的，可不是你这条郑重其事的套裙。

你的脚从高跟鞋里褪出来，踩在礼堂地板上，再踏进布鞋里。我把你的笔记本电脑从接线团里解放出来。

“天哪，太乱了，能再帮下忙么？”你递过来双肩背包，恰到好处的加州口音。

“当然没问题。”

我倒很想和你讲汉语，又怕一下子把距离拉得太近，只接过背包，把电脑放进去。然后是地板上那双高跟鞋。我试着弯腰把手伸过去，你并没阻拦，于是鞋子也进了背包。来自你脚踝的余温。

三

挎上你的背包，向林肯大道走去。关于你在南加州的研究，我提了几个不痛不痒的问题，心里却胡思乱想：女人注意男人，可以是卷上袖口的格呢衬衫，可以是讲话时的鼻音，也可以是一撮忘了修剪的小胡子，都说魔鬼在细节，女人又何尝不是。

我和你站在面包伴侣的招牌之下：两片巨大的吐司面包，涂满了黄油。

“咱们非得吃这家美国店么？”你用汉语问我。

隔着雨雾和浅妆，我看清了你的脸。所有的细节都在指向疲惫。

“给我十分钟。”我把背包递还给你。

用这十分钟，我跑回公寓，开车过来，带你去了唐王朝。你说你家是北京的。好，那今儿咱就吃老北京酱鸭。你笑问这样好么。我说酱鸭再贵，也比面包伴侣便宜，系里应该高兴才是。

卷饼上来的时候，我注意到你左手无名指上的戒指，黑色的蜘蛛形，叛逆少女才会戴的那种。是婚戒么？

于是话题从房价转向你的先生，一个以在家编写游戏软件为业的男人。

“大卫怎么说呢，是那种典型的美国人吧，工作和家庭分得很开。”

我还是不明白一个整天在家工作的人到底怎样把“工作和家庭分得很开”，你从贴身包里拿出了照片：你的大卫，一个满脸络腮胡子的白人，头戴牛仔皮帽，站在长城上，搂着穿牛仔裤的你，咧嘴对我憨笑。

“谢谢，”我把照片还给你，“你们看起来很棒。”

土豆胡萝卜炝双丝也上来了。如果不是这二十九美金一份的卷饼酱鸭，我怎么能猜到这蜘蛛婚戒会来自这样一位男主人？

“对不起，”你捂上嘴，想打哈欠，却打不出来，“太累了。”

“没事儿。”我夹了块鸭肉，蘸了甜酱，和炝双丝一起卷到饼里。

从加州到中西部要坐四五个小时飞机，你一大早和系主任吃过早餐，轮流会见四个教授，然后是刚才的报告，怎么可能不累呢？一个女人疲惫的时候，也是她放松的时候，何况又在餐桌上。你的布鞋触到了我的牛仔裤。我脑海里跟着现出一个黄昏：你穿着这身套裙，脱掉鞋子，光脚跑进大雨滂沱。

四

“大卫在网上挑了几个房子，”你拿出几张待售房屋的单子，“你要是有空，带我去看看？”

“好。”我没想到你是有备而来。

“冷不冷？”我问紧抱双肩站在三月雨雾里的你。

“还好。”

大卫看中的房子都在老街区，从唐王朝开过去至少二十分钟。你坐在身旁，我把暖风调到最大，车里放着我烧的唱片，恐惧海峡乐队的《摇摆苏丹》，鼎盛时期的恐惧海峡，大段大段的吉他独奏，一栋栋上百年的木头房子在你我眼前滑过。

“美国人为什么总喜欢木头房子？”你倚着车窗说，“不保暖、不结实，还不讲究面北朝南。”

我点点头，痴想有那么一栋老旧的木头房子，对你和你的大卫有足够的杀伤力，这样以后就能在这条街上碰见你了。

“哎，帮我停一下。”

你降下车窗，用手机给对面的房子拍照，啪哒一声脆响传入雨雾。

“雾太大了。”

你下车，再照，又是一声脆响，我至今记得你站在雾里的样子。

“这下可真觉着冷了。”

你回到车里，把手伸向暖风，兴奋地对我笑了笑。

当然要兴奋了，因为你在给你和大卫物色你们的新家。我问要不要去喝杯热咖啡，你说不用了，大卫还在酒店，酱鸭趁热给他捎过去。

“他就是一傻老外，每次跟我回北京，都点酱鸭，去哪儿点哪儿，有什么好吃的？还特贵！”

你越说越笑，我也跟着笑，送你去的酒店，十分钟车程，四五个红绿灯，转眼就到。

“我把房子照片给大卫看看。我这工作八字没一撇儿，他倒先惦念房子了，您可千万别笑话，今天真是麻烦您了。”

“不客气，你研究方向够新，报告又讲得很棒，机会肯定有的。”

“谢谢，以后常联系？”

你递过来一张名片：淡青色的罗马式斜体字，印着你名字的英文拼写和电子邮箱，瞬间在我掌心留下了质感。

“好的，常联系。”

你的正装套裙和双肩背包消失在了雨雾。我开车回到公寓，摩挲着你的名片，整整一下午都不想上班。

五

第二天冷风又起，雨雾被刮得无影无踪，你和大卫飞回了你们温暖的南加州。四月末百花齐放，春天走到了尽头，系里才慢腾腾公布面试结果：你果然落选了。

偶尔去唐王朝吃饭，我也会路过那片老街区，一栋栋木头房子在眼前滑过。太阳高照，红花绿叶，越发衬得它们老旧不堪。这里面肯定有那么一栋，你的大卫曾在网上看中过，让你拍下照片。至于你的名片，一开始我还把它当作书签，可读过两三本，不知怎的就滑落进了抽屉，直到今年早春，才又把它放在掌心上。

有那么几秒的冲动，我想给你发一封邮件，也没别的意思，就问候一声，问你找到新工作了么，和大卫都挺好的吧。可刚输入你的邮箱地址，就删掉了。想想也是好笑：我在这系里的工作邮箱马上就被清除，何况你又找了一年多的工作。

办公桌总算清理好了，像是腾出一间新房，留给不知是谁的下一任。纸篓里堆满了废弃的文件书信，你那张小卡片也在里面。不是我想忘掉那场雨雾，是它留下的质感，已化作一枚青色的石子，投入我心中的湖面，泛起一波一波的涟漪。

小镇姐们儿苏珊

一

2008年，我坐着十三个小时的跨洋航班，在晕头涨脑中滑过美国中西部平原的上空。当时已近傍晚，窗外云霞夺目，往下看一片金色。我挺着僵硬的脖子，努力用“美国梦”之类的字眼儿提醒自己不要睡过去。等下了飞机，才发现那片恍惚的金色原来是玉米地。

办签证时在网上搜过这小镇，留学生们都叫它“玉米地”，讥讽它既小且村，略输文采，贵在自嘲。我还好，忐忑且虔诚地去学校上班，每天都坐公交，好处是免费，缺点是线路复杂，不像国内依数字排线，而是按颜色排：上班下班，绿线；超市买菜，蓝线；去“家乡味”吃大盘鸡，红线转橙线。听着色彩瑰丽，但因为大巴经常晚点，所以实际效果奇差无比。

还有就是安全问题。公交车上除了我们几个中国人，还有各式各样的美国人：坐轮椅的、扎小辫的、看报纸的、听 iPod 的、嘻哈裤的裤腰挂内裤上的，总之都是那些买不起车的人。

而坐公交车的美国人，大多又是黑人，据说有不少来自芝加哥市，是被警局遣散过来的黑帮混混。黑人加黑帮，岂不是黑上加黑？如果这么想，那可就犯了政治错误：他们不是黑人，更不是混混，他们是非洲裔的美国人。在什么地方生活就要拐什么地方的弯儿，这道理全世界都相通。

“Yo, what’s up?”对面的非洲裔美国人盯着我。

他这话算半句俚语，相当于东北话的“咋的了哥们儿”。问题是我从小学的是大英帝国的英语，在大学啃的也是朗文出版的《新概念英语》，倒是从《好家伙》（九十年代美国黑帮片）之类的片子里学了几个字眼儿，然而不敢在非洲裔美国人身上用啊。

“我一般般，你怎么样？”我尽量保持镇静，但还是回得不伦不类。

非洲裔美国人有点蒙圈，只好单刀直入：“Change, man? Got any change?（零钱？你有零钱么？）”

这个我懂，不就是要钱吗，但我不想这么快认㞞，干脆玩儿个谐音梗装傻：“Oh, I am doing fine. No need to change myself.（嗯，我过得挺好的，没必要改变自己。）”

“你他妈是在耍我么？”

他失去了耐心，露出比我的腿还粗壮的胳膊，上面的刺青究竟是一颗心脏还是一瓣屁股？

“喂，他没有零钱。”坐在我后面的苏珊看不下去了，掏出两块零钱，“我这儿有。”

“你确定么？”非洲裔美国人把鼻孔对准了苏珊。

“确定，他是我的朋友。”

二

在这之前，苏珊对我来说绝不是一个陌生人。她和我坐同一趟绿线大巴，金色短发，蓝色牛仔裤，不论阴晴雨雪都背一件鼓鼓囊塞的耐克包，左面侧兜装保温杯，右面塞一把银色小伞，上面印着“中国银行”四个汉字。她个儿高，跛脚，上车下车行动如风，相当引人注目。我们在同一层楼上班，走廊里遇见，她总是突然冒出一句汉语：“你好啊！”“吃了吗？”我回了句“Hello（你好）”，便匆匆而过。

我出国不到两个月，不觉得自己有什么朋友，也没想过要去交什么朋友。一个会两句发音古怪的汉语的美国人，没有引起我的注意。

苏珊是隔壁实验室的technician，合同制的实验员，说白了就是临时打杂的。她的老板是一位华人教授，在系里是出了名的严苛，据说当初面试苏珊，认定她是“美国人里给耗子打针最利索的”，才给的聘书。系里所有实验室共用一套动物房，我有幸见识过苏珊的身手。她给小鼠尾静脉注射蓝色活体染料真是一绝：别人颤颤巍巍好几针也扎不准，实验动物折腾得死去活来，苏珊一针下去，不偏不倚，不深不浅，轻轻一推，小鼠眼睛就由红转蓝了。系里的留学生因此都在背后叫她“苏一针”。

后来混熟了，我悄悄告诉她这外号，苏珊大笑：“有时候也不是一针，是‘儿’针！”

她的笑声响亮湍急，像一串气枪子弹，极具爆发力。她中文还算流利，可惜声调不准，比如“二”和“儿”不分，“二针”就被念成了“儿针”，两个女儿变成了两个“女二”：“我一女二叫琳赛，上高中，儿女二叫琳达，总以为自己是一只猫。”

有一次在动物房，我给新买的转基因小鼠打耳洞，她帮忙注射尾静脉，手风很顺，一笼五只，五分钟就搞定。“这些小家伙眼睛都蓝了，”她摘下口罩问我，“它们看我们是不是也是蓝的？”

这可把我问住了。尾静脉注射是小型动物实验的常用技术，从读研到出国，我少说也扎过几百只小鼠，却从未想过在那些变蓝的啮齿类动物眼中，人类会是什么颜色。

三

大巴上遭遇非洲裔美国人之后，我开始琢磨买一辆自行车，安全又省时间。超市有卖 L. L. Bean（里昂 · 比恩牌）的山地车，贵是贵了点，但我摩挲着那履带一般的轮胎，想象它咬在雪里时的咯吱声——年少时在东北县城，冬天喜欢骑山地车在雪地上撒野，这种咯吱声永远对我充满诱惑。

可如何把山地车带回到住处，却是个麻烦。我也认识几个有车的中国人，但人家开的都是小车，不好往里塞山地车的包装箱。

我不想跟同胞麻烦这个人情，倒是把烦恼跟苏珊说了。

“这有什么，我带你去！”她夹了一大筷子我炒的土豆双丝。

苏珊以前去过中国，在我读大学的省城待过四年。我问她中国那么大，为啥去那么冷的地方。她说是因为约翰在那里教书。

虽然已经是前夫，但她总是用“一个老好人”来形容约翰。对于他们的婚姻，苏珊的总结是“至少我们试过了，试得很努力”。但是在外人看来，这段婚姻的结局也许是这样的：约翰娶了一个中国女人，留在省城的国际学校当外教；苏珊拖着两个“女二”，狼狈地回到这小镇，给华人教授打工，每天给实验小鼠注射尾静脉。

“谢谢你，在中国我就喜欢吃这个丝丝。”

她指的是我昨晚炒的土豆丝，加了虾仁和胡萝卜丝，大火滚油爆的葱花姜蒜，即使用微波炉重新加热，味道也相当不错。看着苏珊一口气造掉半盒，我很开心。

因为是合同工，学校不提供停车位，苏珊平时就坐大巴上班。她自己有一辆脱了漆的皮卡，车门有点瘪，双排座上堆得乱七八糟——雨靴、袜子、狗毛、废纸、护膝板和零星的爆米花，如果再摆上几罐头狗食，直接就可以养狗了。她看我在副驾驶座上很局促，就笑着说对不起。“我的皮卡很乱，我的生活可一点不乱。”

后面坐着一位戴牙套的少女，一本正经自我介绍，说她叫琳赛，爱踢足球，就是苏珊常挂在嘴边的“一女二”。我忙和这钢牙妹握手寒暄，刚坐稳，耳根却一片湿热，母女俩大笑：“琳达真的很喜欢你！”

原来“儿女二”琳达是一条土黄色的大狗。当年它还是一只被遗弃在街头的小狗仔，被苏珊抱起来，打了狂犬疫苗，千山万水带到美国。

“我们自己的海关差点没让过。”苏珊对那次历险念念不忘。

我对猫狗没有感觉，被琳达舔得别扭，但因为她们咬定这代表它喜欢我，只好忍了。在超市里取自行车，苏珊问有没有折扣券。我说这种大件还有折扣券么。她摇摇头：“还是你们中国人有钱。”

这话倒不夸张，因为她这临时工非但不享受学校的福利，每小时薪水也不过二十美元，连一只实验用鼠都买不起。苏珊另一项工作是给本地的流浪动物中心当义工，所以白天按实验流程“折磨”转基因小鼠，晚上照顾到处流浪的野狗，被她自己形容为“多么割裂扭曲的生活”。

我问琳赛将来想干吗。她说想当兽医：“我喜欢小马，我想拥有一匹红色的。”

两个简单到近乎透明的女人。作为一个“有钱”的中国人，中午我请她们吃饭。在家乡味油腻黏糊的餐桌上，琳赛要了酸辣粉，不伦不类地往上涂花生酱。苏珊更没出息，又点了土豆丝，没完没了地唠叨她在中国的那几年。说她前夫约翰被一帮老师拉去喝酒，有啤，有白，明显是要灌约翰，结果最后喝趴下的反倒是他们。

“感情深，一口闷！”这句中文苏珊咬得倒很准，“他们总是在酒桌上这么说。”

“感情浅，舔一舔。”我端起茶杯，接了下半句，我们大笑。

琳赛对着窗外挥手，原来是琳达从车窗里探出鼻子和舌头。那天的家乡味照例坐满了中国人，我感觉他们都在看苏珊。

四

万圣节到了，枫叶被秋风扫荡一空，家家户户门口摆着掏空的南瓜，有狞笑的，有骷髅状的，还有挂着假蜘蛛网的。我停下山地车，看了一会儿，无论惊悚还是笑点都整不明白，就继续上我的班去了。

系里开化装派对，行政秘书发邮件说会有免费比萨，不分国籍种族，所有人必须打扮才能参加。美国人自然乐此不疲，我和几个中国人虽觉得这是忽悠小孩儿，但还是披了实验用的白服，每人用马克笔在背后涂了“魑魅魍魉”中的一个字，就不尴不尬赴会了。

我背后是“魍”，跟苏珊比画半天也没解释明白。她套了一层锡箔纸糊的银纸壳，我问这玩儿的是哪一出，她说《OZ国历险记》没看过么，我是那个机器人啊！说完还晃着又高又长的身子来了一段机器人舞。我没再言语，心想这美国姐们儿真是呆得可以。琳赛也过来了，纸糊的魔法棒，纸糊的斜纹领带，龇着青色的荧光牙套，俨然僵尸版的哈利波特，黑色斗篷已遮掩不住发育的身材了。

还剩两大盒素食比萨，我和魑魅魉们各抓了一块吃着。他们问那白人女孩是谁，怎么从来没见过。我说那是苏珊家的。他们说没想到她女儿都这么大了，该念大学了吧。我说还上中学。

“现在的中学生嘛，”魑魅魍嫌素食比萨没味儿，蘸了番茄酱，吃得满嘴鲜红，“啥都会了，也啥都懂了。”

后来苏珊让我加她的脸书，我说我没有账号。她说你连这都没有，咋找对象。我大笑，就搞了个账号，很长时间只有两位好友，苏珊和琳赛，头像都是化装派对的打扮。

十一月底，美国人都回家过感恩节了。看来要陪我过节的是小镇下的第一场雪。这雪本来就不厚，又连夜撒了盐，化得漆黑稀烂，山地车的轮胎压过没有咯吱声，只有泥浆，前后又没装瓦盖，甩了我一屁股。

“感恩节你有啥安排么？”苏珊在脸书上问我。

“没有。”

“那就来我这儿吧，只是求求你，别再穿实验室的白服了。”

到了感恩节，我鼓捣半天西红柿和牛肉块，才整出一锅类似番茄牛肉煲的糊状物，给苏珊打电话，她开皮卡过来接我，后座上立着琳达，再伸舌舔过来，我已泰然自若。

“琳达现在好多了，以前我有只猫，琳达天天跟着它，学猫走路，学猫舔牛奶，总以为自己也是猫。”

“那只猫呢？”

“死了，癌症。”苏珊向后伸手，揪了揪琳达脖子底下那块肉，“人有的东西，比萨和车什么的，动物全都没有，人得的病动物倒全能得，琳达，你相信这种见鬼的事么？”

琳达低下头，耷拉着耳朵，发出一串呜咽的声音，算是回应。

五

苏珊住的公寓楼很破旧，外面裹着一层红砖皮，满是涂鸦，主题不外是暴力与性器，被十一月底的雨雪一淋，更显残败。门口立着锈迹斑斑的铁皮垃圾桶，烤肠被泡得膨胀变了形，发霉变绿的奶酪散发恶臭，几只松鼠爬来爬去。琳达冲它们吼了几下，被苏珊喝住了。

我端着那锅牛肉柿子，跟她进了昏暗狭长的楼道。碰见几个邻居，都是非洲裔美国人，张口就是“What’s up”。苏珊住的是两卧一厅，她和琳赛各睡一间，客厅沙发不大，琳达跳上去，身子和尾巴一蜷，猫模猫样，看上去摸上去都很舒服。

我嫌牛肉柿子汤不够黏糊，又添了淀粉，放在她的电炉子上继续咕嘟。琳赛摘下牙套，上了妆，围着圣诞树忙前忙后。我说离圣诞还有一个月呢，这就开始准备了？她笑说这是很早以前的旧树，没有香味儿了，得洒点香水了。

那圣诞树明显是塑料的，没想到也分新旧。我打开锅，牛肉和柿子依旧分着家，在清水清汤里来回翻滚，得，这回演砸了。

“那些松树枝在感恩节之前就被砍下来了，”苏珊戴上防热手套，从烤箱里取出蛋糕，揭掉锡箔纸，香草味道填满了客厅，“圣诞节一过，就被当成垃圾扔掉了，想想也够让人伤心了。”

香草蛋糕和牛肉柿子一齐上桌了。苏珊坐在中间，拉着我和琳赛的手祷告。琳达从沙发跳下来，摇着尾巴，来回嗅着桌底下的六只脚。

窗外在下雨，时大时小，但一直没停。蛋糕很甜，不知道放了多少糖，我吃了两块感觉有点晕，似醉非醉地想打盹。琳赛掏出手机发短信，苏珊说美国的感恩节相当于你们中国的春节，一家人凑一起吃吃喝喝。她和约翰曾被领导请到家里去过年，晚上七点一直吃到半夜十二点，电视里放着春晚。

“哦，我的天，我不停地上他们家的厕所！”

她说完大笑，我也跟着笑，不那么困了。屋里冒出一股怪味儿，琳达抽动着鼻子，对墙壁叫个不停。

“是邻居，又抽那些见鬼的玩意儿了，”苏珊耸耸肩，抱住琳达，“没事啦亲爱的。”

这味道闻着有点像臭鼬，后来我才知道那是劣质大麻在不完全燃烧。

苏珊打开电视，福克斯台的电影频道，1997 年版的《泰坦尼克号》。琳赛对着手机摇头：“偶滴神啊，这电影我五岁时看过两遍。”

电影里杰克对着画板勾勾抹抹，露丝宽衣解带，苏珊感叹那时她还有婴儿肥。我开玩笑说这片子在中国也上映过，大人小孩随便进。她和琳赛齐呼“what（啥）”。我忙说不过放心，该剪的都咔嚓咔嚓剪了，她们大笑。

琳赛戴上围巾，说要出去见朋友。苏珊问十二点之前能不能回来，需不需要开车接送。她揣上手机就走了。我看了会儿电影，熬不住困，在沙发上打了个盹。醒来时，苏珊递来一杯冰镇啤酒。

“今晚有不少‘黑色星期五’的折扣，不过得排几个小时队，想不想一起去？”

我反正闲来无事，就跟她去了。

我们在商场门口排队，雨已经停了，黑夜有一股潮湿的温吞劲儿。队伍很长，主要是中、美、印三国人民。老美都冲着冰箱洗衣机超薄电视这些居家过日子的大件儿，中国人和印度人则直奔手机电脑包包之类的小件儿，扛回国送礼，说到底还是把自己当成过客。

我打算排个笔记本电脑，苏珊的目标是圣诞树，她说家里那株约翰在的时候就有了，不想再用了，换一株新的，也许会带来好运。

苏珊摆开一张美国人常用的户外帆布椅，和我轮流坐着，大声说笑。从去年“黑五”沃尔玛挤死人、李安的新电影，一直聊到我们都待过的省城。她说喜欢在夏日傍晚逛步行大街，吹着江风喝扎啤，吃烧烤，听中国的街头音乐节，歌手用吉他弹唱软绵绵的《以吻封缄》（美国六十年代流行歌曲）。夜虽然不冷，但太深太黑，我们看不见彼此呼出的气息。

“约翰从一开始就迷恋中国，我却很想家，而且是那种绝望的想法。”

“你当时最想念家里什么呢？”

“最想念乔家舅超市卖的花生酱，口感最腻也最不健康的那种，你信么？”

我们大笑。

轮到她坐帆布椅了。我站起来，抬头望着黑压压的夜空，不见星辰也不见月亮。队伍里哈欠咳嗽声此起彼伏，感觉像站在东北的夏夜里听蛙鸣虫叫。

“他娶了一个他妈的学生，他自己的学生。”沉默中她突然来了这么一句，“你能相信这种渣人渣事么？”

这时我似乎该给她一个拥抱，可想想又觉得不是那么回事儿，就从夹克里掏出烟。出国前听说美国的烟很难抽，又贵，就在首都机场免税店买了条软包中华。

“试试这烟，中国经典。”

她接过烟，从耐克双肩包里掏出香草蛋糕和保温壶。蛋糕包在锡箔纸里，已经凉透，壶里的咖啡倒还热乎。我俩抽着烟，吃吃喝喝间天就蒙蒙亮了，感觉像在国内坐了一趟硬板夜车，到了站就一起往商场里冲。

一直逛到中午，苏珊送我回家。我大睡一场，装好新买的笔记本，登上脸书，发现她换了头像：琳达站在两株圣诞树之间，很困惑，分不清哪株是旧，哪株是新。

六

系里设了一间小餐室，有薯片，有加冰的咖啡，还有淡出鸟的三明治。我和苏珊时常一起去那儿吃午餐。出国几个月，我能鼓捣出的菜又多了几样，苏珊的口福也从土豆丝扩展到芹菜炝花生。她依旧分享她的烤蛋糕或南瓜派，还教我把加拉苹果切成薄片，抹上乔家舅超市卖的花生酱，夹在两片吐司中间，脆甜嫩香，极富层次。

我在网上订了自行车瓦盖，山地车的前后胎各装上一片。周末，苏珊请我去她常去的教堂，我骑上改装过的山地车去了，看着有点不伦不类，但好歹挡住了飞溅的泥浆。在学校里苏珊只穿套头衫和厚墩墩的登山鞋，永远一副中性打扮。到了教堂里却是披着五彩披肩，而且上了妆，以她的尺度，绝对算是盛装了。她很活跃，唱诗、念《圣经》、捧着银盆收十一奉献（宗教捐税），忙里忙外。这教堂本来就小，她个子又高，长裙筒靴的很是惹眼。平时跟她一起走距离很近，从不觉得她跛脚；坐在教堂最后边往前看，才注意到她那长裙摆起来是有点不对称。

礼拜结束了，外面又下起雪。我穿着空军式皮夹克跨上山地车，被几个美国老太太叫住，七嘴八舌问我有没有厚点的棉服。难不成她们这是要捐两件？我有点窘，还是苏珊过来解了围："皮夹克加山地车，那就是他的中式风格。"

"小子呀，"老太太们大笑，挨个儿捏遍我的空军皮夹克，"你管这叫风格？"

过后苏珊问她的教会怎么样，我说还行，人都挺好的。她说平安夜她会跳舞。我问跳什么舞。她说反正不是机器人舞，你过来看就是了。我学着她的动作比画几下，我们大笑。

平安夜那天雪很大，美国人都是用英寸来报雪的厚度，我不习惯，直接往里踩，没过脚脖子，才想起上次见这么大的雪，已经是多年前的东北了。一直下到下午四点多，半边天都下成了暗彤色。本以为苏珊会开车带我去教堂，可是她一直没来电话。上了脸书，她娘儿俩都不在线。我给自己设了底线，不主动打电话。跨上山地车，在雪中独自去教堂了。

一路人少车少，雪虽然厚，却很松散，轮胎碾上去是沉默的，我不得不凭记忆去脑补那诱惑我的咯吱声。他们为平安夜准备了不少节目，清唱、合唱、笛子、管风琴，还有经文朗诵。也好，就当是看场晚会了。等最后散场，也没见苏珊上去跳舞。

“嘿，”我叫住上次捏我皮夹克的几个老太太，“苏珊来了么？”

“她没来，圣诞快乐！”

她们挨个儿拥抱了我，隔着我的空军皮夹克。

路灯下，积雪现出汽车轮胎碾压的痕迹，紧实了不少，终于听见那咯吱声了。我越骑越快，在夜里追寻年少时在雪中打滑放横的感觉。

“苏，”我忍不住给她发短信，“一切都好么？”

短信没有回复，脸书也没上线，她头像还是琳达和那两株一新一旧的圣诞树。

我打开“黑五”买的东芝笔记本，重看一遍高清版的《大圣娶亲》。还是没有回复。我用中文祝她、琳赛和琳达一家三口圣诞快乐，就洗洗睡了。雪里的咯吱声仍旧响在耳边，雪花落在手心不冷，也不化，越积越多，像不带甜味的棉花糖，仿佛在梦里回到了东北。

七

圣诞节的下午，床上爬起来，节日已混过大半。商店都关门了，冰箱里只有速冻饺子，鸡肉白菜馅儿，烧开水煮上一包，不但破了，而且坨了，饺子不像饺子，馄饨也不是馄饨。外面倒是艳阳天，雪化得稀里哗啦，松鼠蹿来蹿去，想起以前在省城读书，赶上圣诞节还有兴致出去 K 个歌儿看场电影什么的。如今出来了，跑人家门口过人家的节日，反倒茫然，想来不过是叶公好龙而已。

实验室连放几天假，我去了国内来的朋友家里，每人带一两样菜，凑一大桌子吃喝，玩桌游，两副扑克牌掺一起打双升，往脑门儿上贴纸条。据说高速开出去一个多小时就有山有湖，还有滑雪场——所谓“好山好水好寂寞”，说的就是我们这种北美死宅。

元旦，去了两个女生合租的公寓，其中一个正热恋，男友从沃尔玛扛来一株打折的圣诞树，大伙儿七手八脚装了彩灯，通电，关灯，满屋华彩，轮流跟圣诞树拍照，我也笑着把手指摆成 V 字。闹到半夜回家，还是睡不着，翻开笔记本，看“故乡三部曲”时的贾樟柯。

上班后，我推开隔壁实验室的门，看见苏珊的小桌上头立着琳达的照片，歪戴一顶棒球帽，傻乎乎地哈着舌头。

“苏一针呢？”我问，“怎么一直看不着她？”

“不知道，可能不干了吧。”苏珊的中国同事戴了乳胶手套，手腕上转着加样器，像小时候转的钢笔。

苏珊只是一名合同工，在这所号称全美一流的公立大学，除了我，恐怕没谁在乎她的来去。我拨了她的电话号码。

“你好，我是苏，感谢你的来电，我会尽快给你回复，再见——”

通了，是她的语音回复，“再见”的尾音拉得巨长无比。

八

中西部的二月最是阴晴不定，冷暖无常。这天下着冻雨，我去学校礼堂听学术报告。台上站着一个苏格兰人，据说多年前鼓捣出一头雌性克隆绵羊，名叫多莉。这引起了我的兴趣：当年高考，生物专业分数被炒得很高，和这头名满全球的多莉羊有很大关系。

“我们的多莉小姐是由乳腺细胞发育而来的，所以我们所集体投票，决定给它用乡村音乐歌后多莉·帕顿的名字，因为歌后戴的可是40DDD罩杯。”

苏格兰人的开场白引来哄堂大笑。我接了一杯免费咖啡坐下，身后有人拍我的肩膀，回头一看，是苏珊，黑眼圈，苍白的脸，我纸杯里的咖啡差点没洒出来。

“为我祷告！”苏珊压低声音在我耳边说。她换了一个实验室，身旁就坐着她的新同事。

“多莉两岁那年爱上了所里的一头威尔士山羊，疯狂交配，两年内产下六只羊羔——”

苏格兰人再次把大家逗得前仰后合，我跟着苏珊走出礼堂，冻雨淅淅沥沥，俩人谁都没带伞。她说琳赛怀孕了。

“她在圣诞节之前告诉我的。她说妈妈，我爱你，但是我麻烦大了。我说琳赛，我自己就是个单身妈妈，别告诉我你要走我的老路。不可以这样！别跟我胡扯这一套，我不需要这一坨屎。”

地面结冰，再加上跛脚，她步子很慢。我走得更慢，以至于她边说边回头看着我。两个女人，两个单身妈妈，听上去可真是一坨屎，我试着理解这究竟意味什么。

“那她的男朋友呢？”

“你是说孩子的爸爸？”

“对。”

“那小子吓坏了。”

“你们打算怎么办？”

“什么怎么办？孩子怎么办？”

“对，孩子怎么办？”

“教会的人都说那是上帝的礼物。”苏珊不再看我，低头走她的路，夹克上落满冰水混合物，“但我不知道，我的意思是，这种事我他妈上哪儿知道？”

那天中午我们去了系里的小餐室。我没带饭，点了一份火腿三明治，不但淡出鸟，而且入口冰凉。

“也许也没那么糟，”她吸了几口可乐，苦笑一下，不再吸了，改往可乐里吹泡泡，“至少我们知道孩子的爸爸是谁。”

九

这以后，我和苏珊就很少一起吃饭了。时不时能在动物房遇见，打一声招呼，隔着各自的口罩。系里又新来了两个中国学生，说这苏一针有点浪得虚名啊，扎得尾巴全是窟窿，那老鼠也不见蓝。我听了也没法反驳，因为苏珊近来下针确实离谱，手抖得厉害，针头、耗子，还有人，一起哆嗦。

苏珊的新老板经费充足，课题跟发面团似的越做越大，新买的转基因小鼠，用紫外线一扫，浑身发出绿色荧光。苏珊手风不顺，连扎死两只。老板大怒，她很怕，偷偷问我会不会被炒鱿鱼。

"应该不会，你毕竟做了这么久，再找新人也得花时间培训，当老板的都不傻。"

我这句安慰根本不管用，因为合同工这份工作太重要了，她本指望再干两年就申请转正，这样就能拿到这所大学的职工福利，有利于琳赛以后来这儿读本科。

"这饭碗我可丢不起，至少眼下丢不起。琳赛必须要读一个本科。"

"带着孩子读么？"

"不是带着孩子读，是为了孩子读，你懂么？"

"那到底谁来照顾孩子呢？孩子的爸爸呢？有结婚的打算么？"

"你在开玩笑么？嫁给那么一坨渣儿？不，绝对他妈的不！"

系里又开学术报告会，苏珊老板从得州请来一位戴牛仔帽的大牛，把实验室所有人拉到第一排去捧场。大牛洋洋洒洒近百张幻灯片，我正听得入神，他突然清了下嗓子：“谁能给那个女人拿一杯咖啡？”

是坐在最前排的苏珊，瞌睡经过她的高个子放大，万众瞩目。她的老板真去接了一杯咖啡，一路小跑过来，推醒了她。全场都在笑，但绝非哄堂大笑，而是被刻意压制过的笑，既可理解成尴尬，也可以是屁用没有的善意。苏珊睁开眼，接过咖啡，也对着老板笑。大牛一回得州，她就被炒了，桌子收拾得一干二净，马上被新来的印度人给占了。

我自己的课题也做到了瓶颈阶段，偶尔刷刷脸书，才知道苏珊在一家非营利性质的兽医站帮忙，也不知道一小时挣多少钱。她贴了一张近照，她和她那辆皮卡，左尾灯撞个稀烂，配了一张笑脸，说感谢上帝，人和狗都没事儿。一直没见琳赛上线，点开她的主页，最近分享的照片还是圣诞节之前，她和一个白人男孩搂着琳达做鬼脸。

四月，空气里洋溢着花粉，我过敏，一把鼻涕一把泪。没想到苏珊打来电话，问我一切还好么。我说挺好，山地车虽然被偷了，但买了车，还拿到了驾照。

“周日为什么不开你的保时捷来教堂呢？是琳赛的生日，又赶上复活节，你敢跟我说不么？”

又是那副乐哈哈的口气，那个跳机器人舞的苏珊满血复活了。

“好，我就开我的保时捷！”

复活节那天是很热闹，大人们不但唱歌，还披着纸壳，装成彩蛋让孩子们往身上骑，不过我看着还是没啥感觉。苏珊压轴出场，独人，独舞，教堂安静下来了，连小提琴的伴奏都被抽象成了背景。我不懂舞蹈，但她用手臂与白色舞鞋讲的故事，我似乎明白了。

散场时我想握一下手，她却给了我一个结结实实的拥抱，叫我一起去吃饭。琳赛站在旁边，穿着宽大的套头衫，脸比以前圆了不少。我开着我的本田车带她们去“彩虹园”——2008 年还叫“家乡味”呢。点菜的当儿，又加入两位。苏珊介绍说这是约翰和他的妻子，我定了一下神，迅速跟他们握手。

约翰的中文极好，说他喜欢《西游记》，还喜欢酸菜鱼。他的中国妻子身孕明显。我点了份脆皮豆腐，苏珊说肯定没有我做得好吃。约翰面带微笑，可我不记得自己曾烧过什么豆腐给她吃。

菜上齐了，苏珊让服务生给我们合影。我们不停地说着话，中英夹杂，约翰的妻子一直很安静。

开车送苏珊母女回家，我说谢谢请我吃饭。她说谢谢我今天应邀，因为这对她很重要。琳赛嫌热，脱下套头衫，在后视镜里身孕也很明显。

“你知道今天她为什么来吃这顿饭么？”苏珊突然问，“我是说他的中国老婆。”

“我上哪儿知道。”

“告诉你吧，”苏珊冲我挤挤眼，“她是怕我抢了她的老公。”

“那你知道我为啥来吃这顿饭么？”

“是为了吓尿约翰。”

我们大笑。

“偶滴神啊。”琳赛在后座摇头。

我们在中餐馆的合影，被苏珊放到脸书上，以至于我居然收到系统通知，推荐我加约翰为好友。苏珊的更新很频繁，比如她拿到了新工作——学校新建的动物中心的正式员工，穿着新白服，手捧一只花栗鼠。再比如家里添了新丁，她升级成了姥姥，脸贴脸稀罕她的外孙女：“俺家第四个女娃。”

第四个女娃？我这才想起她的二女儿是琳达，那条从省城街头带回来的流浪狗。她最近的更新是琳达无疾而终，琳赛毕业结婚，又添了一个外孙。虽然还是一家四口，但现在的四口和彼时的四口可大不一样。我也不是十年前那个我了，连换好几个地方，一路漂到了美国东北角，脸书上加的人也越来越杂，很多都懒得去看更新。唯有苏珊这一家四口，有事儿没事儿就点开看看。

不用点赞，不用留言，只是点开看看，知道她还在哈哈大笑，也就够了。

爸，妈，你们还会来么

一

母亲的听力越来越差。隔着一个太平洋，陈焕生不得不在视频里对她大吼。

“妈，别唠叨了，我都知道！”

“妈，睡前别老刷微信！”

“妈，盯住我爸吃药！”

这些日常的细碎，被吼声带出了不必要的怒意。陈焕生越发讨厌视频，可又不得不视频，因为他要帮爸妈准备签证的材料。

爸妈打算冬天飞过来，和他过个团圆年。这一家三口人，好多年没在一起过春节，所以这次未免兴师动众。母亲执意要带上面板和闷罐（焖米饭用的搪瓷锅），给儿子包他最爱吃的牛肉萝卜馅儿蒸饺。陈焕生吼说大老远何必折腾这些玩意儿。母亲没听清，打岔说你爸动作可快了，早早就把渔具装好了。陈焕生急了，关掉视频，敲上一行字："闷罐、面板、渔具，这些美国都有，你们就带上平时吃的药，轻松上路！"

微信那端陷入沉默。陈焕生以为起了效力，喝口水，润润嗓子，正准备睡觉，手机又响了，是父亲的留言："行李我们已打包完毕，勿念。"

勿念：一家三口，说来说去无非就这两个字。

陈焕生刚找到一份新工作，即使活儿不忙也要早睡早起早上班装装样子。他把手机调成静音，在疲惫中合上眼。

二

陈焕生用美国的代理给爸妈订了机票，北京直飞芝加哥，开车去奥黑尔机场接他们。一到家，父亲就打开行李，从棉被里摸出两把菜刀，一把切肉，一把切素。陈焕生很无奈："我不是说这边有菜刀么？"

"上次我们来，你妈用不惯这边的菜刀。"

"被褥怎么还扛过来了？我都给你们买一床新的了。"

"美国人整那玩意儿又软又塌，"父亲变戏法似的又掏出一片磨石，"根本没法睡。"

"你们俩说啥呢？"母亲听不清，在一旁干着急。

"你们先洗澡休息吧！"陈焕生吼了一嗓，开车去CVS（美国药品零售连锁店），给爸妈买倒时差用的褪黑素了。

当然，褪黑素也是白买。父亲笃信"是药三分毒，尤其是西药”，母亲说她一上飞机就睡了，现在精神着呢。

母亲甚至把面都发上了，用老家县城带来的面引子。

“明早给你蒸馒头。”远渡重洋的铝制闷罐摆在了炉灶上。

陈焕生这厨房是典型的美国开放式，水龙头摆在中间，母亲认为不方便，说转身洗个菜都费劲儿。内循环式的微波炉油烟机，她嫌跟蚊子哼哼似的啥劲儿没有。电热的炉灶，她又抱怨火跟不上，爆不了锅，炒出来的菜没法吃。说白了，这厨房简直像一个没相中的儿媳妇，横竖看不上眼。

陈焕生三十好几，孑然一身，他被自己这联想逗笑了。

“你笑啥？”母亲问。

陈焕生对着她耳朵说：“妈，你说啥就是啥，厨房你说了算！”

“给你爷俩儿做这么多年饭，可不我说了算！”

三

爸妈过来后，陈焕生有现成的热乎饭吃了，上起班来更拼命，早出晚归。母亲要买菜要购物，父亲又和几个钓鱼的中国老头儿每天闲逛，所以能让三口人聚在一起的不是饭桌，是陈焕生那辆车子。

只要一上车，母亲就坐后面。

“妈，你不是听不清么？”陈焕生吼道，“为啥坐后面呢？”

“你说啥？”母亲探过头来问。

“我没说啥，你把安全带系上！”

很快，母亲睡着了。要不是车里在放广播，似乎还能听见鼾声。信号灯由黄转红，陈焕生和父亲各自正襟危坐。爷俩向来话少，此时憋在车座上，未免尴尬。陈焕生来回换着广播频道，从枪击案到种族歧视到特朗普希拉里竞选，美国这些杂七杂八的事儿扒拉一遍，距离华人超市还有三英里。

“你妈听不清，不是耳朵不行，”父亲打破了沉默，“是全身都不行了。”

母亲的听力在好几年前突然下滑，毫无征兆，好像一个人在路上走着走着，就突然倒下了。父亲带她看了不少医生，有说自然衰老，有说听觉神经不可逆式损伤，有说还得开刀看看。总之没法确诊，更不知道该信哪位医生哪家医院，只好一拖再拖。刚开始听不清，母亲很着急，怕听漏听错什么，不停地问说话的人，打出许多莫名其妙的岔子。可时日一久，她似乎习惯了，少听一些是一些，反正闹心的事远远多过高兴的事，就不大问这问那打岔了，助听器也不戴，慈眉善目往那儿安安静静一坐，不熟的根本看不出这是一位半聋的老人。唯有和陈焕生视频，母亲才郑重其事叫来父亲，要把儿子说的每句话听个真真切切明明白白。

“我妈怎么全身不行了？”陈焕生关掉广播。

“血管不行了，堵了，脑部供血不足，管听力的神经营养跟不上。”

父亲对母亲的听力问题，自有其见解。在他看来，耳朵不仅是个小小的器官，更隐喻着整个身体。他甚至配出蚂蟥粉的土方，说是能活血化瘀，促进脑部的血液循环。父亲的这些神神道道，部分来自各种养生保健公众号，部分来自他坚持收看的那些中医节目。陈焕生有博士学位，研究领域又是药物研发，本来对此不屑一顾，可想到跟母亲朝夕相伴的人是父亲，只好听之任之。

“你看你妈，上车就睡。平时在家也是，刚打开电视，她就在沙发上睡着了。”

陈焕生看了一眼后视镜，母亲还在沉睡。他印象中的母亲总是在厨房忙碌，不停唠叨，很少如此安静过。沉睡中的母亲有一种陌生感，他心下一阵凄惶，重新打开广播。

车停了，陈焕生在犹豫该不该叫醒母亲。毕竟在一起生活几十年，父亲直接推醒她：“到了。”

“已经到了？我怎么又睡着了？”

这家华人超市不大，充满了韭菜蒜苗和冻刀鱼的味道。这倒无所谓，让陈焕生受不了的是王菲崔健邓丽君卷起来乱播一气的背景音乐。他自己来每次都直奔京葱牛肉馅的冻饺子，排队埋单十分钟之内走人。可因为母亲在，他只好耐性陪着。面对各种蔬菜，母亲挑拣的动作仍然麻利，嘴里依旧念念有词。除了耳朵听不大清，他熟悉的那个母亲又回来了。

“这是啥意思？”她指着插在推车上的杆子问。

“杆子是来挡门的，”周围有不少中国顾客，陈焕生不得不压着声音，“怕有人带走推车。”

母亲没听清，打岔道：“推车都是铁的，还怕碰坏了？”

“不是怕碰，”陈焕生不得不放开嗓门，“是怕买东西的给顺走了！”

“哦，咱县里那边也一样，超市出口都围几个小墩子，推车一卡，就出不去啦！”

母亲自己听不清，怕别人也听不清，所以说话声音很大。母子间这对话让超市里的同胞惊诧不已。陈焕生也释然一笑，并不理会周围目光，埋完单去找父亲。老爷子正用放大镜观察那尊两寸余长的越南佛像呢。

母亲的发根露出一层白色。不是零星的白，是整齐的一层白。只有染过发的人才是这么个白法，像十一月的草坪，齐刷刷上了霜。母亲发现陈焕生在注意她的头发，就摇头说："又该染了，我和你爸都该染了。"

"妈，不用染！你看美国老太太头发都漂白漂白的，不也挺精神么？"

"你以为我想染？"母亲嫌这把韭菜太老，又放了回去，"等你成家了，我和你爸就不染了。"

陈焕生哑口无言。

四

一家三口虽然团聚了，但每天各有各的忙活。陈焕生在工作上全力以赴，母亲在她看不惯也用不惯的厨房里忙前忙后，父亲则把热情倾注到钓鱼事业上：老爷子极在乎作息和养生，晚饭五点，睡觉十点，抱怨失眠，抱怨蚊虫，抱怨中央空调，但钓起鱼来就不顾一切，什么冷暖熬夜神经衰弱统统抛到脑后了。

除了中西部溪流湖泊里的淡水鱼们，父亲对这个国家无甚好感。比如他讨厌咖啡，认为喝多了容易上火。可是因为钓鱼要熬夜，那几个当钓友的中国老头儿又把他的茶叶都喝光了，不得已，只好屈尊打起了咖啡的主意。一开始陈焕生给他煮黑咖啡，满满一升灌到大号保温杯里，老哥儿几个管够喝。父亲才发现喝咖啡并不上火，而是刺激小便。陈焕生担心他的前列腺，便换上低咖啡因的速溶咖啡。谁承想老哥儿几个嫌太寡淡，吸溜吸溜全喝了，简直像喝热水，不但小便更频，而且犯困，少钓了多少鱼！陈焕生只好祭出意式浓缩咖啡，浓烈烈一小盅，白酒似的仰脖就干。其实他们钓鱼去的地方都在公园，有公共厕所，老哥儿几个嫌不方便，尤其是在夜里，想就地解决，又考虑这是在美国，兹事体大，是故未遂。后来发现人家美国老头儿反倒更放得开，河边解开腰带就天人合一。中国老头儿看在眼里，二话不说就入乡随了俗。回来还在车上互通心得，害得陈焕生和另外几家子女十分尴尬。

有一回父亲钓了条大的，使刀弄斧，在浴缸里劈成许多块儿，分袋装了，冰柜里冻上，弄得家里家外到处都是鱼腥味。母亲很生气，把鱼竿儿撅断了。撅完又后悔，说你爸不抽烟不喝酒不打麻将，就这么个业余爱好，还被我给撅了。父亲倒也不恼，笑说你血管不好，我会跟你一般见识？每晚临睡，他照例给母亲按摩颈部经脉，顺带汇报他在网上看的奇闻逸事，得州一男子家养五十条鳄鱼云云。父亲的声音不大，母亲听不清，闭上眼有一句没一句地答应，俩人基本各说各话。陈焕生在旁边看着，心说还真应了那句老话：老伴儿老伴儿，老来做伴儿。

被撅断鱼竿，父亲消停了几个礼拜，又跟邻居搭咕上了。

那邻居是一个白人老头儿，住在斜对面那栋白漆红瓦的大木头房子里，算上地下室一共四层，一座孤家寡人的城堡。只要天晴，老头儿就搬出一张蓝色帆布椅，坐在车库门口——或者说整个身躯堆在帆布椅上——一边晒太阳，一边对着空荡荡的街口发呆。陪伴他的，只有那面斜插在车库门上的美国星条旗。连条狗都没有。陈焕生每次路过，老头儿都会和他打招呼："Hello, son!"虽说这个"son"是长辈对晚辈的泛指，但陈焕生听了还是觉得别扭，回一嗓子"morning（早安)"，便匆忙上班了。做了这么久邻居，他从未停下来跟老头儿聊过天，连人家叫什么名儿都不知道。反倒是对那张蓝色的、右手边能插放保温壶的帆布椅印象深刻。

这天陈焕生下班，母亲递给他一个信封，里面是一封手书信，信头是美国海军的标志，内容却只有一个人的名字：约翰·K. 哈里森。

再看地址，是斜对面那栋木头房子，所以约翰就是那个老头儿了。母亲说美国邻居真是热情，每次都跟我们唠半天，语言不通，只能上手比画。

"比画几下，你爸就跟人家比画钓鱼了，我撅他鱼竿这事儿都比画明白了。"

"然后呢？"

"然后人家就送他竿儿啦！"

父亲正专心摆弄他的新宠，埋头说："怎么是送呢？就是钓友之间串过来先用用，等我钓几条大的再给他拎过去。"

“爸，你知道美国人一般不吃钓出来的野生鱼吧？”

父亲不胜烦扰，拿着鱼竿去车库了。

家里的冰柜很快又塞满了大卸八块的鱼类。父亲并没有把他的战利品送给约翰。两个老头儿之间的礼尚往来，说到底还是母亲的牛肉蒸饺，刚从闷罐里捡出来，腾着热乎气儿，锡箔纸给包在盘子里，陈焕生给端过去了。

那是他第一次走进约翰的木头房子：宽敞，明亮，透着一股味道。父亲身上也有类似的味道，说不清道不明，却无时无刻不在，暂且称之为衰老的男性气味。

“我那时才二十四岁，”约翰指着壁炉上的照片说，“谢天谢地，没赶上啥大战，没受过伤，连死人都没见过。”

照片上的约翰还是个金发小伙子，身着深蓝色的美国海军服。房子里的气味在提醒陈焕生：父亲也年轻过，可是现在老了。他想走，但约翰坚持给他泡了杯黑茶，颤颤巍巍去卧室又拿出一张照片：多年前的一个夏天，约翰和他的哥哥，还有孩子们，在威斯康星州北部一条小河畔野营，兄弟二人捧着一条大鱼，孩子们在焦距模糊处嬉水。约翰说谁能想到那条河里居然会有那么大的鱼。那河太小了，小到现在肯定已经没了，找不到了。孩子们现在也都有孩子了，也许今年夏天还会找那么一条小河，野营，钓鱼，拍全家福。

哥哥去世了，约翰还活着。他患有阿尔茨海默病，错过了侄子的婚礼，但没错过哥哥的葬礼。

“我老了，孩子们的婚礼还有生日派对都去不了啦。不过我从来不会错过葬礼，尤其是像我这样的老家伙的葬礼，一个都没错过，你知道为啥么？”

陈焕生摇头。

“婚礼越去越多，葬礼越去越少。”

又到了感恩节，天气一直晴好，可是约翰再没有出现在门口，坐在星条旗下。到了晚上，那栋木头房子也黑着灯。爸妈问这老头儿怎么了，陈焕生说可能是远行和亲人团聚了吧。

感恩节一过，气温突降，还是没看见约翰。阴风呼号的午后，星条旗孤零零地飘荡。可能是出事了，陈焕生心想。爸妈大概也猜到了，没再问。

直到这个周末，那栋木头房子和车库都敞开了门，一个络腮胡子的大汉在张罗清仓甩卖。那是约翰的小儿子大卫，在田纳西看管一处小型赛马场。陈焕生和爸妈过去打招呼，大卫握住他的手：“多谢你们照顾我家老爷子！”

“太客气了，就那么几盘饺子！”

陈焕生问约翰怎么了。大卫说他父亲被送到护理中心了，本来以为能挺过感恩节，当儿当女的都过来团聚一下，可是医生说不行。

“老爷子一给我打电话就问我他的枪哪儿去了，结果昨晚我在他床底下翻出来六把！”大卫搓着胡子叹道，“该死的阿尔茨海默病，他以前可是海军呢！”

天气越来越糟，一个老海军的旧物显然没什么吸引力，来淘货的人寥寥无几。母亲问陈焕生刚才说了什么。他在风中翻译一遍，母亲还是听不清，父亲摆摆手："咱们回家吧。"

中午一过，清仓甩卖就草草收了场。大卫开来一辆大卡车，他的老婆孩子把约翰的旧物连同星条旗一股脑儿搬进车舱。隔着窗子，爸妈默默地看着。夕阳西下，大卫全家开车回了田纳西。父亲装上简易轧面机，母亲摆好面板，俩人准备做手擀面了。

再过几天，连那栋木头房子都挂牌出售了。母亲又问："那美国老头儿到底去哪儿了？是去儿子家了么？"

"去护理中心了。"陈焕生说。

"谁护理他？"母亲似乎没听清。

"专业人士！"陈焕生大吼。

"护理到啥时候？"

"护理到完事儿为止！"

"好了，我听明白了，人老了在哪儿都一样。"母亲得出结论，又去厨房忙活了。

五

感恩节一过，连下几场雨雪，便是圣诞。这个国家最大的两个节日，自然少不了东家西家吃吃喝喝。陈焕生贪静，若是他自己，能躲就躲。可今年爸妈在，没法由着性子，只好带他们去各家串门。

这一串，就串出了烦恼。大伙儿发现母亲听不清，七嘴八舌数落陈焕生，美国医疗这么先进，咋不带她去看医生呢？再不济也给老人家装个助听器啊！

以爸妈的探亲签证，很难买到合适的医疗保险，所以医生是没法看的，太贵。助听器他也问过母亲，她拿父亲那一套理论做挡箭牌，咬定自己是血管出了问题，不是耳朵，助听器根本没用。

陈焕生深知她这是不想让他花钱。可现在被大伙儿说了一通，他越发觉得自己不孝，挑了个周末，横竖要带爸妈去芝加哥挑助听器。母亲开始还是不去，陈焕生便说现在打折，再不去就错过了。母亲这才上了车，一路睡到芝加哥。

事先在网上找好店，有专业的医师和设备，能当场检测听力，再依据结果配置出最适合的助听器。贵是真贵，但陈焕生满心想当孝子，要让母亲一步到位，就顾不上这些了。

一进店先排队测听力，前面是一个体态修长的白人老太太，黑色呢裙，五彩披肩，满头银发，描眉上妆。母亲在后面笑："你看人家这老太太，再看看我，天天除了做饭就是染头发。"

老太太也注意到这有说有笑的一家三口，一聊才知她是来给助听器换电池的。陈焕生客气道："我妈夸您优雅。"对方大笑："告诉你妈妈，她才叫幸福呢！她有两位男士陪她，我就只能陪我自己啦！"

陈焕生大声翻译出来，母亲听了更乐，也不刨根问底助听器的价格了。上午搞定，中午就带爸妈吃正宗的意大利面，陈焕生喜滋滋地满是希望，嫌这队排得太慢太长。

终于排到了。在透明的隔音棚内，母亲戴上内置探头的耳麦，坐在屏幕一端。陈焕生和医师站在屏幕另一端，医师每发一个指令，就由他对着传声筒翻译，母亲做出回复，据此判断她的听力情况，整个过程类似于测视力配眼镜。

母亲接连出错，陈焕生的笑容渐渐僵住了。医师倒善解人意，说没关系，我们公司开发的设备就是专门帮助你妈妈的。

“屏幕底下的波形图是什么意思？”陈焕生问。

“波形图代表仪器探测到她做出的反应，”医生说，“每个波峰代表一个测音。”

“怎么分不出波峰和波谷？为什么看起来都是乱的？”

“乱是因为她误以为听到的都是杂音。好消息是她听力没有损失太多，坏消息是她分不清杂音和她真正想听到的声音。”

原来母亲这几年都活在另外一个世界，里面充满了各种杂乱无章的声音。那到底是个什么样的世界？像这个波形图？像电视机的雪花屏？像车声嘈杂的马路？像起起落落的飞机场？是不是只有当她沉睡时才会逃离那个世界？

母亲摘下耳麦，在隔音墙另一端发来询问的目光，陈焕生对她笑着竖起拇指。

“她的情况很复杂，”医生指着形如乱麻的波形图解释说，“我们可以把今天测的结果发到公司总部，程序员会根据它给助听器内嵌的芯片重新编程，希望能更精准地帮助她辨识声音。”

“需要多长时间？”

“给我们六个月吧。”

半年。爸妈签证再有一个半月就到期，过完年他们就飞回去了。

陈焕生深吸一口气，鼓起勇气问：“她血管不好，您觉得和她听不清声音有关系么？”

“肯定有啊，建议你们也咨询一下心血管科的医生，咱们一起努力，肯定没问题！”

陈焕生走出了隔音棚。母亲问他到底怎么样。他大声说其实还是血管的问题，跟我爸想得差不多，多锻炼身体，少生没用的气，少操没用的心，慢慢就能好了。

“那助听器呢？”母亲问。

“助听器他们暂时没有适合的，到时我给你邮购新定做的。”

父亲一直沉默，背手站在那里。

“妈，你听我说话是不是嗡嗡乱响？”陈焕生轻声问。

“你说什么？”母亲茫然地看着他。

中午意大利面没吃成。倒不是陈焕生没有心情，而是母亲嫌“美国人整那面条儿吃完肚里冰凉”。当下开车去了唐人街，三口人在“老北京”涮完锅子，在千禧公园逛了一下午街。陈焕生留心去听饭店和公园里的噪音，满脑子都是那个波形图。

回家的路上，他忍不住解释了一遍波形图。父亲倒很坦然，说你妈她也是岁数到了，这些毛病不找上来，别的毛病也躲不掉，尽量往乐观想吧，心情好了，保养好了，比啥仪器都管用。

“你失眠怎么样了？比在国内强点了吧？”

“还那样。”

“钓一宿鱼就能睡好了吧？”陈焕生突然笑问。

“等夏天再说，”父亲也笑，“现在太冷。”

母亲一直在后座沉睡。那个世界里的波形图大概变成了直线，如同六车道的高速一般向前延伸。

六

美国的大年三十，国内的正月初一，爸妈在手机里跟亲戚们一一拜过年，包好饺子，就和陈焕生去朋友家过年了。女主人是中国人，老公是美国人，女儿五岁，蓝眼睛，黑头发，精致得像个芭比娃娃。

来了七八家客人，全是中国人，各自带了拿手的家乡菜，两张餐桌拼在一起，天南海北的全铺满了。陈焕生发现所有人都是三口之家，但别人都是年轻夫妻带一个小孩，唯独他们是老爸老妈外加他这个三十多的单身汉。他看了一眼爸妈，他们似乎没有意识到这尴尬：父亲正和男士们大讲特讲钓鱼心得，有两个被他说心动了，当下约好“等老爷子夏天再来咱们一起出去钓”；母亲则郑重其事在华人超市买了红色信封，印着繁体的“新春快乐”，让陈焕生去银行换了崭新的十美元钞票，当成红包发给屋里的孩子们。这些 ABC（美国出生的华裔）娃娃们想是每天在家里都被教汉语，张口就是脆生生的“奶奶新年好”，母亲看着欢喜，挨个儿抱了一遍。

满屋子的谈笑，满屋子的孩子在跑，母亲趁着应酬的当儿打起了哈欠。陈焕生又想起那个乱乱的波形图，心也跟着乱了，拎起一小瓶嘉士伯啤酒，独自去沙发上坐着。墙上挂的超薄电视在重播春晚，女主人特意在网上找的资源，正演到“海外华侨华人向祖国人民拜年”，悉尼伦敦纽约旧金山，每座城市各挑一户华人对着镜头打躬作揖。小时候在国内看春晚，每次演到海外拜年的桥段，都忍不住想在电视那头过年到底是什么感觉。人生恍惚有若长梦，三十年后偶然醒来，发现自己倒是跑到了电视另一头，怀里多出一瓶嘉士伯而已。

他绕开欢闹的孩子们，去了地下室。没想到男主人也在地下室，双腿搭在咖啡桌上听唱片。看他下来，便倒了红酒，说唱片机是在这小镇上的旧货店淘的，木头音箱是自己动手做的，连用的木锯都是从英国订的。

整整一面墙挂满了唱片，陈焕生挑了最喜欢的恐惧海峡乐队，八十年代的榜单金曲《金钱非万能》，两个男人喝着酒，暂时忘掉了楼上的喧闹。

“我们中国人过节，爱图一热闹。”

“全世界都爱热闹。去年圣诞，我家亲戚全从加州过来了，而且连人带狗，比这夸张多了。”

“两口子嘛，节日轮班过，活儿也轮班干。”

“没错。”

男主人长得高瘦，说起话来声音很轻，虽然在加州伯克利博士毕业，却是个支持特朗普的。男主人把酒一饮而尽，趁兴从床底掏出钢制的保险箱，里面装满了他的爱物：枪和子弹。左轮枪杀伤力弱，适合用来自卫；大口径的手枪能崩穿墙壁，足够打爆两头野鹿了，千万别随便在家摆弄。

“好久没去靶场了，”男主人又倒了一杯酒，“我上班，她带孩子，逢年过节各种派对，啥都没的玩儿。”

“可能结了婚就是这样吧。”

“没错，结了婚就是这样。”

男主人劝再来一杯，陈焕生笑说谢谢，便上楼了。女主人还在厨房忙活，母亲正逗她的混血女儿讲中国话，看得出是真喜欢这孩子。她这次来美国带来一个相册，全是过去县城里的老照片。她指着陈焕生在幼儿园跳操那张照片说：“你看，你小时候多好！”

“五岁的孩子，只要正常健康，有哪个不好的？”

他当时不以为然，现在才明白五岁的他一定给母亲带来过许多欢乐。三十五岁的他呢？四十五呢？

他不让自己继续想，俯下身，在母亲耳边说：“妈，咱们回去吧，明天我还得早起加班。”

母亲刚上车还叨咕“那孩子真招人稀罕，跟纸儿上画出来似的”，很快就在后排睡着了。

父亲也是累了，坐在副驾驶座上沉默不语。又是那股衰老的男性气味。等自己四十五岁，父亲又老了十岁，母亲也老了十岁——陈焕生又在胡思乱想——再过十年，也许其中一个就走了，可是谁走谁留呢？爸爸还是妈妈？走了哪个他做儿子的能受得了？再过十年呢？坐在车里的是不是就剩他自己了？他嘴唇轻轻动着，仿佛要和爸爸说声谢谢，谢谢他和妈妈都在，谢谢他们平安健康，谢谢他们飞到美国和他过年。

父亲依旧沉默，陈焕生到底什么也没说出来。他只是把广播调到古典音乐频道，主持人的声音苍老凝重：“今晚是中国农历旧岁最后一夜，我们请您欣赏小提琴协奏曲《梁祝》，一首来自东方的爱情乐章。”

三口人一路无语。开到家门口，父亲叫醒了母亲，窗外正星月朦胧，广播里的小提琴如泣如诉。

下篇

人间漂流

揣着绿卡回家

一

在美国的第七年，绿卡终于落到陈焕生的掌心：硬塑质地，绿色条纹，右侧是自由女神像，左侧是陈焕生的脸和他的出生日期。

第一个本命年，他伴着县城街机厅里的喊杀声度过。第二个本命年，他在省城的大学谈恋爱，喷过啫喱水的头发并不柔顺，顶在头上像被染黑的方便面。第三个本命年，他孑然一身，摩挲着这张小卡片，自由女神的脸涂满了他的指纹，他自己的脸却被盖住了。他不愿看到那张脸。

二

申请绿卡期间，陈焕生一直憋着不回国。移民律师倒没说不让回，只是提醒他，万一签证手续出了什么岔子，一切前功尽弃。

所以一拿到绿卡，头一件事就是给家里电话，订机票回国。

“正好，赶紧回来，”父亲在电话那端说，“你爷病重了。”

陈焕生挂掉电话，一边吸着星巴克的冰咖啡，一边琢磨“病重”二字的分量。

回国只能飞到省城，他从小长大的县城依旧不通火车，只能像十几年前读书那会儿从省城坐七个小时大巴回家。眼下他人在美国，只好托省城的朋友给订票。朋友倒很够意思，当下给问了，回复说：“跑你家县城的大巴每天一趟，没什么人坐，不用预订，现买就行。”

陈焕生跟这位朋友好几年没见，不好意思太催，只能带着晕乎乎的时差在省城下飞机，跟着朋友去客运站领票。窗口一问，得到的答复竟是票已售完。朋友急了，要跟窗口理论。陈焕生直接去找司机：“大哥，我下午必须走，你说咋办吧？”

“两百吧。”

司机是个黑瘦的中年汉子，脖上一条粗大的金链，歪在驾驶座上抽烟，脚不停地抖，斜眼看着陈焕生。

车票原价一百，收两百不算黑。真正黑的是付完钱不给发票，明摆着要揣自己腰包。无所谓，让谁赚不是赚，能回家就行，陈焕生把行李箱推进车仓，上了车却发现没有座。感觉鞋子底下黏糊糊的，原来是踩了车过道上的香蕉皮。

过去读书，这趟大巴他坐过许多回。每逢年节，过道就坐满了返乡民工，到县里七个小时，屁股颠成八瓣儿。如今轮到他坐过道了，偏偏怀里又揣着张绿卡。张爱玲曾说太富幽默感的上帝受不了，可是对于陈焕生，记忆力太好的上帝同样消受不起。

“要不今晚住我家算了。”朋友让道。

“没事儿，挺挺也就到了。”陈焕生哪里肯犯这等人情。

“这是我兄弟，刚从美国回来，时差还没倒好，给照顾照顾！”

朋友对大巴司机撇下这么一句，便走了。

“美国回来就牛逼了？”司机又斜了陈焕生一眼，金链子跟着晃了晃，“就是火星回来也没座儿！”

陈焕生没吭声，拨开香蕉皮，靠着扶手坐在过道上，就像多年前见过的民工。刚到美国时，他每天坐公交车上班，总能看见一个梳西瓜辫的黑哥们儿，穿着嘻哈裤，有空位不坐，非得站过道上，大半条内裤露在嘻哈裤外面，在门扶手上蹭来蹭去。黑哥们儿总是鼓起眼睛，肆无忌惮地盯着车里人的脸。陈焕生被盯得不舒服，却没有以眼还眼的脾气。黑哥们儿掏出一顶印着“M”的红色鸭舌帽扣在头上，在麦当劳那一站下了。原来是个炸薯条的，陈焕生劝慰自己，犯不着跟这种人计较，插上耳塞，继续听窦唯的《潸何吊》。

“喂，”金链司机对他喊道，“咱家这车不让坐过道。”

“你说啥？”陈焕生摘下耳塞。

“你不是刚回国么？”司机掀开驾驶座底下的帘子，“来这里面躺着，困了就睡，刚好倒倒时差。”

陈焕生走过去，才看清驾驶座底下有一个黑槽，棺材大小的入口，正好被帘子盖住了。

“躺不躺？”司机又打开车门，“不躺就下车！”

在所有乘客的注视下，他头冲后，脚向前，把身体倒塞进了那口黑槽。司机放下帘子，遮住槽口。陈焕生在黑暗中伸了伸腿。

三

回国之前，他脑海里也曾划过“近乡情更怯”之类的句子。但现实可不在乎唐诗的乡愁与伤感，黑槽中充满了闷臭，也不知是汗味脚味还是烟味。随着大巴的颠簸，他感到恶心，忍不住掀开帘子，眼前是司机的裤管和裹着袜子的脚踝。

司机从腿到脚都在抖动，和着口哨的节拍。他放下帘子，试着在黑暗中转动身体。如果这口黑槽真是一具棺材，那自己就是卡夫卡笔下的那只大虫子，费尽力气才从俯卧改为仰卧，六条细细长长、毛茸茸的虫腿绝望地向上蹬着。刚歇了一口气，忽然想到司机的屁股和自己的脸只隔着一层座板，难免又觉得恶心。他摸摸胸口，绿卡还在钱包里，插上耳塞，继续听羽化成仙的窦唯吧。

他明白这套把戏：这种长途客车不允许无座乘运，如果被路检的交警抓住肯定重罚，在金链司机的眼中，怀揣绿卡的他只是一件能捞到二百元外快的违禁运品而已。公道？尊严？正义？在这口充满了恶臭的黑槽里，这些字眼太大而无当，也太遥远了。这段时速六十迈的国道，只是人生的旁枝末节。只要自己和绿卡能平安回家就好。

去移民局戳指纹那天，他见到一个墨西哥人，硕大的鼻子，底下两撇小胡子有点滑稽，像是在开玩笑，身上披着两面国旗：一面布满星条，一面印着鹰、蛇和仙人掌。墨西哥人很兴奋，掏出口琴乱吹一气，又用手机对着自己猛拍。白人保安挥起警棍高声呵斥，差点撵他出去。移民局里办公的美国人都在窃笑，就像在视频上看别人家后院的狗在追猫。陈焕生却笑不出来，因为他想不出来墨西哥人要排上多少年，才有资格过来戳这么几下指纹。

又是一阵颠簸，恶心与眩晕一浪接着一浪，他怕要吐出来，猛然掀开帘子："停车！"

司机没听见，或是装着没听见，脚踝依旧在抖。陈焕生只好从黑槽中伸出手，握成拳，捶了一下那脚踝。

"别动，危险！"

驾驶座伸下来一只筋脉暴跳的手，重新盖上帘子，陈焕生又被黑暗和闷臭裹住了。

"大哥，"再次掀开帘子，他不得不调用乡音，"这趟车的终点是在县里吧？"

"是啊，咋的？"

"我家就是县里的。我有亲戚在交警队，姓陈。"

司机不抖脚踝了。陈焕生放下帘子，又被司机掀开了。

"交警队？哪个姓陈的？"

"陈队长，那是我爷。"

"亲爷？"

"对，我也姓陈。"

"陈队长不早就退了么？"

"是已经退了，你自己看着办吧。"

陈焕生拽下帘子，后悔现在才想到这一招。

"兄弟，"司机再次掀开帘子，"一出省城就让你出来，行不行？"

陈焕生还是没吭声，他怕一张嘴就会吐出来。

大巴停在了国道边上。司机弯下腰帮忙，他才从槽里爬出来，下车迎风吐了一回。司机站在旁边，手插着兜抽烟，乘客们透过窗子看他们俩，重型大卡呼啸而过。

回到大巴，司机吩咐坐在副驾驶的乘务员："小梁，这兄弟也是咱县里的，刚回国，你坐累了就站一会儿，让人家好好歇歇。"

所以回家这一路，陈焕生是坐在副驾上的，一边打盹，一边听窦唯，格外舒坦。而说到底，无论是躺黑槽还是坐副驾，都是因为他病重的爷爷。

四

下车已是深夜。县城起了不少新楼，看着并不舒服，因为街道还是旧的，如同一个老去的人被强行套上新衣。爸妈来接的站。出国的时候也是他们送的，从县城送到北京，像千千万万的中国老百姓，三口人在天安门下合了一张影，被陈焕生打印出来，贴在大洋彼岸公寓的冰箱上。县城老家的这个秋夜，看着爸妈的身影从照片走到眼前，温暖而又哀伤。

路灯影影绰绰，他看不清爸妈的脸，只能看出他们的身形，又被衰老压缩了一层。他在美国并不怵与人拥抱，可面对爸妈，永远张不开双臂。母亲也只是问他一声累不累。

原来住的家属楼早就被拆了，陈焕生拖着行李，跟爸妈走进一栋陌生的住宅楼，“名仕豪厦”。

“妈，咱家在几楼？”他把手伸向电梯的按钮。

“电梯上个月就坏了，”母亲说，“物业根本不管，就知道收钱，你都不知道，前两天还有人跳楼了。”

“就三楼，”父亲已经把行李扛在肩上，“上吧。”

楼道漆黑，声控灯没有反应，母亲用手机照亮，拐角处晃出一辆被卸掉轮子的自行车。陈焕生和父亲一人一件行李在后面跟着。母亲推开三楼二单元A号的门，拉开灯，这就是回到家了。

父亲安置行李，母亲煮了浑汤面，陈焕生冲过澡，一边吃一边打量这个陌生的家。

“东搬西搬的，家里东西你都不认识了吧？”母亲怕面条干了，又填上两勺汤，“还有一些你的东西没扔，你爸包在纸壳箱里，放在你那屋了。”

所谓“你那屋”，是一间闲置的卧室。床是陈焕生以前睡过的床，对面是过去他用的写字台，底下是装着旧物的纸壳箱。写字台上的玻璃砖压着一张多年前的老照片：父亲、陈焕生，中间是父亲那辆凤凰牌自行车。他记得很清楚，当时刚掉门牙，喜欢用舌尖舔牙床，软软滑滑的有点痒。父亲骑着新买的凤凰牌自行车去幼儿园接他回家，母亲在厨房里炒豇豆。他兴冲冲跑进客厅，直奔写字台，摆弄那台橙色的收录机，梅花牌，父亲去省城出差给他买的。

他摸了摸玻璃砖，厚实的质感跟过去一模一样。上面一尘不染，想是母亲因为他回家已经擦过了。吞下一粒从美国带回来的褪黑素，晕乎乎躺在床上，凌晨三点还是睡不着，干脆起来开灯，去厨房喝水，用水果刀划开纸壳箱上的胶带，里面有父亲当年买的梅花牌收录机，还有两盒磁带，《故事大王精选》上下集。上集讲的是有个蒙古族人叫巴拉根仓，经常把财主耍得吹胡子瞪眼儿。陈焕生那时听得很入迷，虽然只是一个人在讲故事，但那磁带里却转动着整个世界，财主、巴拉根仓、穷人、穷人家的羊，怎么听也听不够……

“时差倒不过来么？”母亲在门口问。

“妈你快睡吧，我没事儿。”

他放下收录机，熄了灯，躺在床上，强迫自己闭上眼。等再睁开眼，才清晨六点多，耳边是鞭炮声，肆无忌惮。他问谁家这么早就放炮。

“你们班小庄，”母亲指着窗外那栋高楼，“他家盖的楼封顶了。”

小庄是他中学同学，长得人高马大，家里很不简单，保送去的省城的师大，毕业回县里搞地产开发，十年间起了不少高楼，眼看就要包围整个县城。

窗子虽然关着，还是挡不住鞭炮声和火药臭，他皱眉问：“炮怎么放这么长时间？”

“二十四层的新楼封顶，一层放一万响的大地红，你算算吧，得放到吃中午饭了。”

母亲戴上口罩，出去晨练了。

所以回家吃的第一顿早饭，是伴着没完没了的大地红。

“二十四层，”他问父亲，“家里光线这么暗，是他们那楼给遮的吧？”

“你以为呢？”父亲喝着玉米面粥，“楼和楼之间那么近，互相遮挡，别说光线，连绿化带都没有，你说盖楼又不是搞对象，贴那么近乎到底啥意思？”

“住咱这楼的人就不讨个说法？”

“住咱这楼的人？就连这个楼都是他老庄家盖的，跟谁说去？”

他撂下筷子，吃不下了。窗外是早上七点半的蓝天，那片缥缈的白色不是朝云，是大地红制造出的烟雾。

“好在县里房价涨不起来，等挑个位置好一点的楼再谈光线吧。”

父亲吃完粥，就出去叫车了。

五

全县都在拆迁都在新建，县人民医院也不例外。爷爷不得不搬到市里的老干部病房，陈焕生一家三口打车去了。

爷爷躺在病床上，眼皮在跳，是想努力睁开眼，却做不到。陈焕生握住了爷爷的手，爷爷也握住了他的。那只手还是有温度的。

住院之前，爷爷已经是糖尿病晚期，视力严重受损。去年春节在楼下散步，受鞭炮声惊吓，摔在地上没起来。120 送到医院，粉碎性骨折，在病床上一躺就是几个月。

姑姑姑父也过来了，既是看爷爷，也是要见刚回国的侄子。亲人好久不见，陈焕生却想不起来问候：爷爷饱受病痛的折磨，这个状态让他感到震惊。

“病人抽液，”一个穿白服戴口罩的女医生推着仪器进来，有一股消毒水的味道，“让一下！”

“抽什么液？”陈焕生问。

医生不答话，只看了他一眼。倒是父亲照看爷爷久了，也成了半个医生：“你爷这糖尿病已经并发炎症了，又躺了这么多天，胸腔里积下很多液体，不抽会影响呼吸。”

姑姑扶爷爷起来，父亲小心解开他病服的扣子，露出背后。

“爸，准备抽液了。”

爷爷还是睁不开眼，勉强点点头，手在颤抖，被陈焕生握住了。

女医生的口罩上印着一只粉色 Kitty 猫，她一言不发，用碘酒棉棒在爷爷背后涂了一下，便拆开注射器的包装，针头粗大骇人，往爷爷后背比画。

父亲笑问：“李医生，要不先扫一下 B 超？”

“还扫啥？”医生用针头指着爷爷后背的黄色斑迹，“上次抽的针口不就在这儿么？”

“上次的积液都抽完了，同一个部位可能再抽不出来啥了，”父亲继续赔笑，“还是先扫一下吧。”

“仪器是美国进口的，扫一次就减一次寿命，扫多了对病人还有副作用。”Kitty 猫医生正了正口罩，“再说了，我还有那么多病人排号等着呢。”

爷爷后背那块黄斑在随着呼吸起伏，中间的针眼清晰可见。Kitty 猫不容分说，一下插进针头，用力往外抽针的塞杆。那黄斑一点点跟着往下塌，针筒却是空的，什么也抽不出来。爷爷的眼睛突然睁开了，黄斑的起伏更加猛烈。

“爸，没事，”父亲在爷爷耳边说，“马上就好了。”

Kitty 猫不得不拔掉针头，像是在自言自语，“上次抽得确实很彻底。”

“对，上次抽的效果很好，”父亲跟着附和，“我爸一点都没喘。”

“要不今天别抽了，先观察一下患者的情况吧。”

“还是抽吧李医生，你看我爸都喘成啥样了。”

“也是……算了，我给他扫一下吧，只能先耽误耽误其他患者了。”

“谢谢医生，谢谢！”

美国进口的便携式 B 超登场了，屏幕里显示出一条阴影。

“你看，积液转移了吧！”Kitty 猫扯下口罩，对着屏幕皱眉，那张脸很是烦躁，绝不像是能和 Kitty 猫扯上关系的一张脸，“跟你们说多少遍了，别让患者做不必要的活动，就是不听。”

她重新戴上口罩，针头换了部位插下去，抽出一管淡黄色的积液。爷爷闭上眼，后背的黄斑不再大起大伏了。

“让患者休息一会儿吧，来这么多家属有啥用？不够添乱的。”

满屋子的感谢，Kitty 猫推着美国 B 超出去了。

陈焕生感到愤怒，母亲劝他：“你爸他们在医院看护这么久，别说医生，连护士都小心让着，得罪了他们到头来还不是你爷遭罪？”

“你爷退休这些年，一住院就是老干部病房，药费医疗费全给报销，已经谢天谢地了。”

父亲扶着爷爷躺下，给盖好被子，忙前忙后了一上午，疲惫地坐在病椅上。

六

中午，一大家人去县里的狗肉城吃饭。姑父说：“大侄好几年没回来，必须整几样带劲儿的家乡菜。”

狗肉城？家乡菜？他在美国的邻居是一位独居的白人老妪，每天早上牵一条大白狗出来散步。那狗温顺安静，默默地陪着她走，狗在前，人在后，风雨不误。姑父给他夹来一片不肥不瘦的狗肉，花白相间，上面蘸着红彤彤的朝鲜辣酱。

还点了扎啤，黄澄澄的液体倒有点像那针管里的胸积液。

“大侄儿，走一个！”姑父的杯子见了底，“听你爸说绿卡拿着了？”

“也才刚刚拿着。”

他喝了口扎啤，苦涩，冰凉，倒是能镇得住朝鲜辣酱。

“绿卡拿出来看看长啥样，”姑父在酒桌上谈笑风生，完全看不出动过搭桥手术，“等以后咱也移民了，别办张假的被人骗了。”

那张布满绿纹的小卡片，在酒杯肉碟之间传来传去。

“绿卡到手了，”姑姑笑问，“该考虑个人问题了吧？”

“说的就是呢，”母亲也笑，“我和他爸急死了。”

“着啥急？卡有了，往对方面前一摔，你看好不好使！”

姑父接过绿卡，往酒桌上一摔，啪！

“你表妹下月结婚，”姑姑给陈焕生倒酒。

“是么？欢迎她和妹夫来美国度个蜜月。”

“他俩在深圳一个比一个忙，哪有工夫度蜜月？要不这样吧，等你回美国，拍个视频，传过来？”

视频是拍给表妹婆家看的：我们老陈家在美国有人。

他出国那年表妹去了深圳，一晃好几年没见，要不是朋友圈里那几张照片，他连她的样子都模糊了，在视频里拍些什么呢？又该说些什么？

“你挑个带美国特色的地方拍就好。”姑姑说。

“再整几句英汉双语的场面话。”姑父说。

“好啊，”他笑着点点头，“要不自拍的时候我把绿卡贴在胸前？”

姑姑姑父大笑。

有说有笑的一个钟头，酒喝光了，肉剩下不少，那根插在爷爷背后的针头在他脑海里不停旋转。

酒精和时差让他睡到了深夜，睁开眼，嗓子如同火烧。想起来喝水，却见卧室的门缝透进光亮，接着是迈向卫生间的脚步声。是父亲起夜，步子很慢，也不知是父亲老了，还是怕吵醒他。

回国前，父亲让他捎回两瓶番茄红素。他上网查了，原来是改善前列腺的，不免觉得凄然。自从爷爷住院，父亲就和姑姑姑父轮流守夜照看。所以在病房的那些深夜里，父亲也是迈着这么慢的步子，穿过散发着消毒水味道的走廊么？

马桶冲水声响起，然后是父亲的步子，门外的灯跟着熄了。陈焕生起床拉开屋子里的灯，梅花牌收录机就在写字台上，旁边是那盘《故事大王精选》的上集。收录机的电源早就没了，他还是把磁带放进去，自然是不会转的。《故事大王精选》的下集，被他在三十年前拆坏了。

那时的他痴迷卡带里的黑色胶带，感觉永远转不到尽头，就扯出来，想用它放风筝。他的风筝不过是手工课上的纸板、胶水和剪刀，从未飞上蓝天。父亲发现带子坏了，也不生气，买一盘空白带，从《安徒生童话选》挑了一匹小驴儿的故事录给他听。因为父亲年轻时的嗓音，他永远记住了那匹小驴儿的名字：斯布灵卡。每个圣诞夜，斯布灵卡都会混在几头驯鹿当中，拉着雪橇，帮圣诞老人挨家挨户给孩子送礼物。五岁那年他掉了门牙，斯布灵卡的一条腿坏了，很着急，怕圣诞老人不派它给孩子们送礼物。它想，反正我还有三条好腿呢，肯定跑得不比驯鹿慢，便装作没事儿似的拉着雪橇。那红鼻子老头儿也是糊涂，居然没看出它坏了条腿。小驴儿斯布灵卡在夜空中拼命地跑呀跑，越过烟囱，越过山川，越过大河，越过雪花。刚开始那条腿还疼，后来竟不疼了，身上也不出汗了，越跑觉着身子越轻，最后连雪橇都没了分量。它还以为礼物都送光啦，一回头却发现雪橇没了，驯鹿没了，连红鼻子老头儿都没了，只有斯布灵卡自己，停在深不见底的夜空……

陈焕生插上耳塞，人到中年的窦唯放弃了人声，专心用手鼓和吉他书写梦呓。他随着那梦呓，回到小时爷爷家那栋平房，院里一株槐树，一只大公鸡，追着他啄，他绕着槐树跑。跑着跑着，公鸡就没了，他停下来在树下看书，看累了就张开双臂去抱槐树。那树好大，他根本抱不过来。

既然这不是最后一面，父亲之前说爷爷“病重”到底意味着什么？爷爷“病重”了，尚有父亲和姑姑，可父亲若“病重”了呢？如果这“病重”又赶在申请绿卡的当口呢？在飘荡着消毒水味道的病房里低声下气几个月，他陈焕生能做得到么？

他在黑暗中喘不过气，连吞两粒褪黑素，睡意才开始袭来。做了个梦，自己变成一个老头儿，抱着爷爷家院里的槐树，说，我都这么老了，你却跟我小时候抱过的一模一样。槐树说，我春夏披绿，秋冬挂霜，一岁就是一轮枯荣，你怎么可能比我还老呢？

七

双倍剂量的褪黑素起了效力，陈焕生的作息开始跟上县城的节拍。接连几个早上，他都陪母亲出去晨练。出门之前，母亲会准备两只口罩：一只旧的，样式寻常，她自己戴；一只新的，样式夸张，有点像防毒面罩，特意给儿子买的。

他戴上了那口罩，紧密，厚重，质地粗糙，呼吸困难，带子勒得很不舒服。县城的街道在他眼中本来就似是而非，一呼一吸之间，变得更沉重起来了。

“我在县里就待几天，”他终于摘下了口罩，“有必要戴这个么？”

母亲正忙着和熟人打招呼：“你刚从市场回来？”

“瞧你精神的，儿子回来啦？”

“回来啦！”

“多咱（几时）回来的？”

“就快走啦！”

一番嘘寒问暖，从薪水到绿卡，从房子到何时成家，陈焕生在美国的生活被翻了个底儿朝天。

好在不用他本人开口，都是她们在说，隔着各自的口罩。他在一旁面带微笑，调整好口罩上的气阀，又戴上了。就当她们是在谈论这世上另外一个陈焕生好了。

“还戴口罩呢？”熟人拍手笑问。

“他就回来几天，又倒时差，怕他嗓子坏了。”母亲也笑。

他在口罩后面透了一口气：戴这玩意儿也不错，至少不用赔笑。

母亲和她那些朋友们每天在人民影院门口集合，穿着颜色鲜艳的运动服，戴着各种样式的口罩，和着扩音器里的节拍，配着《草原上升起不落的太阳》，做出一些半似体操半似舞蹈的动作。

“蓝蓝的天上白云飘／白云下面马儿跑／挥动鞭儿响四方／百鸟齐飞翔——”

原版旋律他还依稀记得，但换上节奏劲快的迪斯科电子版，竟有一种怪异的朋克感。

在美国翻母亲的朋友圈，也见过她们晨练的照片，都被他忽略了。可当他站在人民影院的水泥台上面对她们，才明白这是她们的青春，封存在足够抱孙子的年龄里，封存在高血压糖尿病的身体里。

“要是有人来问我／这是什么地方／我就骄傲地告诉他／这是我的家乡——”电子乐到了高潮。

他拿出手机，拍了一张全景：灰色的天与地，灰色的人民影院，舞动的她们则是大红大绿。镜头继续拉远，影院后方现出一台挖掘机，像缓缓挪动的巨兽。

他绕到影院背后，才发现一切都被拆成了砖海，挖掘机在上面漂着，游着，挖着。他头皮发麻，给母亲留了条微信，独自往北走去。

如果他脚下的县城还是记忆中的县城，那么顺着胜利大街往北走，便会走到北山。可是回来这些天，他越来越不相信自己的记忆了。比如这条胜利大街，记忆中是柏油路，黝黑、宽阔，像踩在一个名叫“胜利”的巨人脊背上。现在呢？它变成一条灰秃秃的水泥路，挖掘机在上面吼叫，灰尘弥漫，不知道这些钢铁怪兽到底想要挖出些什么。在记忆中，大路两旁是杨树柳树，是小卖店早点铺和露天的台球案子，现在全都没了。取而代之的是正在修建的楼，一节一节拼命往高里蹿的楼。

地上横躺着鲜红的炮衣，远看像淋漓的血迹。他想起小庄家才封顶的二十四层，窗子挡不住的火药的臭味，一层一万响的大地红。因为这些楼盘，县城的街道看起来更窄更小了，哪里能消化得起二十四万响的炮衣。

穿过街里的灰尘，北山才清晰起来。信步走到山脚，先入眼的是县民政局竖的牌子，原来这山不知何时被火葬场征用了。活人住的楼有户型有面积，死人的坟自然也分大小尊卑。继续往山上走，张王李赵、胡秦孟田，眼前划过一个个刻在石碑上的名姓，他摘下口罩，四下环顾，发现只有坟，没有树。桦树、松树、枫树、杨树、柳树，那些在秋季里五色缤纷的树全都不见了。

山的阳面被坟墓割成了大大小小的碎格子，吐着温温的气息，不知来自地下的死人还是地上的水泥。中间有条一米宽的石阶，“严禁闲散人员践踏”的牌子格外醒目。

踏上石阶，走到山腰的缓坡，那里曾有一个半圆形的水泥包，有人说是当年日本人修的碉堡，也有人说是和苏联关系紧张时修筑的防御设施。他小时候常和同学钻这水泥包，打开手电筒，能晃出一团团的卫生纸，不知道是什么人用过的，像绽放在黑暗里的白花。夏天时水泥包里很潮湿，有一股腥臭；冬天就干燥了，能用棍子挑出一团冬眠的蛇，或者蹿出一只狐狸，在白雪里一衬，火红火红的一道。他和同学踏雪去追，哪里追得上。狐狸蹿到了远处，回头看看他们，双耳直竖，再一蹿，就隐没在雪中了。他们的棉鞋里灌满了雪，又凉又烫。现在，这水泥包也消失了。踏着这条后来才铺出来的石阶，陈焕生的记忆陷入了虚空。

站在山顶，举目四眺，但见山阴全是裸露的山石。父亲曾说县里要开发石墨矿，想是把这山炸开了，却没见到黝黑的石墨，只有黄褐色的山石，像是山被割开了骨肉，没有鲜血可流罢了。在山顶转了几圈，才看清这山的阴面像一颗硕大无比的梨：被啃了几口，没啃出什么意思，就丢弃了。

回头向南望去，只见一团尘雾，那便是他的县城了。唯有一座高楼冒尖而出，想必就是小庄家新起的二十四层。爸妈住的名仕豪厦，自然是被那栋二十四层遮挡住了。

“回头下望人寰处，不见长安见尘雾！”

他向那尘雾吼了一句，戴上口罩，顺着石阶下山了。

八

七年没回国，攒下一堆饭局，他每天都发现自己坐在县城的某家酒楼上推杯换盏。两大行李箱的香水手包丝巾深海鱼油，被一件一件分派给了各路亲友。要回美国了，时差也倒好了。他不再吃褪黑素，改喝胖大海，安抚被烟酒虐过的上呼吸道。

他还去了以前读过的高中，依旧是四层的教学楼，不少班级的窗子都开着，读书声顺着秋风传了下来，跟以前没什么两样。校门口的玻璃橱窗，里面贴着去年高考状元榜眼探花的相片，姓名底下标着分数、报考院校和县里发的奖金数额。他看着橱窗里那些戴眼镜的孩子们，想想自己经历过的高考，仿佛昨天刚从考场里走出来。

操场中间被挖出一个巨坑，沤了大摊大摊的水，倒映着蓝天白云和张牙舞爪的挖掘机。几个戴着橙色工地帽的人坐在挖掘机履带和钢爪上，抽烟，吃盒饭，刷手机。他站在大坑边上，自己的倒影茫然无措地看着他。一个戴工地帽的往坑里扔啤酒瓶子，蓝天白云挖掘机和他一起支离破碎了。

下课铃响了，学生们从教学楼里涌出来，女生手拉手上厕所，男生去坑边的角落颠足球。那些戴工帽的开工了，挖掘机开进坑里，像一只铁鸭子在戏水。可惜坑太浅，鸭子太大，戏出来的不是波纹而是泥浆。几个男生往挖掘机上投石子。

他坐在坑边，一只手搭在他肩上："陈焕生？我在楼上看着就像你！"

"哦，"他没想到是过去高中的同学，"我才回来没几天。"

"这两天咱班群里有人说你回来，谁都联系不上你。"

"你这是在高中当老师了？"

"对，教语文。"

"那挺好啊，很稳定。"

"是很稳定，老婆孩子热炕头，两只黄鹂鸣翠柳。"

俩人再没话说。语文老师掏出烟，蹲下来跟他一起看那台在坑里翻江倒海的挖掘机。

"几年没回县里了？"

"好几年了。"

"感觉咋样？"

"感觉挺好。"

"挺好就好。"

烟头被弹进坑里，陈焕生问："这高中说挖就挖了？"

"有人买下地皮，要盖最高的楼，"语文老师伸出手，对着那坑比画，"要破咱县纪录，才挖这么大这么深的坑。"

"那学生怎么办？还有你们老师呢？"

"怎么办？对付呗！下学期全校就搬北山底下了。"

"北山？你们上课方便么？"

“一个小县城，你跟它谈方不方便？”语文老师笑着捶了他一拳，“你在美国待的时间太长，跟不上这边节奏了吧？”

“是跟不上节奏了。”他点点头。

“是小庄把高中的地皮买下了，”语文老师说，“就是咱班那个小庄，还记得么？”

“嗯，小庄，”陈焕生往坑里扔了个石子，转瞬间隐没于滚滚泥浆，“当然记得。”

“这下你回来了，咱班说啥也得聚聚，明晚不见不散！”

老师拍拍他的肩，回去上课了。

第二天他又去市里看了一趟爷爷，中午回来应付两桌亲戚，傍晚才匆匆赶赴这同学聚会。包间里坐满了人，女同学都还能认出来，男同学的样子都走得有些离谱。他们有的说他胖了，有的说他瘦了，他笑笑，说无所谓。他们问他找没找个美国老婆，问他现在到底是美国人还是中国人。他还好，这些话亲戚们都问过了，已经练出了套路。

“在美国呢，我从来不认为自己是美国人；现在回来了，又跟不上国内的节奏，把自己整夹生了，妈的两头儿不沾。”

酒席当中摆着一块心形生日蛋糕，插满了电子蜡烛，红色草莓酱浇出一个隶书的“庄”字。难道是给小庄过生日？他又扫了一遍在座的同学，当中并没有小庄。

他们劝他喝酒，他坚持只喝茶水。他们就喝他们自己的酒，讲县城里的段子，他默默喝了半壶茶水。

小庄依旧缺席。有人打电话过去，小庄接了，说太忙，实在来不了，让大家吃好喝好，特别要招待好那位从美国回来的。陈焕生借口上厕所溜走了，站在名仕豪厦底下，看楼上那些窗子都亮着灯，一小块一小块像发光的麻将牌，分不出哪块才是爸妈的家。明天就走了，下次再回来，爷爷恐怕就是真的“病重”了。他不明白这次回来到底是回到了什么地方。好像也没什么地方能让他回。

在美国的小镇，他的公寓门口曾立着一只猫，总是在夜晚出现，看不清毛发的颜色，只依稀有猫的轮廓，立在草坪上，一双眼睛被划过的车灯晃得炯炯发亮。在美国很少见到流浪的猫狗，它这是走丢了么？他倒了一碗牛奶，刚一走近，猫就调头走了。第二天晚上，猫又来了，同样的姿势立在草坪上。他把牛奶摆在草坪上，就回公寓了。那只猫慢慢舔完牛奶，又立在草上，一有车子开过，那双眼睛就会发光。就这样连续几个晚上，他喂过它一加仑的低脂牛奶，就坐上飞机回国了。也不知那猫还会不会立在他公寓前那块草坪上，有没有牛奶喝。也许它一时迷了路，现在已经找回家了。又也许它真的是一只四处流浪的猫。

九

去省城的大巴上午出发，陈焕生清晨就起来，盯着镜子里那张脸，疲惫、浮肿、睡眼惺忪，拧开水龙头，自来水带着十月底的秋意，像一根根细针刺进头皮。

母亲准备早饭，父亲帮他打包行李，把粉条、豆瓣酱、木耳、榛蘑这些吃的压缩到真空袋里。梅花牌收录机和《故事大王精选》的卡带被陈焕生收回到纸壳箱，扯出透明胶，一层一层封了起来。

早饭桌上，他又检查了一遍随身证件：中国的身份证、中国的护照、美国的驾驶证、美国的绿卡。

爸妈一起送站，他不想看见母亲落泪，只盼早点出发。好在又来了几位亲戚，母亲戴着口罩和他们聊天，暂时把他要走这件事忘在脑后。

大巴停在客运站的后院，司机还是那位戴金链的黑瘦大哥，陈焕生的座位还是来时坐的副驾驶。

“这个时间点上，”父亲和那位司机攀谈，“高速上应该没多少车吧？”

“车倒不多，就是路两旁有老农烧玉米秆，烟熏火燎的影响视线，早晚他妈肇事儿。”

“没人出来管管？”

“管？这帮老农一年到头种点地也不容易……大哥，这是你家孩子？”

“是我儿子。”

“从美国回来？”

“嗯，从美国回来。”

“真有出息！”

“啥出不出息的，七年才回家一趟。”

父亲说话时背着手，脸上露出笑容。陈焕生好多年没见过父亲笑得这么开了，脸上全是褶。

“大哥你姓陈吧？交警队以前那位陈队长是你啥？”

“是我父亲。”

“老爷子过去很照顾我们这帮跑长途的。”

“他现在也老了，”父亲敛住了笑容，“正住院呢。”

一辆黑色奥迪休旅车开了进来，停在大巴旁，下来一个白白净净的大个子，是小庄，大巴上的人全都安静下来了。

小庄弯腰登上大巴，对着陈焕生伸出手：“啥意思？这就走了？”

“赶明天的飞机。”他站起来，握了一下小庄的手。

“昨晚我在市里谈事儿，耽误了，紧赶慢赶回县里想跟你喝两杯，结果咱班同学说你先走了。”

“昨晚我确实喝不动，今天还得赶车，就先走了。”

陈焕生脑子里闪过二十四万响的大地红，浇了红色草莓酱的生日蛋糕，高中操场上的大坑，名仕豪厦漆黑的楼道。

小庄问他：“你这是先去省城？”

“对。”

“坐咱家车去呗？”

奥迪车威风凛凛停在那里，像一辆坦克。

“不用。坐大巴挺方便的。”

“真不用？”

“不用，我跟你客气啥？”

“那行，我有事儿先忙了。咱哥俩常联系。”

小庄跟他互扫了微信，下了大巴，跟客运站里几个穿制服的人一一握手，连带着金链司机和陈焕生的父母。那握手的表情和姿势不知重复过多少遍，早已臻于完美，高大的身材配上不系领带的西装，不像是县企业家，更像是能上新闻的明星。

小庄向大巴这边挥挥手，开着坦克般的奥迪车走了。陈焕生点开他的微信，个性签名是“明镜微尘”。

乘务员开始检票，母亲摘下口罩拭泪，父亲背着手看向别处，亲戚们向他挥手，大巴启程了。

“你跟咱县那庄老板是老铁？”司机问。

“以前高中同学。”陈焕生回过头，爸妈和客运站被甩到了视线模糊处。

十

上了高速，司机一边按喇叭一边超前方的轿车，副驾驶上的陈焕生看得目瞪口呆。

原来这趟大巴九点从县城发车，下午四点到省城，司机找个地方吃饭打盹儿，晚上九点开始在省城开夜班的出租，第二天早上六点收工，再找个地方吃饭打盹儿，下午两点开这大巴回县里。两天内至少有二十个小时在开车。

“熬夜都把肝熬出毛病了，”司机一只手把着方向盘，另一只手搂起上衣，露出贴在后背上的膏药和“拔罐子”留下的紫色圆斑。

乘务员叫小梁，是个浓眉大眼的小伙子，站在一旁开着玩笑：“肝出了毛病无所谓，肾好使就行啊。”

"大哥你也太拼了吧。"陈焕生说。

"家里有孩子上学啊，敢不拼么？读高一了，整天跟我说班里同学都走出国路线，就他自己窝在县里。"

"咱县高中不是要搬到北山么？"

"谁说不是呢？"司机越说越气，"升学率本来就烂，还要往坟堆儿里搬！"

"大哥离婚了，一直单身，最近有点火大哈。"小梁对陈焕生挤挤眼，继续刷着手机。

"年轻有本事的都走了，老头儿老太太也去海南岛养老了。现在还窝县里的，除了我这种过气的，"司机指了指身后的小梁，"就是他这样啥也不是的。"

"谁啥也不是？"小梁抬头反驳，"我微信里全是省城的大学生，俩礼拜都见不过来。"

田野在窗外飞速倒退，陈焕生刷开爸妈的微信，不知道他们今天会在朋友圈上贴什么照片。

中午十二点半，大巴下了高速，停在服务区上。如果只是上个厕所，显然不用停半个多小时。所以一路超车过来，还是想让乘客在服务区这家"得莫利炖鱼"多消费一会儿。

这种大帮哄的公厕，陈焕生好多年没用过，眼见一排男人同时解开裤子，景光委实了得。司机跟他更近乎了，不但递烟，还要还他上次那二百元票钱。一番推让，最后司机请他和小梁吃顿便饭。

"老弟，你说孩子出国到底该去哪儿呢？"一杯干啤下肚，司机问陈焕生，“去新西兰是出国，去美国也是出国，价钱差那么多，到底值不值？”

“大哥，你家孩子才读高中，太小了，”干啤的劲道顶上来，陈焕生一阵眩晕，“他要真有那志向，就先踏踏实实读国内的学校，再考托福GRE出来，申请美国的奖学金，也不用你拼命给他挣钱，他自己也成熟独立了，在外边才能站得住脚。”

“国内读完大学再出去不晚么？”

“不晚，我出去比那都晚，不照样混到绿卡？”他面红耳赤，掏出绿卡，学姑父的架势往桌上一摔：啪！

司机拿起绿卡端详一番，又递给小梁。小梁仔细看了正反面，啧啧点头。卡片回到陈焕生的掌心上：硬塑质地，绿色条纹，右侧是自由女神像，左边是他那张第三个本命年的脸。

“我这辈子混成这样就拉倒了，孩子可不能瞎混。”司机打了个酒嗝，结账去了。

回到大巴，司机横倚在副驾驶上，很快睡着了。小梁往司机后脖领里插了根蒿草，端坐在正驾驶上，拿起麦克，清了清嗓子：“各位父老乡亲您好，欢迎乘坐本次长途客车，我是乘务兼驾驶小梁哥，竭诚为您服务。我们的终点在省城，正点到达时间为下午三点四十五分。如有需要，请直接在车内与我联系，或者加我微信‘沃尔沃小梁哥’，祝您旅途愉快，谢谢！”

乘客们有的望向窗外，有的昏昏欲睡，有的刷着手机。小梁专心开着大巴，心无旁骛，更显得英俊帅气。

国道在前方不断延伸，像是无限长的拉锁，被大巴一路划开。

陈焕生忍不住想念在美国开的那些高速，想念那辆载着自己跑了七万多英里的车子，想念虽然短暂但足够绚烂的中西部的秋，想念那座生活单调却作息规律的小镇。当然，他也想念过去的那座县城，可是它不在了，不知道被时间之风吹到哪儿了。国道依然在延伸，他已分不清自己到底是在离开还是在回去。

头发里的时光

一

我从小头发很短，而且发质粗硬，后脑勺扁平，远看像一把会跑会跳会叫的黑毛刷子。

头发都是爸妈给理的。可是他们不叫“理发”，叫“剃头”。想想也有道理：理发者，整理头发是也，我头发既短且粗，母亲笑说蘸一把洗衣粉就能刷运动鞋了，哪儿有整理的必要呢。还是剃头来得贴切：用手动推子抵住头皮，随父亲手指的运动一路剃下去，黑毛刷子不见了，取而代之的是半圆半扁的后脑勺。

父亲那推子是二十世纪八十年代的老样式，像一件形状古怪的迷你兵器。推子是不锈钢质地，贴上皮肤难免冰凉，激得我呲牙。父亲笑笑，推子在掌心里焐一会儿，再贴我的脖子就不凉了，反而多出一种体温，不知是他的还是我的。

推子平时装在饼干盒里，陪伴它的还有一柄小刷子和二分之一的窗帘。用完推子，父亲用那柄小刷子清理，从里到外刷好几遍，再滴上两滴机油，其细致体贴，胜过给我剃头。那窗帘染了一只抱竹子啃的熊猫，颈部以上被母亲裁掉了，我的头从熊猫脖子里钻出来，窗帘围在身上，挡住了推掉的头发茬儿。

每次剃完头，母亲都要清洗那二分之一窗帘，然后给我洗头。窗帘只是在凉水里投一投，给我用的是现兑的温水。其实母亲偏爱热水，凉水开水兑起来三七分，我嫌烫，挺着脖子不肯沾水。母亲摁不动，直到父亲刷完推子过来，我才就范。等后来自己洗头，居然也偏爱热水。随根儿。

母亲也给父亲理发，用熊猫窗帘围住他，抱怨手动推子不好使。母亲的头发有自来卷，不让父亲理，只让父亲用镊子揪白头发。父亲白头发出得更早，也让母亲揪。一边互相揪，一边说揪一根长十根。我那时以为是他们百开不腻的玩笑，等后来自己长了少白头，才知道是真的。

二

小学时我最好的朋友叫李兴隆，上课时我的座位和他的距离远，下课就勾肩搭背一起上厕所，放学便跑到学校后面那条小河沟，和其他男孩子一起脱光了跳进去狗刨。厮混久了，我和李兴隆的发育开始同步。有一天，他说不想再去河里狗刨了，因为“肚子底下长出了胡子”，让他觉得羞耻。我肚子底下其实也在长胡子，本来没觉得怎么样，让他一说，也觉得羞耻了。

“你胡子长多长了？”我问。

“暂时没我爸的长。”他说。

“我的也没我爸的长。”

“我是说我的没有我爸嘴上的胡子长。”他愁眉不展。

“我知道，”我也陪着他一起皱眉，“我们到底咋办？”

“既然是胡子，那就看看能不能刮掉吧。”

于是，李兴隆偷了他爸爸的剃须刀，挑了一堂思想品德课，和我一起逃掉，钻进了男厕所。光线昏暗，他解开裤子，剃须刀伸向自己肚子底下。我捏着鼻子问你完没完事儿，没等他答话，暗处传来一声咳嗽，接着打火机亮了，闪出教导主任的半张脸，我们俩落荒而逃。操场深处的松树林子里，李兴隆系好裤子，说他还没刮完呢。

“你太磨叽了。”我抱怨。

“厕所那么黑，我刮到自己咋办？”他反驳道，“再说你一点忙也不帮。”

下一堂思想品德课，我们又钻进了厕所。作为对他的援助，我带上了自己家的手电筒。

厕所依旧黑暗，我打开手电扫了一遍，确定教导主任不在，李兴隆才放心解开裤子，借着我颤抖的手电光，一刀一刀刮了下去。

“完事了么？”我问。

“完事了。”

“感觉咋样？”

“不咋样，就是有点痒，你刮不刮？”

既然他都刮了，我也不再犹豫，刮吧。刚解开裤子，下课铃响了，他催我动作快点，可他那手电光抖得那么厉害，我也不想伤着自己，刮一半就系上了裤子。剩的那一半，等到下一堂思想品德课才搞定。再去学校后的小河沟，我和李兴隆就放心大胆脱光光进去狗刨了。

然而幸福总是短暂，青春期的肚子底下春风吹又生，胡子很快又冒出来了，而且比以前更粗，更硬，更阴魂不散。我们只能更频繁地钻男厕所。光逃思想品德课显然不够，连政治历史也一股脑儿逃了。

“不他妈刮了。”李兴隆用手电筒晃自己的脸，很惊悚。

“为啥？”我正要解裤子，很吃惊。

“杨长胜都长成毛裤衩儿了！”

杨长胜比我们高一年级，据说能连踹两下回旋踢，校内校外都很霸道。本来杨长胜肚子底下没长胡子，所以大家也不好意思长，或者不敢长。谁知他最近去了通宵录像厅，肚子底下不但长出胡子，而且长得毫无节制，大家也不好意思不长了。连这种事都唯一人马首是瞻，难怪李兴隆会忿忿不平。

再忿忿也没用，杨长胜依旧霸道，连狗刨的动作都被我们顶礼膜拜。可是后来那条小河沟被推土机和废砖头填平了，杨长胜也惹到了初中的混混，被堵在校门口扇了几个耳光，伤害不大，但不敢还手，侮辱性极强。大家看他不过尔尔，也就停止了集体崇拜。

我和李兴隆继续我们的友谊，带着蓬勃发育的身体与毛发，一起升上了初中。

三

上中学后，县里开始流行装有线电视。原来只能收中央台、省台和县台，装了有线就鸟枪换炮，猛然多出好几十个台，光刷一圈遥控器就得五分钟。爸妈如临大敌，严肃讨论后决定家里不装有线，连彩电都不买，理由是怕耽误我学习。

好在我家那台黑白电视很励志，只要力道适中拍几下，就能拍出邻居家的有线频道。拍一下，叶童版的许仙与白娘子相拥相偎；拍两下，孙兴版的杨逍扑到纪晓芙身下；拍到三下往上，就能拍出我们县的二台，没有新闻，不插广告，每天放四五部港片，中午还插播流行金曲的MTV（音乐电视），刚好用来下饭。彼时蹦蹦跳跳的《对你爱不完》最受我们这群初中生欢迎，每天念咒似的“对你爱、爱、爱不完”，手也不闲着，模仿郭天王翻过来转过去。

当然，对于男生来说，最魔性洗脑的还是郭天王的发式。这种两边浓厚中间分开的蘑菇头如此流行，以至于我们县干脆就叫它“郭富城头”。

以我的发质，想变得浓厚并不难，难的是留长。而且我头发一直很短，突然留长了怎么跟家里交代？

李兴隆倒先留起来了，我把他领到家里，跟我妈说，学校里现在都留这头，我要是不留，就显得不合群，跟老师同学处不好关系。李兴隆也很配合，头发一甩：“阿姨，头发是我妈让留的。”

李兴隆的妈妈和我妈过去是同学。一讲到年轻那会儿，我妈就夸这位李妈妈漂亮，又会打扮，梳着及腰的辫子，一边唱《浏阳河》一边飞手绢儿，在七十年代是绝对的偶像派。既然偶像都让孩子留长头发了，我妈也就不再阻拦我。我因此告别了我爸那柄手动推子，留我的郭富城头了。等留得差不多了，李兴隆又把我拽到他家，指着我说：“妈，你看他学习那么好，前面头发都挡眼睛了。”

通过这种互相帮衬，我们让漂亮的李妈妈心服口服，不但允许他继续留头发，还煎刀鱼给我吃，让我以后常过来，功课上多带带李兴隆。我很高兴，因为他家不但有装了有线的立式彩电，而且他老爸那辆“高登125”摩托车就停在家属楼下，时不时可以上街溜溜。两个少年骑在摩托上，县城在耳边疾速后退，留起的长发迎风甩起，青春一旦无拘无束，难免会变得没心没肺。

当时县里我们最常去的理发店叫“南国小旋风时尚发廊”，简称“南国风”。老板老板娘都是温州人，本来叫“温州夫妻美容美发”，见生意冷清，就改了名，又推倒半面墙装修成橱窗，摆了几瓶啫喱水，贴上“四大天王”外加林志颖的海报，生意就火起来了。我们去都要坐在那儿等，一等就是个把小时，店里那几本《当代歌坛》早被翻散了架，用透明胶粘起来继续翻。

老板亲自下剪，老板娘洗头吹风，喷啫喱水六块，不喷四块。我和李兴隆都是要喷的，因为这样看起来才够郭富城。为保持喷完的形状，数天不洗头，被家里人痛骂。

李兴隆成绩一路烂了下去，李妈妈怕他考不上高中，找我妈商量，想让我去他们家住两个月帮她儿子补补功课。我妈倒是想帮偶像这个忙，又怕耽误自己儿子，正犹豫着，我爸却从交警队带回一条消息：因为酒驾和那辆“高登 125”，李兴隆的爸爸出车祸了。

李兴隆两个礼拜没上课。再来到学校，就戴着孝，头发也剪成寸头。我才注意到他脑壳很圆，留圆寸比郭富城头帅多了。他变得沉默寡言，谁也不理，我也不知道该跟他说些什么，两个人渐渐不再往来，虽然还是同班，感觉却比两所学校还遥远。

他的漂亮妈妈改嫁了，据说男方年龄比她大不少，还有子女。我妈替她惋惜，说女的越好看命就越不好，自古以来都是这样。我极力回想他妈妈的模样，却想不出到底漂亮在哪儿。只记得她比我妈那个年龄段的女性看着瘦一些，煎刀鱼时爱放花椒，仅此而已。

李兴隆逃掉的课多过了上过的课。他还学会了抽烟，和校门口那帮痞子混在一起，骑着老爸留下的“高登 125”招摇过市，胳膊上的黑纱还没摘下呢。没等班主任撵人，他自己就不念了。他爸爸生前在税务局工作，他跟着也穿了几天制服，各路女人以各种姿势坐在他的摩托后面。偶尔在街里碰见，我低头装作没看见，他一踩油门呼啸而过。后来听说他在迪厅犯了事，进过警区，被他妈妈送去了南方，再无音信。

多年后我出国，初中的同学办了一个二十年聚会，特意从国内把纪念T恤寄给我。T恤上印着每个同学的头像，李兴隆的脸也在其中，留着再普通不过的平头，发迹线介乎于“M”和“T”之间。我跟同学打听他的近况，才知道他在江浙一带跑服装生意，结过婚，也离过婚，没有子女，现任女友在沈阳，异地虽苦，好在还谈得来。最重要的是，两个人对结婚都没有刚性的需求。

四

升到高中，县里又兴起刀削发，脑顶的头发要被拾掇得像一小堆碎白菜，鬓角一直留到能用手撮起来，才算削出了型、削到了位。没多久《拳皇97》横扫县里的街机厅，最火的人物当属八神庵，一头火红刀削发挡住了眼睛，我们又把刀削发改称为“八神头”。

原本最受欢迎的南国风，却没跟上新形势，继续剪着郭富城头，橱窗里仍然贴着四大天王，被晒得脱了色，以至于天王们远看就像长出白头发，越发显得过了气。

我那时常去的理发店叫“青橄榄”，洗剪吹都是一位二十出头的姐姐，爱穿裙子，爱抽烟，爱穿人字拖，爱把十个脚趾甲涂成不同种颜色。她单身，也没听说有兄弟姐妹，不知为什么，所有人都叫她“三姐”。

这青橄榄其实很简陋：一间能烧炉筒的铁皮棚子，外面涂蓝漆，窗上挂着《拳皇97》的海报，里面摆了一张床、一张椅、一面镜子、一小排沙发、一个洗头的盆、一口煮面的小瓷锅，再加上洗剪吹用的瓶瓶罐罐。

三姐的手艺并不怎样高明，打薄剪子经常卡在手里，搞不好刀削发就会变成狗啃发。可是来青橄榄的人却不少，而且相互都是熟客，等的时候也不急，挤在沙发上吹着各种牛逼，颇有点小镇沙龙的意思。

三姐那张床在沙发对面，从来不叠被子，胸罩内裤掖在底下，时不时留出一点边角，惹得大家浮想联翩。这一浮想，有人就想用下流玩笑吸引她的注意。根本不管用，三姐只专心对着镜子削头发。她自己的头发很长，染成暗红色，理发时总拂到我脸上。有时就算头发不拂，也会被她的鼻息拂到。这种痒痒的感觉，我以为才是青橄榄生意兴隆的关键。

我高中三年并没有交下什么朋友，只是和同班的小姜还算谈得来。小姜这人很聪明，尤擅解物理难题，在黑板上画密密麻麻天书一般的力矩分解图，以绕晕老师同学为乐。聪明也就罢了，他好奇心还强，问我为啥走路总低头。我说八神就是这么走路的。那时我的头发正面挡着眼睛，鬓角留到腮帮，他又问这是啥头型。我被问烦了，就领他去青橄榄。可惜他头发太短，没啥好削的，三姐用四号的毛寸推子给他对付了一遍，钱都没收。

我劝小姜先把头发留起来，再考虑削也不迟。他表示留头发对他来说太有难度。我很理解，因为他爸是高中的书记，专管校风建设。连书记的儿子都削起八神头了，我们县高中还能有希望么？

好在小姜很有毅力，默默而坚决地与姜书记周旋，头发居然也留出了那么点意思。可惜有一次他在家午睡，突然被姜书记摁住，上了那种老式的手动推子，害得小姜第二天戴着帽子来上学，课堂上被老师强制摘了下来。他自己很以为羞耻，在我看来却有点自己给自己加戏：全校人都知道他是书记的儿子，他只要能解出巨难无比的物理题就可以了，没人需要他在头发上玩出什么花活儿。

一场蹂躏过后，小姜的鬓角居然还完整，又重燃起留刀削发的希望。他对此有一套理论：只要鬓角留到位，就算留成功一大半了。他跟我说了这套理论，我说你去死吧，光留鬓角不留头顶，比土豆发芽还难看。他不甘心，又去青橄榄兜售，三姐被逗笑了，暗红色的长发和裙子一起摆动。

“这次还是不动鬓角？”三姐清了清嗓子。

“不动，”小姜正襟危坐，“打死也不动。”

“你好像跟他们不太一样。”

三姐所谓的“他们”，就是沙发上的我们。我们起哄说当然不一样喽，他爸是姜书记。

“你不会抽烟，又不说脏话，你到底会些啥？”三姐不理我们，只盯着镜子里的小姜。

“我会画两套滑轮组的受力分析图。”小姜却不敢回看镜子里的三姐。

三姐一直没动过小姜的鬓角，头顶也只是用打薄剪子意思意思而已。按说她给小姜理发应该很快，实际上却很慢，慢到我们都等得不耐烦了。

“三姐，你现在开始计时收费了？”有人不怀好意地问。

“不会说话就闭嘴，闭不上就滚！”

这是三姐第一次发火，我们有点怕。这以后，只要小姜坐在镜子前，我们就闭上嘴了，一根接一根抽烟，呛得三姐开门开窗。

在三姐的呵护下，小姜的鬓角留起来了，虽然跟脑顶的长度相比有点突兀，但照他的理论，所谓八神头也不过如此。他很得意，走路也低着头，别人若问起来，就说八神也这么走路。

即使不理发，小姜也频频出现在青橄榄。三姐很会做生意，在铺子前又摆上台球案，一块钱一杆，还在床下塞了几条烟卖，这下来的人更多了，有的干脆打球买烟刀削发一条龙消费。小姜过来了，只要不剪头，就帮着码球。全县物理最高分给街里的小痞子码球，绝对是青橄榄的一道风景。

临近会考，学校处理了几对早恋的，姜书记在学校大喇叭里疾呼：“同学们，别再虚度光阴了，人生能有几回搏，此时不搏何时搏！”

回到家里，趁着做思想教育的余威，姜书记摁住半夜熟睡的小姜，连鬓角带脑顶全都推了。

小姜一礼拜没来学校上课，人也不在家里，县里的游戏厅都找不到。我偷偷去问三姐，说他在青橄榄推了个光头，又借了两百块钱，坐车跑到市里了。

凭三姐这两百块钱，小姜白天靠客运站门口的烤地瓜和韭菜盒子过活。晚上实在没地方去，就钻录像厅熬夜，该看的不该看的全看了。回到县里跟变了个人似的，一直留着光头，见女生不说话，只是拿眼斜瞅，成绩直线下降。姜书记忌惮他再跑，横竖不敢碰他了。

小姜逃课去混青橄榄，球案从一张扩到三张，码球的那个少年不再是物理状元，而是一个叼着烟头的秃子，远看跟县里的小痞子没什么两样。

高考，小姜三百多分考上市里的师专，同校的女生虽多，小姜却视若无物，每周末坐车回县里，过家门而不入，吃住都在青橄榄。三年后毕业，混了一纸文凭，和三姐领证，兑掉县里的铺子，在市里换一门市房，青橄榄重新开业。

多年后高中同学聚会，所有人里小姜最早结婚，最早生小孩，却依旧光头。女儿在准备中考，他问我赴美留学是不是越早越好，还说钱不是问题。我说钱倒是其次，关键是孩子出去太早不容易适应，会影响以后的心理健康。他点点头，跟我干了杯酒，再没提女儿留学的事。

五

在省城读本科，我喜欢上一个叫赵一姝的女孩。她家住在省城，有一次带我去工人文化宫看《恋爱中的宝贝》，说喜欢那个男主角，因为他头发够短。我看得很糊涂，连剧情都没整明白，就随便答应了一声。后来一起看《碟中谍》，赵一姝又说喜欢汤姆·克鲁斯，因为阿汤哥的头发够短。赵一姝说话是不拐弯的，这是明明白白让我剪头发，我不能再装傻了。

那时我的头发留到了肩膀，再加上硬邦邦的自来卷，如果染成金色，就是扑克牌里的“J”。我不想因为头发惹赵一姝生气，便去了学校的“大学生理发中心”，简称“大理”，理发师傅是几位大叔大婶。别小看了他们，那可都是校领导的什么亲戚，虽然生意惨淡，但价钱便宜，气氛融洽。

那天“大理”只有一位大叔，穿了件利物浦的球衫，仰脖盯着吊在墙上的电视。我凑过去，原来是重播欧洲杯的小组赛，英格兰对法国那场。

“来了？”他不看我，继续看球。

“来了。”我也看球不看他。

“头发你自己整湿吧，椅子推电视底下，看球理发两不耽误。”

我错过了这场比赛的首播，很想看重播，就说不急，你慢慢剪。他开始下剪了，眼睛仍然盯着电视，嘴也没闲着，问我喜欢哪个队。我看他穿利物浦的球衫，就说喜欢英格兰。他又问我喜欢英格兰的谁，我说当然是杰拉德啦，他乐得挥舞起剪子：“那就给你剪杰拉德头？”

电视屏幕里的杰拉德正满场飞奔，我琢磨这位利物浦当家球星和汤姆·克鲁斯头发都很短，赵一姝应该不会有意见，就同意了。

可惜那场比赛令英格兰球迷心碎：补时阶段杰拉德回传失误，导致齐达内罚进点球，英格兰一比二落败。大叔边看边骂，剪出来的就不是杰拉德头，而是狗啃过的杰拉德头。我顶着他的作品，走到女寝楼下，给赵一姝打电话，她笑着飞奔下楼，结果看到了我的发型，笑容灰飞烟灭。

“你剪的是啥？”

“杰拉德头。”

“谁的头？”

“杰拉德，刚才看他比赛来着。”

“那你找杰拉德好了，”赵一姝消失在楼道里，“别再找我了。”

这话听起来很冲，也很赵一姝，可十几年前的我更冲，直接走回“大理”，让大叔把头发全剃光，给赵一姝发了短信：“都剃了，分手吧。”

分手之后的暑假，我没回家，脾气变得很糟，赶上球场打群架，明明没我什么事儿，却非往人堆里冲，眼角被砖头蹭破了，血遮住半边脸。先去的校医院，值班医生给缠了一块纱布，就让我去省医院紧急处理。我穿着汗馊的球衫打了出租车，先出的血凝在脸上，后出的血又盖上去，像戴着一件鲜红的面具。

到了省医院，大夫上来先打一针抗生素，收二百块。又说缝针四百，局麻六百，总共一千二。我穿球衣球鞋跑出来，哪儿来那么多钱？宿舍里的兄弟都放假回家了，我想了半天，只好给赵一姝打电话。

她也没说别的，从家里带着现金打车过来。我觉得自己不但窝囊，而且有点无耻，就跟她说六百就够，我不用麻药，缝针不疼拆线疼。她冷笑，说，疼不疼都是你自己作的。

大夫开始给我的眼角缝针，赵一姝站在旁边看着。因为没用局麻，我的记忆格外清晰：皮层缝九针，肌肉缝九针，一共十八针。那针被止血钳夹住，肉里刺进去，肉里拔出来，可降解的缝线在肉里穿行，每走一针，肌肉就会在痛感的刺激下抽动。我心里默数着抽动的次数，整个人大汗淋漓，好像又踢了一场球。

赵一姝又给我留了回学校的打车钱，就回家了。护士给我包上纱布，里面塞着蘸碘酒的棉球，嘱咐每隔两天换一次，切忌沾水。所以在拆线之前，我那踢完球的杰拉德头硬是没洗过。

赵一姝给我发短信，说她打算回学校准备托福，又问我伤怎么样了。我说不疼，就是发胀。她说不会是发炎了吧，必须让她看一看。我们就见面了。我还了她的钱，她帮我换了纱布。当时我的头发惨不忍睹，她什么也没说。

我忍不住问她，杰拉德头到底咋惹着你了。她说外国人后脑勺是圆的，你的是扁的，非要留人家那发型真是自找磕碜。

我那时已经长了很多少白头，只是全都白在后面，自己看不见，赵一姝忍着不说而已。至于她为什么忍，我当时以为她是看我养伤可怜。后来想明白她是怎么想的，却是在十几年之后，她在北美成了家，与我相隔世界上最大的淡水湖。我不知道她现在说话还是不是那么冲，我只知道我的白发已漫过扁平的脑勺，染上双鬓，就连前面也有了燎原之势，实在不好意思称其为少白头了。

六

后来出国，发现美式理发店一般比较贵，而且不考虑亚洲人的脑型和发质，性价比很低。和许多男留学生一样，理发于我竟成了麻烦。

一位来自东北的大叔，在某种程度上解决了这麻烦。此人既非留学，也非劳务输出，而是从国内“黑”过来的，姓甚名谁无人知晓，只因逢人就说买彩票，被这边的中国人送了个外号：彩票叔。

彩票叔住在一间能吃能睡还能上厕所的地下室，住在上头的是房主，一对开中餐馆的越南夫妇，见地下室闲着，招个人住能防潮，便租给了彩票叔。

我第一次过来理发，先绕开那只盘在楼梯口的大花猫，沿着那段散发霉味儿的楼梯，拐进了彩票叔的地下室。

“过来啦？”

地下室很昏暗，有一股潮乎乎的糖蒜味儿，彩票叔的声音听起来闷闷的，不知是感冒还是没睡醒。

我点点头，被地上的铁锅绊了一下。彩票叔拉开灯：“没事儿，你先坐！”

彩票叔拉开日光灯和角落的台灯，墙上现出成片成片的霉斑，颜色深浅不一，跟抽象画儿似的。再看我脚下，锅里的面条正在蔓延出来，像无数条细细的白蛇。

四面墙只有一面不长霉斑，立着一块落地镜，摆了两张木质的酒吧椅，我坐上去嘎吱作响。彩票叔在我肩上围了单子，坐在另一张酒吧椅上：“先剪再洗，咱家规矩。”

镜子里的他神情专注，半张着嘴，下剪极慢，好像是把我的脑袋当成了工艺品。头发茬儿落在我耳梢后面，他先用小刷子刷，又说刷不干净。我说没事儿，他竟张开嘴吹了。我干咳一声，忍吧。

他掏出一包港产烟，说屁股能爆珠，让我试一试。我摇头，他便抽出一根，在肥厚的手背上敲了敲，自己抽起来。镜子里，他的黑 T 恤紧紧地吸附在肚腩上，在烟头的燃亮与黯淡之间收放。

他一边抽烟一边自言自语，说越南人开的中餐馆忒难吃，本来想请他颠马勺，但他嫌油烟太呛，端盘子膝盖又吃不消，正好在国内当过兵，没少给战友推板寸，在这边给中国人剪剪头发也能挣不少。

“昨晚那八千多万被人中了，”他一下子把话头扯到彩票上，“八千多万啊那是，还是美刀！”

“什么人中的？”

“曼哈顿一犊子。”

“能住在曼哈顿的，本来就不缺钱吧。”

“八千万能买下曼哈顿么？”他把烟头弹进一口空鱼缸。

“够呛。”

他话题很跳跃，又说这阵子做梦总梦见小双。当初是小双来芝加哥留学，他才办旅游签证跟着飞过来的，结果小双又找了个白人对象，芝加哥虽大，他彩票叔却无立锥之地，就来我们小镇这里混了。

“你说找啥样人儿不好？非得找个白的，身上一股膻味儿，喷香水都捂不住。”

我摸不准小双是男是女，憋了半天问：“小双应该挺好看吧？”

“还行吧，反正我是瞅对眼了。”

总算剪完了，他又用嘴吹了遍头发茬儿，才给我解开围单。

来之前我打听好了，彩票叔剪一个男发收八美金，我掏出十块的票子，却被他推回去：“头一回不收钱！”

我又让了让，他便收了，也不找钱：“就当咱俩合伙儿买彩票，中个十亿八亿的，把曼哈顿买下来！”

我把这经历跟几个留学生说了，他们都笑，说那小双是一男的。我想起他往我耳根吹头发茬儿的表情，便说以后再也不自己去了。他们更笑，说没事儿，彩票叔很君子的，动口不动手。

果然，再去地下室，彩票叔也只是絮絮叨叨用嘴吹头茬儿而已。剪完照例不收钱，却翻出半麻袋蛋卷，问我能不能帮个忙。我没说帮也没说不帮，他又打开一包字条，原来是要拼装那种在中餐馆流行的 fortune note（美国中餐馆免费赠送的小蛋卷，里面通常附有字条）。

“这月房租还没钱交，越南人让我塞这个，不塞就滚。”

蛋卷既小又脆，他还没塞进一张字条，已经捏碎了几个。

我只好帮他塞了几个。可是那半麻袋太吓人，我琢磨着想走。

“你有事儿就先走，我自己慢慢整。”他仿佛看出了我的心思，“妈个逼的，老子是扛过枪的人，居然给越南鬼子塞这玩意儿！”

让他一说，我更不好意思走了。

“一月租金多少？”我边塞边问。

“二百，包水电，还管饭，就是忒难吃，”他往嘴里塞了个蛋卷，嘎嘣嘎嘣嚼着，“要不你先串给我五十，我把这月先挺过去？”

我还没搞明白“串给我”是什么意思，嘴上已经冒出一句：“我身上也没多少钱啊。”

“二十三十都行，你身上到底有多少？”

等离开地下室，我把身上的三十块钞票都“串”给了他，换回一把蛋卷和一张字条，上面写着“Your value is not in other's eyes（你的价值不在他人眼中）”，地道的中式英语。

这件事让我成了留学生们之间的笑话：“彩票叔给所有人都塞过蛋卷，他一到周末就去芝加哥唐人街的赌城！”

所谓唐人街赌城，只是打通墙壁的破旧宅子，攒成一间大厅，纠集一票人，通宵打麻将而已。粤语、潮州话、闽南话以及英语，彩票叔都能整两句，就是在唐人街和牌友们学的。

再去地下室，我催他还钱。他一脸惊讶：“钱我都已经买彩票了，咋还你？”

“你别扯淡，”我笑问，“上礼拜去芝加哥输了还是赢了？”

“输靠北啦！”他也跟着笑，“兄弟别见怪，我活半辈子活了个啥也不是，就剩这点追求了。”

我没辙，只好让他免费剪了两回头发抵债。他大谈特谈他在芝加哥的赌徒生涯，比如一般周五去周天回，连住两宿通铺，虽男女混搭，却井水不犯河水。再比如他每次去都会瘦两斤，因为熬夜抽烟又不喝水。

“有人出老千么？”

“有，抓住被庄家剁手指，剁完直接喂狗，连骨头带手指盖儿全都嚼巴了。”

他摸着我后面的头发，说看你年纪不大，白的倒不少。我沉下脸，对着镜子说关你屁事，他的手就缩回去了。

他联系生意不用电话，只用QQ群，大家都在群里约时间理发。他经常不及时回复，不知道是不努力，还是找不到能上网的地方。花八美金就能剪个还算过得去的头，大家都还满意，也就不在乎这种细节了。

他这群里的人越来越多，而且都很客气，一口一个“彩票叔”叫着。他有一搭无一搭地回着，直到有一天，再无音信。有人去越南人家里找他，大花猫还盘在楼梯口，地下室已经清空了。大家在群里七嘴八舌，有说彩票叔回国了，也有说他搬回芝加哥，在麻将馆里剪头发，也有说他和小双重归旧好了。彩票叔的账号一直黑着，大家再七嘴八舌，也不见他回复。很快，又有中国人出来做理发的生意，也是现金，低价，而且不在潮湿的地下室，也没有那些能塞字条的蛋卷。大家的头发每天都在长，找别人理过几次，也就把彩票叔和他的群忘在脑后了。

七

我在美国换过几次工作，漂了十年，终于漂到了东北角。元旦前去逛曼哈顿，准备照几张相给爸妈看看，也算报个平安。特意用手机在韩国城搜了家理发店，不算小费一共六十四美金，这平生最贵的一次头发，是一位韩国大姐给我理的。

“你的鬓角和两侧怎么短都行，但脑顶靠后的头发要留长一些，”韩国大姐很努力地用英语建议我的发型该如何配合脑型，“我再帮你定个型，这样就看不出来扁了。”

她见我没有什么反应，又说咱亚洲人的脑勺不是生来就扁的，多半是小时候睡硬枕头睡出来的。美国人从婴儿时就睡中间带窟窿的枕头，而且换着边侧睡，才把脑袋睡成圆形的。

我明白，她唠这嗑儿是奔小费去的，大过节的都不容易，就笑说那就照你的意思留吧。她受了鼓励，又说我后面白头发太多，应该认真考虑染染了。还用一面小镜子照我的脑后，我冲大镜子里一看，小镜子里当真是华发丛生。

看来这位大姐还想挣一笔染发的钱，我觉着好笑，就说本人天生少白头，随爸妈，他们全都白了还没染呢，我有什么好染的呢?

大姐便放弃了这念头，专心给我理发，完事了还用英语祝我新年好，尽管明天才是1月1日。我凑整付了她十六美金的小费，大步走进人头攒动的时代广场，掏出手机，对着摄像头摆开笑脸，拍不着该认真考虑染一染的后面，只能拍价值八十美金的前面。相片传给爸妈，他们正在吃新年的第一顿早饭，我却还在过旧年的最后一个夜晚。

原来所有的时光，都埋藏在你的头发里。

姑姑去了哈瓦那

一

机场是小到不能再小的美国机场：每天三五趟航班，最远只能飞到底特律，吃的除了赛百味就是麦当劳。因为人少，厕所比五星级酒店还油光锃亮，难怪表姑一下飞机，墨镜都来不及摘就夸美国："干净，素质忒高。"

"美国就是一大村子，"我接过表姑的普拉达行李箱，"跟国内没法儿比。"

表姑不远万里，每次来美国，都带着任务。第一次是送表弟过来读书。第二次她买了栋带花园的房子，去美国人的教会学英语，唱赞美诗。第三次她受了洗，给白人老头儿大卫包了顿饺子，成功把自己留下来了。大卫叫她"海伦"，她给大卫起中文名"李大卫"。因为海伦年轻时喜欢那首《美丽的哈瓦那》，李大卫便带着新娘去古巴度蜜月。

二

表姑第一次听《美丽的哈瓦那》，还是用爷爷家那台收录机。彼时的她发式简单，一种是梳辫子，很粗的一条麻花辫；另一种还是梳辫子，不那么粗的两条麻花辫。周一三五一条，周二四六两条，礼拜天不用去副食品公司上班儿，就在家散着头发。姑奶嫌编起来太费劲，嘟囔让她把头发剪了。我妈却劝着不让剪，因为表姑一坐下来摆弄辫子，我就闭嘴不哭了。

在我们县，一个姑娘的美丽也分两种：第一种美是小家碧玉的美，能让男婚女嫁变得简单明了；第二种美是属于全县人民的美，反倒把婚嫁搞得极为复杂。表姑的美属于后者，麻花辫甩在食品帽后面，柜台外站着一排男青年，高矮胖瘦，适龄不适龄的，条件好条件差的，啥样都有，唯一的共同点就是对表姑的集体崇拜：就算娶不着她，从她手里买根蒜香味儿红肠也是好的。

那时太爷健在，大家还没分开过。表姑下班回来，姑奶问到底有没有对象，表姑低头摆弄那盆君子兰，一声不吭。我妈把她拉到后院樱桃树下小声问，她只是摇头笑，还不吭声。

“你姑那张嘴，当姑娘那会儿就严实，”多年后我妈回想起来，仍感叹不已，“能办成事儿的人嘴都严实，能捂住话儿，手更严实，能捂住钱。”

可惜无论用手还是用嘴，都捂不住时间：表姑要从适龄未婚滑落到大龄未婚了。县副食品公司门口那一长排男青年也像蒜香味儿红肠，被什么东西一截一截越咬越短，最后只剩两位：一中教音乐的章老师和粮食局开大车的梁司机。

姑奶慌了，让当书记的爷爷给拿主意。可老师和司机在当时都是体面工作，俩人又前脚赶后脚地往我爷家跑，一口一个“陈书记”叫着，所以到底选哪个，爷爷也很为难。

但在我妈看来，答案显而易见：肯定是章老师啊，有文化，浓眉大眼（那个年代对男性相貌的最高肯定），还给表姑买了一盘磁带《美丽的哈瓦那》。我爸却说还得是梁司机，因为他每次来不跟表姑说笑，只陪爷爷聊天，偶尔也碰酒，但极有分寸，既让爷爷尽兴，又不会喝醉，连姑奶都夸“这小伙有眼力劲儿”。

至于表姑芳心如何，还是问不出所以然。梁司机拎块肉来了，她递酒端菜。章老师给磁带换面，她还拄着下巴听。等人都走了，我妈问到底咋样，她只说歌儿好听，想知道地球另一端的革命圣地古巴到底长啥样。

“要不就小梁吧，”爷爷拍板了，“人勤快，又会来事儿，将来肯定能开小车。”

开小车的意思是给领导当司机，然后当秘书，再然后可能就当领导了。姑奶听了点点头。

太爷先去的世，表姑后结的婚。她剪掉辫子，摘下黑纱，换套新衣服就和梁司机去了县照相馆。我妈认为齐耳短发很上相，表姑自己却觉得看着太愣。我爸觉得还好，真正愣的是梁司机，明明是一司机，非要戴一五角星军帽。

表姑一嫁人，姑奶就搬出去了，然后是我家，四代人的大家庭跟拆积木似的拆巴没了，只是逢年过节聚一聚。所以在我的记忆中，亲戚这字眼儿不是指某位具体的叔叔或姑姑，亲戚是一年又一年的吃吃喝喝。

伴着这些吃吃喝喝，表姑的发式千变万化：短发，烫发，长发，刀削发，不等式。身材没怎么变，即使刚生完表弟，也不见胖。但嫁人前那张鹅蛋脸确乎是没了——不是圆了，而是没了，像一个五彩泡泡消失了。

梁司机的变化可不小：如爷爷所愿，先开上粮食局的小车，然后越开越胖，肚子比粮仓还圆，紧绷绷的裤腰带上别着硕大的汉显传呼机。

当时最有钱的单位就是粮食局，盖了全县第一栋家属楼，比县政府大楼还高出两节。县里人羡慕嫉妒且生恨，说那楼有一半住的都是粮耗子。我还在上小学，放学钻粮仓里玩儿，倒是见过不少真耗子，四下里钻来钻去，吱吱叫着，像一阵令人头皮发麻的灰黑色的雨。为灭掉这些耗子，粮食局曾试过放狗，结果被灭掉的反倒是狗。再下猛药，倒是药翻了几个耗子，每个一尺来长，眼睛通红，没太死透，地上抽搐，嘴和鼻子往外冒着血泡。我回家说粮库的大耗子太吓人，我爸说真耗子总有办法能治得住，没啥可怕，可怕的是那些吃香喝辣管这管那的粮耗子。

三

爷爷退休了，从陈书记变成老陈头儿，再没人上门找他喝酒，失落之余，凑了几个退休老干部，每天戴副白线手套，扶着儿童公园的滑梯，从县里到国际，一路痛陈时弊。

爷爷还越发看不惯梁司机，说早晚嘚瑟出事儿。而人家在粮食局如日中天，去乡下农场包了地，无论灾年丰年都稳赚不赔。他开腻了小车，弄了一台当时最受县领导青睐的沙漠风暴4500（丰田大吉普），封闭性好，液压减震，爷爷去市里急诊坐了一趟，回来抱怨“那破车像闷罐，坐着恶心”。

梁司机也不怎么来爷爷家了，只是春节拉来一箱罐装可乐，每人启开一听，问好不好喝。我看了我爸一眼，说好喝。爷爷却说像掺了汽水儿的中药，好喝个屁。梁司机笑笑，不以为意，只是放了一个长长的屁，长到全家人没法当作没听见。

“大过年的讲究点儿。”表姑笑着给我夹了块大马哈鱼。

“你还跟我讲究上了？”梁司机起身就走。

“两口子吵架真会挑时候。”姑奶讪讪地笑着，刚上桌时她还夸自己那套真皮大衣是女婿给买的。

“管管你男的吧。”爷爷捂着胸口去卧室量血压，大年初一这顿饭算是吃毁了。

众人都劝表姑，还派叔叔送她回家。我拎了两筒魔术弹想出去放，跟在叔叔后面，结果在胡同口看见了那辆4500。

“你还真死出来了？”梁司机的胖大身子从车里横了出来，4500跟着一忽悠。

表姑没等说话，就挨了他一脚，捂着肚子坐在雪里。叔叔要劝架，被骂了回去：“我自己家的事儿，你他妈少管。”

也是赶上叔叔有求于梁司机，只好从雪里扶起表姑，反倒狠了我一句："赶紧滚回去！"

回到家里，我妈替表姑鸣不平："离了算了。"

"离不了，"我爸说，"我姑肯定不让离。"

"当初还不如嫁那个一中的音乐老师呢。"

后来我读一中，觉着音乐老师眼熟，胡子拉碴中依稀可见当年的浓眉大眼，上来就教我们五线谱，谁都不懂，退而求其次教简谱，还是没人听。最后只好亲自上手风琴，我们照样不屌，做题的做题，扯淡的扯淡，他自己倒弹得很得意，目似瞑，意暇甚，腿跟着琴来回摆动，下课铃一响就拍屁股走人。全校男老师就他没结婚，整个人灰秃秃的，两条瘦腿一抖一抖，更显得裤筒和皮鞋间那一截白袜子扎眼，活像一山寨版的迈克尔·杰克逊。

四

关于梁司机的暴脾气，大家总结出两个原因：一是他有钱，而且加速度似的越来越有钱，二是结婚好几年，表姑一直没生孩子。可不论哪种原因，听着都不是他的错，我到现在也理解不了这逻辑。

大家都盼着表姑早点怀上，她本人却淡定："孩子又不是职称，该来肯定会来的。"

"她能不急么？北京广州都去了，啥招儿都试过！"

姑奶不但揭开女儿的焦虑，自己也身体力行，四处奔走，打听各种土方。其中一种是去县医院收新生婴儿胎盘，浇上六十度的烈性酒烧成灰儿，对着黄历挑一吉日，蘸熟鸡蛋吃——还得是本地鸡下的双黄蛋。

当时我觉得很耸动，后来读《金瓶梅》，发现西门庆的老婆们为了搞生子竞赛也吃过“胞衣”，才明白这方子是有典故的。

不知道烧到第几个胎盘，表姑怀上了，捂着越来越圆的肚子笑说：“大人没着急，孩子倒急上了。”

大家都说恭喜，我却有点失落。之前见过生完小孩的亲戚，边打麻将边搂起毛衣喂奶，心里落下阴影，不敢想象我的漂亮表姑也会这么干。

可没想到在生下表弟之前，表姑又带出了个小表妹，说是领养的，“将来给弟弟做个伴儿”，又说“女儿才是贴心的小棉袄儿”。

大家背后问姑奶怎么回事，却套不出话。问急了，姑奶手一摆：“她自己家的事儿，咱不掺和。”

可谣言还是不请自来，不依不饶。最夸张的一种说法是梁司机等不及了，这小姑娘是他跟外面女人生的，表姑花了一笔钱，那女人便答应小孩给他们养了。

梁司机添了俩娃，事业越做越大，包地挖矿开砖窑无所不至，再也没空参加亲戚聚会，大家能看见的只有表姑牵着表妹圆圆，姑奶抱着表弟东东。面对这样一个怪异组合，大家仍是一团和气，东东和圆圆叫得一般亲热。东东眼睛圆，大家说儿子像妈，将来是一帅哥。圆圆眼睛细，大家说女儿像爸，肯定能长高个儿。

无论谁长得像谁，这姐弟俩都被众星拱月，很快成了一对小明星。我上初中，姐姐代表县一小，弟弟代表县幼儿园，去市里参加歌咏比赛。我上高中，弟弟吹黑管，姐姐弹钢琴，更是出尽风头。都说“别让孩子输在起跑线上”，这话对表姑不成立：她根本就没打算让梁东东梁圆圆跟别的孩子共用一条起跑线。

五

后来我博士毕业，申请赴美，等签证的当儿，爸妈安排请亲戚朋友吃顿饭。那天下着小雨，云又灰又沉，大家都打伞过来，唯有表姑一身白裙从别克车下来，给了我一个春风满面的拥抱：“大侄儿真有出息！”

香水味道扑鼻，我很窘，因为从未离她这么近过。以她的保养和穿着，根本看不出比我妈小多少岁。后面站着个细高的少年，是我表弟东东，拎一小皮箱，冷漠地看着饭店里的亲戚。

“大侄儿 QQ 号儿多少？”表姑问，“让你弟加你，好好向你学习，将来也去美国！”

我更窘了，没头没脑地问：“我姑奶呢？”

表姑没答话，笑着去跟别的亲戚打招呼了。

回到家里，我爸说因为那个姓梁的，表姑和姑奶闹得很僵，不怎么往来了。

“她不还有个女儿圆圆么？”

“那孩子也被她送南方去了。”

我无话可说，反复琢磨这“送南方”是什么意思。后来听说梁司机常往南方跑，也不知道跟这有什么关系。

我们一家三口人都不是能说会道的，那天请客气氛有点冷，表姑让表弟救场。这少年面无表情打开皮箱，拿出金灿灿的萨克斯风，吹了一曲《回家》，整个饭店都被震傻了。表姑再让整一个《茉莉花》，他已很不耐烦了，擦擦萨克斯风，装进皮箱抬腿就走。

又过两天，过去的同学打来电话，请我参加他婚礼。我去了，没想到又碰见表姑。这同学家里是挖矿的，县里好车来了不少。表姑的别克虽不是最拉风的，但她是唯一自己开车来的女宾，紫色的短裙，盘起的发髻，男宾们都过来敬酒，仿佛又回到当年副食品公司门口排长队的景光。

我跟同学道过喜，随了礼金准备走，却被表姑叫住，拽到角落的座位："到美国一年能挣多少钱？"

"没多少，反正够花了。"

"不够跟姑说啊。"

"谢谢姑姑。"

"你弟加你 QQ 了么？"

"还没有吧，这两天我也没上网。"

"等我回家说你弟。"又指着我同学的父亲小声说，"看着吧，今天儿子结婚，明天老子就离婚。"

我吃了一惊：但见同学的父母满头白发，正笑盈盈接过新娘敬的酒。

"挖矿炸山的，哪有好东西？都在外面养人儿。"表姑给我夹了块鱼头，"在美国能吃着这个么？"

一语成谶，后来去美国，我果然再没吃过鱼头。

那天的男宾都要和表姑摈酒，她接过酒，一直笑着，没醉，也没有不醉。有人要给她当司机，送她回去，她却拉着我说：“有我大侄儿呢，不麻烦你们。”

六

第一次在美国遇见表姑，是在九月的中西部大学城。新生入学，落叶缤纷，她身后站着表弟，蓄长发，留胡须，那张脸依旧冷漠。

我问表弟读什么专业，表姑说媒体影视。

“拍电影？”我说，“读这个得去东西海岸吧？”

“这不是来投奔你嘛！”

表姑的笑容被墨镜遮住一大半，表弟抱着双肩抽烟，皱眉看着在草坪上投飞盘的白人女孩。

我也算是一个用 BT 迅雷电驴自我修炼而成的影迷，后来熟了，才知道表弟这些年在北京读国际学校，原本是要考加州那边的。

“考砸了，”他把烟头扔进星巴克的咖啡杯，添了口唾沫，“先在这破地方对付两年，看看能不能转走。”

破地方？小伙子倒也够直率。我又问他姑奶怎么样。

“死了。”

“没了？”

“死县里了，来不及去北京治。”

“那……姑父呢？”

“离了。”

再无别话。我跟他要了支烟，爆珠的薄荷味儿。

“Mum is doing okay（我妈还不错），”他掏出打火机，手链在腕上抖动，“I mean financially（我是指财务方面）。”

回去和我妈视频，才知表姑县里放贷，北京炒房，岂止是okay，简直是fantastic（棒极了）。

“她娘俩不容易，”我妈说，“你在那边能帮就帮点儿。”

“她娘俩不容易？”我愕然，“不容易的人是我吧？”

“咱家在你姑那儿放了点款，”我妈终于招了，“咋说也是亲戚，你好好处着。”

得，我这就算领下任务了。表姑说想买辆宝马休旅，我颠儿吧颠儿吧带她去了车行。虽然她一再强调“就是开高速图一安全，再说美国车也便宜”，但现款提新车的范儿还是把白人经理唬了个屁滚尿流，让我也跟着精神胜利了一下下。

然后就是考驾照。本来担心表姑会问我怎么给考官塞钱，结果人家找一白人老太太南希当英文老师，要一字一句学明白路考的词汇。说到底，她可不是来当几天土豪的，她是要在美国扎根儿的。

表弟更有鸿鹄之志，他的偶像是诺兰，口头禅却是“Hollywood is fucking dead（好莱坞都他妈死了）”，翻来覆去拉《黑暗骑士》导演剪辑版，写分镜，编剧本，一心要回去拍部国产《盗梦空间》。

表姑管不了表弟，只能抱怨“原来拍电影的都这么不正经”。她出国旅游虽家常便饭，但第一次走这么久，水土不服，外加操心，便生了病，身体被折腾得寝食难安，精神上更被这边医院对旅游签证者的态度折磨，一边感叹美元在美国居然不是万能的，一边订了直飞北京的机票。临走，把宝马车钥匙给我：“咱自己家的车，想开就开出去溜溜。”

我妈在视频里很急，生怕我把人家车给碰了。我觉得还好，就当帮着暖暖车呗。一屁股坐在驾驶座上，感觉跟开辆雪白的大坦克差不多。

等表姑再过来，道听途说买房产也能走投资移民办绿卡，当下在学校附近买了栋房子，后面带一花园。我去了，猛夸那花园。可她已弄明白房产不等于绿卡，掐了一把紫色的牵牛花笑：“好看倒好看，就是没啥用。”

这等烧钱让我惊诧莫名，她反过来劝我：“绿卡搞不成，咱就当投资呗。”

我想想也是：这边房价跟国内一线城市比，简直应该把汇率倒过来。

后来找律师咨询，说只有给美国创造就业，才叫投资移民。表姑云淡风轻一笑：如何留在美国，她已经找到新思路了。

七

表姑住进了她的花园房，表弟却跟一帮白人文艺青年群居在便宜的学生公寓，每天扛着录音筒东跑西颠甘之若饴。

“你说像他这岁数的孩子，”表姑从手机里翻出表弟小时吹黑管的照片，“都喜欢玩儿个车，找个女朋友，多好。”

花园房上中下三层，能洗澡的卫生间就有四个。表姑一个人住空得心慌，就招了几个国内小留，租金便宜不说，还每天给人家煮粥烤面包。

我那时也升级了，换了两卧室的公寓，小是小点，还是把爸妈接过来住了。表姑托他们捎了东北粉条和木耳：“早知道你们来，我就留两间屋子给你们了。”

我妈笑说不用：“我俩大老远飞过来，不就是为了三口人住一起么？”

表姑听了微笑不语，拎着木耳粉条回她那栋花园房了。

我妈觉得美国这边肉便宜，质量又放心，隔三岔五包饺子叫表姑过来吃。她很高兴，每次来都拎瓶红酒：“大哥大嫂你们两口子状态真好，我太羡慕了。”

“有啥好的？我给他爷俩儿做了一辈子饭。”

“这边太没意思了，美国人不会吃，不会穿，不会玩，土得掉渣儿。”

“那为啥不回去？”母亲装了盒饺子，让表姑给表弟捎着，“你在国内多自在。”

“这不为了陪儿子么，”表姑接过饺子，“再说我现在想减法活着。”

“你想啥活着？”母亲听力不好，凑上去问。

“减法活着！”

我那阵子正读米兰·昆德拉的《不朽》，女主角阿涅丝的人生哲学就是减法，所以听明白了。

可表姑一走，我妈却对她所谓的减法另有一种解读：“北京房子卖了，县里贷款也撤了，在国内减掉的都加到美国来了。”

表弟过生日，表姑在这边新开的川菜馆请客。寿星夹了两筷头夫妻肺片就走了，撇下表姑和我们一家三口，四个东北人对着一大桌不中不洋的川菜不知所措。

“再吃点儿，”我妈给表姑夹了块水煮鱼，“凉了就更吃不下去了。”

“早知道就在这边开一东北饺子馆了。”表姑用筷子戳着鱼，摇头笑笑。

我家三口人都不喝酒，表姑自己开了瓶干红。唱卡拉 OK，翻半天也没翻着《美丽的哈瓦那》，勉强来了首《女人花》。

老板拍手喝彩，我妈打着哈欠：“你姑唱得挺好。”

菜没怎么动就各回各家了。我再去那川菜馆吃饭，老板单独送我一盘怪味鸡：“老弟，那天唱歌儿那女的，是你啥？”

“亲戚，怎么了？”

“咱都是东北人儿，”老板摸着自己的光头笑，“我认识认识呗。”

“行啊。”我闷头吃饭。

“来来来，”老板的苹果手机怼了过来，“她微信多少？”

我心里好笑，也没跟表姑说，就让老板扫了她的码。过些日子再过去，老板拉下脸：“你家那亲戚怎么想的，咋不搭理我呢？”

“我上哪儿知道。”

“你回去跟她说说，咱要护照有护照，要产业有产业，她儿子都恁老高了，还等啥呢！”

回锅肉又肥又厚又闪亮，把我吃恶心了，以后再没去过那川菜馆。表姑也没跟我提过这事儿，还是经常过来跟我妈包饺子，披肩都不摘，粘上面粉一拂了事。

“大嫂，我感觉在美国比在国内亲多啦。”

我怕爸妈在家待着无聊，就带他们去教会。周天敬拜有汉语同声翻译，周六有中文查经小组，平时晚上还开放地下室打乒乓球，吸引了不少国内来的老头儿老太太。

管乒乓球案的是一个叫大卫的白人，年龄跟我爸差不多，身体不错，爱打球，技术一般，跟我爸拉拍儿光看他满地捡球了，但人家态度好，从头到尾笑呵呵的，说耶稣要下来打乒乓肯定也从头到尾给大伙捡球。

我妈看表姑一个人没意思，也叫她去教会。开始不去，说我还不至于沦落到这地步吧。后来她送我爸妈打过两次乒乓球，就置办了球拍、球鞋和弹力裤，跟大卫一拍一拍拉得有板有眼。

“那个大卫还会讲几句汉语呢。”表姑在车里吹着空调擦汗。

“嗯，”我有点摸不准这是什么意思，“他以前去过中国。”

“我能跟他学英语么？”

“只要他有时间……应该行吧。”

回到家，我妈告诉我：“中国人是中国人，外国人是外国人，你别跟着掺和，明白么？”

“知道了。”

其实不用我掺和，表姑跟大卫已经把口语练到此间唯一的法式餐馆里去了。

八

表姑其实只有高中学历，过去学的又是俄文，所以她这英语当真是从零学起。感恩节一过，天就冷了，她想给大卫煮顿火锅，拽上我妈去美国超市。别的倒还好，就是羊肉这个词儿卡了壳儿，手机又没电，没法查，手舞足蹈半天，最后仰头“咩”了两声才掰扯明白，把收银的黑人小哥乐得合不拢嘴。

“恁老大岁数儿还出这洋相，”我妈回来感叹，“到底图个啥？”

然而表姑越挫越勇。她参加了教会的唱诗班，套上红色蝴蝶领的白袍，站在一群白人老头儿老太太中间，捧起了圣歌本。

旋律是五线谱，表姑丝毫不怵；歌词那英语却古气拂拂，她跟大卫说不明白，跑过来让我翻译。我那英语也是半吊子，一看上面挂满“thee（汝）”或“thine（汝之）”的句子，也傻了。赶紧挖肠掏肺用汉字注音。所以当教堂里奏响气势如虹的双排管风琴，表姑神情庄重所咏叹的“Almighty God（全能的主）”，其实是我标注的“嗷埋踢嘎得”。

表姑倒是不瞒大卫，把她标满英汉“双语”的圣歌本给他看了。大卫大笑：“So cute!”表姑又问我“cute”怎么讲，我说既可以是可爱，也可以是好看，依情况而定。

在美国，亚裔女性的年龄大抵是个谜。表姑年轻时的底子是无价之宝，后天的保养更是重金打造。在这座把蔻驰包当成奢侈品的中西部小镇，表姑简直是一位来自中国的女神。每当敬拜结束，总有白人女性围着她，说你看起来太棒了，大卫则站在旁边手插着牛仔裤兜傻笑。

我骑单车去小镇边上的公园，碰见表姑和他散步，手臂挽着手臂，一只白皙，一只毛茸茸。我和表姑都有点窘，大卫却老远就招手打招呼。

大卫除了打球还爱爬山，就他的年龄来说身材保持得还算不错，只是腿上布满青蛇般的静脉，所以身体是否健康也不好说。

“你姑有点吃亏了。”我妈鸣不平。

“一点都不亏，”我反对，“有人为绿卡跟美国人假结婚，一年给七八万美元，那还是十几年前的价儿呢。”

“别瞎说！”我爸很严肃，“他俩要能长远处着，也挺好。”

表姑又订了回国机票。为了在美国安心嫁人，她要先回去“处理些烂事儿”。表弟那时毕了业，也跟着回去。

“真不想在美国玩儿电影了？”我问表弟。

“好莱坞早他妈死了，”他两鬓刮得乌青，长发换成小辫，脑顶高高隆起，像古代的鞑虏兵，“国内影视火着呢。”

表姑再从国内回来，打着哈欠，时差倒得辛苦，抱怨结婚前大卫催她受洗，“非得走个仪式，美国人真是死脑筋。”

后来我才知道，她回去处理的那些“烂事儿”，是指国内的各种投资还有给表弟留的房产。所以穿上袍子进水里泡一下，其实真不算什么，不过是拿到绿卡前的一哆嗦而已。

受洗那天表姑是用汉语做的见证，大卫给翻译，已然妇唱夫随。牧师扶着，她穿白袍斜躺进洗礼池，站起来时我这当晚辈的都不敢正眼看。

洗礼后就是婚礼，大卫和前妻生的儿子保罗来了。保罗又结过三次婚，带着第二任老婆生的双胞胎女儿。

“海伦真是太酷了！”满脸雀斑的姐妹花对我笑，两张嘴全都是明晃晃的钢牙套。

海伦是大卫给表姑起的英文名，当成正式名字填到了婚姻登记表上。

“海伦是很酷。”我点点头，对钢牙套姐妹花报以微笑。一人送一个路易威登手包，能不酷么？

表姑也把自己的中国姓给了大卫——李大卫。在中国人面前，她只讲汉语，叫他“老李”。等海伦和老李从哈瓦那度蜜月回来，双双晒了层铜色，站一起也就不那么突兀了。

九

结婚后，表姑整天找国内的儿子视频，大卫伺候后院的花花草草。那时候我爸妈要回国，表姑穿围裙下厨，包了韭菜馅儿的饺子。大卫对韭菜过敏，先出去遛狗了。

“上车饺子下车面，”水开了，表姑下第一锅饺子，“大嫂你们啥时候再过来？”

“美国我们是觉得没啥意思，”我妈指着我说，“等他成家再说吧。”

“你和大哥明年就来吧，”表姑用围裙角擦泪，“来了咱们一起包饺子。”

上午十点的航班，凌晨四点就起来，表姑的宝马停在门外，非要送我们去芝加哥机场。一路高速，快开进市里，她突然脸色蜡黄，汗如雨下。

“姑你没事儿吧？”我在副驾驶上问。

“我走得急，忘带药了。”

她所谓的药，是应付更年期反应的植物性雌激素含片。她叫不出英文名，幸好用手机存了截图：“不行，我头晕得厉害，先下高速买一瓶。”

路上车流如梭，一时找不到出口。表姑把冷风吹到最大，用纸巾擦着大滴的汗珠，硬撑着往前开：“快帮我找找这附近的CVS！”

我接过她的手机，绿瓶装的激素含片，不知道是大卫还是谁帮她截的图，更不知道是大卫教的还是她自学才弄明白“CVS”三个字母是指全美最大药品连锁店。

我爸在后座沉默不语，我妈上高速就睡着了。宝马急停在CVS门口，我妈才醒过来：“这么快就到芝加哥了？”

两粒含片外加一瓶无糖的百事可乐，才让表姑止住了汗。剩下的路是我开的，她在副驾驶上擦汗补妆。到了机场，她跟我妈拥抱，合影。送走爸妈，她戴上墨镜，叫我带她去千禧公园，在著名的人脸喷泉下拍照。

这张照片有两个版本：一个加美颜放在朋友圈上，我妈给点赞；另一个用海伦的实名上传到脸书，她的老李第一个留言：

“太羡慕了，你们在芝加哥玩儿得真开心啊！”

等待墨西哥人

一

我爱踢球，爱踢野球，从中学一路踢到了中年，脚指甲曾为此染红过，然后又变成了可耻的铅灰色，夏天都没法穿凉拖鞋。右眼角的那一道疤，蚯蚓形状，争头球顶的，没顶着球，球门框倒顶得一颤。去医院皮上缝十针，肉里缝十针，针走起来线也跟着走，最后针和线一起在皮肉里膨胀，燃烧，那感觉一辈子忘不了。

1994 年世界杯，我家那台黑白只能收到两个频道，不跳的是中央一台，跳的是省台，所以我一场球也没看成。倒是我爸每天带回一份省里的报纸，体育版有图，有文，有专栏，被谈论最多的当然是意大利人罗伯特·巴乔："一个让我爱上蓝的名字""用灵魂与球共舞的忧郁剑客"——类似文风的专栏标题，让年少的我一度以为职业足球是一种跟偶像剧差不多的玩意儿。

上了大学，读巴乔的自传《天上的门》，才知道他在 1984 年一场意甲联赛中撞折了右腿关节骨，被他自己形容为“感觉像一把刀子插进腿里”。医生用电钻在他的胫骨上钻孔，用手术刀割断肌腱，再通过胫骨上的孔洞拉紧，最后连缝二百二十针固定。此后，巴乔的职业生涯——包括被省报的专栏作家们评为“用灵魂与球共舞”的 1994 年世界杯——都是用一条半腿舞完的。所以，这算是职业足球的本相么?

1998 年法国世界杯，家里买了立式彩电，能影影绰绰从隔壁邻居家收到中央五台。那时我读高二，家里防我看球甚于防贼。在巴西淘汰荷兰那场比赛的第二天早上，父亲打开电视，发现频道虽留在了中央一台，音量却是静默的，才明白我半夜偷偷看完球，从央五调回到央一，忘了归复音量。父亲当下把遥控器锁进了柜子，余下的淘汰赛，我只能靠学校小卖店的电视回放解馋了。

决赛已是暑假。凌晨，父亲叫醒我，问我看不看球。我摇头，因为不想让他发现自己的晨勃。被窝里熬了一会儿，还是弓腰起来去看了，跟他坐在同一张沙发上。那天隔壁的信号格外强，我家彩电格外清晰，闭幕式上跳舞的女模特们的薄纱裙也格外透明，跟没穿差不多。父亲保持着沉默，我先挺不住了，嘟囔一声“太困”，落荒而逃。再从被窝儿爬起来，尚未秃顶的齐达内已顶进两个球了。

二

初中时校门口常堵着几个混混，要钱，要烟，我也被他们堵过，正哆嗦着，走过来一个同学，跟混混们谈笑几句，就让我回家了。这位同学叫强强，一口四环素牙，一头遮眼中分，十六开的历史课本里夹着一柄刀，土黄色的军挎被撑得四四方方。有一次我蹲在教学楼的墙脚，听他讲打群架时刀的用法：不能捅，不能砍，会住院，会死人，要一片一片划，杀伤面积大，架势很屌，却只伤皮肉。正说到酣处，操场上滚来一个足球，是初三那帮人踢过来的，叫我们两个初一的捡。强强甩开中分，夹克里掏出三叶甩刀，慢慢捧起那球，一刀一刀戳，戳成一团烂皮，再塞进半块砖头，才笑着扔了回去。那帮初三的怒又不是，走又不是，在操场上对着那团球不球砖不砖的东西发呆。

后来强强打群架，并没有施展那套“一片一片划”的刀法，而是把人捅得露出了肠子。他家里在市场卖菜，为他闯的这大祸赔了个底儿掉。从拘留所里出来，他就不念了。我们再碰见，是在南二道街的菜市场，我穿高中校服，他剪了板儿寸，一个往家里买葱，一个帮家里卖葱，相互装着不认识。

很快，班里又转来一个留中分的，姓林，不背军挎，课本里也不藏刀，下课自己捧着个球出去，颠起来没完。据说他家是市里的，而我们当时对“市里”没什么概念，过后才知道，他那套邮购的尤文图斯队服，还有脚背三道杠的阿迪达斯球鞋，加一起比我们两年的班费还多，我们这才开始明白“市里”意味着什么，便一起叫他“小林子”，跟他踢球混了。

操场上一群初中生追着一个皮球疯跑，与其说是踢球，不如说是以小林子为中心进行的人体布朗运动。初三那年我们搬到四楼，雪天，老师压堂，我哼了几声黄家驹，被罚出教室，隔着走廊窗子，看见小林子在练习任意球。学校的球门没有网，白茫茫的雪中立着一个黑铁框子，再加上一人一球，远看就像一幅抽象而孤独的简笔画。

我的脸贴着窗户，默默数着他罚的任意球，总共三十脚，一半进了，一半没进。雪越下越大，整个操场一片迷茫，可是他脚内侧搓出的弧线，每一道都清晰无比，散发着诱惑。我忍不住跑下楼，直扑操场，和他轮流罚球守门。雪还没停，我俩都被老师给拎回去了。我的棉鞋湿透了，耳朵冻得又热又胀，再从窗子往下看，操场上的鞋印和皮球画出的轨迹隐没在了雪中。

小林子家在县里有亲戚，是一位开饭馆的朝鲜族大叔，小林子住在他家的三节小楼上。大叔很好客，每次我去，都会招待狗肉年糕辣白菜，盘盘碟碟摆满一桌子。那时的小林子不但喜欢看球，还喜欢画画，更喜欢睡觉，尤文图斯的比赛偏又在后半夜，他就用夏普录像机录下来，中午一边吃饭一边看回放，进球要往回倒，越位也往回倒，一场球往往抻上四五天才能看完。

临近中考，小林子问我能不能搬进小楼住个把月，给我一千块钱，算是陪读。我没拒绝，也没答应，装着糊涂混过中考。全县发大榜，我的名次正数，他的倒数。但高一的重点班上，我和他又成了同学。这样的重逢，让我对“市里”二字又有了新的理解。我对没有答应他陪读这件事感到愧疚，他却笑着送了我一张铅笔素描，尤文图斯的当家 10 号皮耶罗，还没画完，好像楼盖到一半，脖子以下是一片小小的方格子。

高中有高考压着，球不敢放开了踢，只能课间十分钟匆匆捅两脚，简直就像野合。小林子却大张旗鼓，班里班外拉起一支球队，自掏腰包租中巴去附近县市踢比赛。赛前大家一起看他录的意甲，赛后吃烤肉喝扎啤，据点便是朝鲜大叔的馆子。他问我去不去，我不说去，也不说不去，又装糊涂混到了高三。

因为会画画，小林子踢球总少不了女生围观。既然有女生看球，男生就更有动力跟他混球踢了。他自己垫上一笔钱，订了十来套尤文图斯队服，谁想上场就按原价买一套，大家自然争先恐后。有人凑不够钱，便找人合买一套，上半场你穿，下半场我穿，井然有序。有人说那些尤文图斯是假货，小林子赚了不少，黑心着呢。但没谁相信这一套，大家都叫他“林老板”了。

林老板当然要穿10号，而且10号底下必须印着大写的“LIN”。LIN和LIN的球队一时风头无二。大雨滂沱，LIN打了一脚侧挂，虽然没进，却惹得一个外班的女生尖叫。她在雨中看了整场比赛，衬衫下的胸罩清晰可见。回家发烧，大病一场，她把这理解成了爱情。县客运站后面新开的旅馆，能洗浴，能住宿，LIN开了一间房，在电话里告诉她房间号，还说他带了画笔、颜料和画布。她跟家里撒谎，说晚上住学校的宿舍，结果在房间里等她的却是尤文图斯9号，ZHANG。

高三下学期，LIN要备考术科，林老板的球队便散伙了。第一次从他嘴里听到“鲁美”，我惊诧莫名，没想到鲁迅先生居然和这号人物联系在一起。好在他最后没去沈阳，而是去了北京的一所艺术学院。球队那十来个人，成绩都很烂，大部分家里条件一般，留校重读。小部分家里有钱，当年走了。至于那个外班的女生，数年后在县里开了一家美容瘦身馆，嫁给了当民警的ZHANG。

高中三年，没人知道LIN家在市里到底是干吗的。他自己更讳莫如深。倒是那三节小楼，后来被朝鲜大叔一把火烧了，连同老婆孩子。

我在省城读书，大四那年和小林子联系上了。他说要北上来一趟省城，给他的导师跑一个艺术特长班。于是十月的某个深秋，戴黑框眼镜羊绒围巾的小林子站在我的面前，那一身北京艺术学院范儿跟这座省属院校格格不入。在校门口的“大伟火锅”，就着涮羊肉，他问我毕业想干吗。我说读研吧。

“读研？你丫整个儿一奇爱博士！”他笑着甩京片子，“看没看过库布里克？”

“没看过。”

“那就好好看看《巴里·林登》，随便一个镜头就能上框儿挂到美术馆里。”

那天我们踢了一场球，踢完去大学生浴池蒸桑拿，没想到他脱掉衣服身上会多出那么多肉。他在球场上不怎么跑，有球没球都是原地溜达，所谓大保健球王踢法是也。既是他烟酒太甚，也是过去在球场上甩掉的热量，都找回到了身上，一个卡路里也不少。

三

大学里风靡漫画《灌篮高手》，女生每天聚在篮球场上搜寻她们的樱木花道。我们这帮踢球的身高不占优，不招她们待见。久而久之，班里还在踢球的男生，只剩我和老颓了。

老颓本人就像一个球，脸像，腰更像。可到了场上，我才知道他那传球和意识，绝对是踢核心的料子，就是跑不快，而且兜风。他见谁都一团熟络，在学校里踢了四年球，来一茬大一的，走一拨大四的，最后所有人都知道那个喜欢用外脚背撩球的小胖子叫老颓。

院里有院队，队长读大四，看球，打麻将，推四国，宿舍走廊夜夜通宵，一双金鱼眼又鼓又红。他来我们新生寝室招人，一屁股坐我床上，指着膝盖上的疤说，大学四年怎么可以没有一点理想？

“那么啥是理想？”我们惴惴地问。

“踢球啊！给院队踢球就是理想！”

我听了无动于衷，老颓却满脸通红，当下买了院队队服，皇马的黑色客场，一百多块，沾水就掉色，掉成浅灰色就不再掉了。新老队服一起上场，乍看就像两支皇马。

院队每天早晨六点半训练，其实就是大一陪大四的踢小场。大四的总熬夜，体力不好，所以大一的还不能玩儿命踢，必须得让他们赢。让又不能让得太过，太过会被骂一届不如一届。等校里举行比赛，谁主力谁替补和训不训练没有关系，和请没请大四的喝酒很有关系。酒成箱成箱喝，赢球要喝，输球也喝，走廊水房逮哪儿吐哪儿。球，老颓场场首发，酒，更顿顿不落，反恐推星际也都跟大四的学会了，在队里混得如日中天，结果一路挂科挂到大四，把自己也挂成了队长，推开新生寝室的门，拍着圆滚滚的肚子说，大学四年怎么可以没有一点理想？

2001 年中国队踢世界杯外围赛，老颓场场不落。踢西亚的客场多在半夜，宿舍十点就熄灯了，老颓和几个大四的便把电视电源接到水房的灯上。几个大一的刚被忽悠进系队，买了啤酒鸡爪卤水花生过来伺候。老颓还拆了条红河烟，烟雾缭绕间一时其乐融融。水房电压不稳，屏幕跟着灯一起闪，遇到关键球还断电了。电断了要骂，球断了更骂。记不得是哪场，中国队被断了个七佛出世，水房便骂得涅槃重生，连带着摔酒瓶子。

第二天要考六级英语，我们寝老三爬起来，问水房能不能小点声，影响他睡觉。“影响你睡觉？”大四的横了他一眼，“没他妈看见中国队落后呢么？”

六级兹事体大，老三也是狠人，一剪子掐掉了电线。大四的也有酒了，抄起酒瓶就抡，幸亏老颓中间挡着，不然当晚肯定有人住院。

沈阳五里河，中国队提前出线，学校餐厅爆满，满地的啤酒沫子，进了世界杯举校皆欢。老颓又喝多了，居然哭了出来，看得我不知所措。

到了 2002 年的韩日赛场，国足三场小组赛，餐厅又挤满了人。结果呢？国足为同组另外三支球队奉献了九个积分，九粒入球，草草收场。当年爆满的沈阳五里河，据说后来被拆掉了，原因不详。至于老颓，好歹也毕了业，挂的那些科，连他自己也算不清到底花了多少钱才搞定。

2014 年我回国，在省城和老颓联系上了。我们重游校园，发现当年尘土飞扬的操场换成了塑胶假草，只是铁门上挂了铁锁，不让学生进去踢球。老颓有了妻室，隔着铁门，望着绿得很真的假草，问我还在踢么。我点头，问你呢。

“都脂肪肝儿了，”他摇头笑，“早就挂靴了。”

喝了一顿酒，互加了微信，就此再无联系。

四

在厦大读了两年研，上弦场踢了一两百场野球，塑胶草坪铺满了比咖啡豆还细碎的黑胶粒。闷热黏糊的海风，黄昏的太阳像掉在了海里，被越泡越大，海面挂上一层光晕，与球场只隔一条环岛公路，仿佛一个大脚就能把球开进海里。

来上弦场踢的多是厦门本地的中年“阿伯（bēi，闽语）”，个个光着膀子，在夕阳的余晖下泛起古罗马的古铜色。上弦场通常下午五点开始上人，六七点是黄金档，整个大场分成若干小场，四五十口人在上面混踢。八点多日头落尽，人才慢慢退了。我踢完一般会去逛南普陀寺附近的小胡同，有龙岩花生，有大白鲨啤酒，有闽南风味的麻辣烫，不麻不辣不烫，加了很多油而已。小胡同里铺着一块块石板，石板间的缝隙填满了菜叶和污水。我的球鞋里灌进不少胶粒，倒出来黑黑麻麻的，仿佛是从球场跟回来的一群小蚂蚁。

上弦场的边上总是坐着一个女人，无论天气多热，都长袖长裤戴着竹笠。她的脸一团黑，不知是竹笠的阴影，还是被晒出来的，根本看不清她的模样。她用扁担挑了两大竹筐的矿泉水，盘腿坐在地上。有时球滚过来了，她立刻站起来，一只手摆着臂，一只手捂着竹笠跑去捡，腿的频率很快，姿势就像个孩子。

有一次我没停住球，顺着海风滚到场外，她又以那孩童式的姿势去追。我赶紧跑过去，说大姐我捡吧。

“阿弟呀，要不要买水？”她停住了，笑着看我，闽南口音很重，黝黑的脸上满是皱纹，眼里的期盼让我觉得羞愧。

我掏出十块钱，发现她那两个竹筐装满了全中国所有品牌的矿泉水。她的水卖五块五一瓶，说不好找零钱，不如十块钱卖我两瓶吧。我就付钱拿了一瓶王力宏，一瓶孙燕姿，打开喝一口，像馊了的温水。下次再帮她捡球，她还会问阿弟要不要买水，眼里依旧是期盼，我却不为所动了。后来干脆球也不捡，看着她手捂竹笠，追逐隐没在棕榈树间的皮球。

后来上弦场又多出一个法国老头儿，细高的个子，乱蓬蓬的白发，穿 10 号齐达内的法国队球衫，胳膊腿晒得漆黑。每次他来到球场，先摆上一圈橙色的橡胶锥，给他的队员们占好场地。那些队员都是本地的聋哑少年，统一穿着黄色的训练背心，由他用哑语指挥，用长腿示范，默默跑圈，默默传球，小圈练抢断，大圈演绎攻防。刚开始我们这帮踢野球的很不屑，在一旁指指点点。

后来看那些少年球员踢对抗练习赛，虽然一个个因沉默而显得文质彬彬，但球感位置感都甩我们好几条街，而且没有拖泥带水的多余动作，我们才服了，私下里叫那法国老头儿齐达内。

训练完毕，齐达内收起橡胶锥，在一旁看我们踢了会儿野球，用英语问能不能加他一个。我们说来呗，都使出了十二分的精神。结果呢？我踢了这么多年球，没见过动作比这位头发花白的齐达内更慢的，没见过拿球比他更稳的，也没见过传球比他更舒服更优雅的。散场后我们问齐达内技术是怎么练的。

“足球可不是技术，”他拢了拢奓向两边、如同孔雀开屏的白发，“足球是一门关于时间与空间的艺术。”

五

读完研去的美国，刚开始时没车，也就无球可踢，因为球场无论室内室外，都在十英里开外。幸好认识了一伙美国人，带头大哥叫吉姆，其实比我年轻好几岁，却非往老里拾掇，所以显得胡子拉碴儿，满脑袋白头发。吉姆开一辆同样老气横秋的雪佛兰，外面刮蹭得不成模样，里头塞满了球鞋球袜狗粮狗毛。每次约完球过来接我，他都车速奇快，就差没超前面的警车了。我坐在一股狗腥味儿中问他不用上班么。

“上班？”他变戏法似的在车里摸出一个汉堡包，“上个屌班儿！”

他的汉堡其实藏在驾驶座底下，永远是最便宜也最垃圾的麦当劳芝士堡，吃完抹嘴就上场开踢。以一般美国人的野球水准来说，吉姆的脚法算很棒了，尤其是正脚背射门，大毛腿一抡，球像炮弹一般射了出去。在一起混熟了，我才知道他给本地中学的女子球队当教练，按小时收费，不够养活他和他的雪佛兰还有三条狗，所以还去麦当劳打零工，驾驶座底下的芝士堡就是这么来的。吉姆没有固定住所，只有一辆载满狗腥味儿的雪佛兰，照我们中国人的标准，他介于无家可归者与社会闲散人员之间，按说很落魄，但每次踢球他都有本事带过来一个女孩，而且样式五花八门，有扎耳钉穿鼻环的，有腿上刺骷髅头的，还有在大学当助教的，郑重其事跟大伙介绍，这是南希，这是妮可，这是苏米。

“难不成都是你女朋友？”我忍不住问。

他大笑：“随便搞搞而已。”

渐渐地，他带来的女孩固定下来了。她叫珍妮，一个白人姑娘，上身扁平，大腿粗壮，射起门来腿上的肉都发颤。我被她放横铲过，没法回敬，只能祈祷自己跟她分到一伙儿。不过负责分伙儿的人是吉姆，他总把自己和珍妮分在一起，专门在珍妮身后喂球，要是珍妮被断了就抢回来再喂，直到她抡起大粗腿一脚打飞为止。珍妮凶得很，明明自己浪射，却非让吉姆捡球，还骂他传得不好，天杀的、狗娘养的，什么难听骂什么。我们要是劝她，也会被骂个狗血喷头。吉姆却甘之若饴，一边挨骂一边喂球，踢完请大伙儿去喝一杯，当然还是奔着珍妮去的。

珍妮是急诊室的护士，经常值夜班，应对的全是重病急病车祸，抬进来未必能走出去。这份工作压力大，作息又不规律，是故脾气暴戾，不过薪水极高，不知道算不算吉姆钟情于她的一个理由。2010—2011 年欧冠决赛，巴萨对曼联，珍妮请我们去她家看球，房子和泳池都不小，足够住下十个吉姆。吉姆穿着曼联球衫，在后院里支上烤架，燃起炭火，扒拉着烤肠，自己那三条狗满院子乱窜，俨然一副男主人的模样。珍妮略施粉黛，穿了巴萨的球衫，粗腿下十个脚趾涂得猩红。尽管巴萨三比一拿下曼联，珍妮还是当众骂了吉姆，嫌他的意大利烤肠糊巴了。吉姆依旧不恼，脱掉曼联球衫，单膝赤膊跪地，献上婚戒，我们一起打口哨，珍妮杯里的葡萄酒洒了一地，狗们迅速围上来，摇着尾巴乱舔。

液晶屏幕里的梅西无人可挡，屏幕外的美国人用英语闲聊。我呷着啤酒，蓦然想起多年前在省城的某个寒夜，雪花飘扬，十点寝室熄灯，中央五台九点五十分开始转播意甲，老颓把电视搬进水房。雾气弥漫的梅阿查球场，罗纳尔多痛苦地倒下了，全世界都安静下来，外星人膝盖软骨的断裂声无比清晰。1998 年世界杯的夏天，我和父亲坐在同一张沙发上，中间隔着遥控器。父亲睡着了，我摁了消音键，电视屏幕闪烁跳跃，齐达内顶进的第二个球无比真切。夏普录像机敦实厚重，尤文图斯在录像回放中踢得酣畅淋漓，场上的 10 号从皮耶罗变回巴乔。LIN 的画纸上，黑白箭条衫化为两匹斑马，彼此交叠着脖子，默默站在草原上。

2011 年女足世界杯决赛，美国对阵日本，吉姆和珍妮乐颠颠飞到德国去看球，顺便度个蜜月。可惜美国输了，俩人大吵一架，珍妮提前飞回来，跟我们出来踢球，嘴上还骂着“那个狗娘养的混球”。2013—2014 年欧冠决赛，两口子没再请我们看球，既是因为他们都讨厌皇马，也是因为珍妮生了一对双胞胎女儿，就此挂靴，天天在网上晒娃。吉姆把脸刮得铮亮，雪佛兰也换成了适合一家四口出行的休旅车。他不打零工了，也不再吃驾驶座底下的芝士堡，身体迅猛发福，乐呵呵地当他的中学女足教练。也许再过几年，就能带自己的女儿踢了。

六

一起踢球的美国人多是外地来的学生，一到感恩圣诞，都回家过节。吉姆球瘾太大，停不下来，便拽来两个墨西哥人充数。

墨西哥人一老一少，状如父子，都是黝黑的脸，长而卷的头发，五短三粗的马拉多纳身材。俩人又都是非法移民，只是老的出来一黑好多年，黑出绿卡，黑出国籍，黑出一栋小房子，总之是在美国黑出头了，却坚持用自己的西班牙名“Agua”，意译是“水”，我却更喜欢音译“阿瓜”。少的那个刚黑出来，英语单词蹦不出几个，却取了英文名“Tony”，托尼小子，跟吉姆在同一家麦当劳打工，因为爱开下流玩笑，所以有了外号“肮脏的托尼”。

因为年轻，托尼的长发乌黑铮亮，好似抹了一层油，毛茸茸的小腿又粗又圆，像各塞进一个足球。阿瓜叔的长发就灰白且干燥，踢球时必须扎起来，否则根根奓立。大概是年岁的缘故，他的腿很光滑，因为毛都掉光了。托尼喜欢自己带球狂奔，野蛮、生猛，冲起来像头小牛犊，周围的草皮都会因为他震动。阿瓜叔在场上绝大部分时间都慢慢悠悠的，像在闲逛，只是临门一脚突然提速，球射得既刁且贼，尤其擅长穿裆捅射，经常搞得身高腿长脚下活儿糙的白人火大。

这小镇上刚黑过来的墨西哥人，都把阿瓜叔的小房子当成窝点，这其中就有托尼，所以他和阿瓜叔总是同出同入。可俩人却互相看不上：阿瓜叔笑他闷头瞎带傻小子一个，托尼则抱怨阿瓜叔房租太黑，还天天逼他下厨做饭。然而骂归骂，俩人在球场上一个生猛无比，一个老奸巨猾，倒也相得益彰。到了场下，外人看来也是如父如子。

“他真是我儿子，”阿瓜叔对我眨眨眼，拢起花白的长发，“不信你翻他护照，跟我一个姓。”

“去你妈的！”托尼啐了一口，继续带球往前冲。

“他就是缺个女人啊！”阿瓜叔摇头叹道。

除了穿裆，阿瓜叔还喜欢绊人，脚往上一勾，一米九的白人大汉便轰然倒地。他却一脸无辜，还弯腰去扶人家。白人怒挥老拳，冲过来挡在阿瓜叔身前的，还是托尼，他护照本上的儿子。

下次白人约球，阿瓜叔依旧来了，脸上挂着淤青，悄悄对我说：“妈的一群美国猪。”

圣诞节走了不少白人，吉姆叫墨西哥人来充数踢室内，阿瓜叔却端起架子，迟迟不过来。

“再等会儿狗娘养的墨西哥人。”吉姆很恼火，汉堡吃得又急，放了一串响屁。

室内用的足球比室外要小一圈，分量轻，皮子又薄，踢起来感觉近似于排球。阿瓜叔偷偷教了我一招：用脚背和脚尖连抽带捅，射出的弧线很诡异，像一道走火入魔的流星。冬天时室内足球很流行，租用场地的人多，我们只能抢到午夜场的时段，不算门将五对五，攻防节奏和篮球差不多。平底球鞋在快速跑动中与地板摩擦出特有的胶皮味道，再混上每个人的呼吸和汗味儿，令人莫名兴奋。刚上场肺部还没跑开，有一些喘不过气，等浑身都踢开了，便急剧释放多巴胺，热量、快感，以气体的形式，澎湃于千万个肺泡之间。那真是大快朵颐的两个小时，想把后半夜也一口气踢完。

“再等一会儿吧。”

吉姆一边苦等，一边颠球。但我们心里都明白，等待墨西哥人的这几分钟，是最兴奋也是最漫长的几分钟。

托尼后来从墨西哥“搬运”来一个女孩，叫玛丽亚。俩人都是矮矮墩墩的身材、黝黑的脸庞，乍一看不像夫妻，倒像兄妹。

除了给他当老婆，玛丽亚还是托尼的球迷，大半夜的微笑着站在场边，一站就是俩小时。托尼也剪了长发，蓄起山羊胡，笑着跟我们说她刚过来，不会英语，找不着活儿干，除了睡觉就是看我踢球。

有了玛丽亚，托尼下脚就温顺了，阿瓜叔却越发生猛，不但破天荒地无球跑动，肚子上还缠着减肥专用的收腹带，踢完摘下来，勒出了一圈紫红色，远看像套着个救生圈。

托尼拽玛丽亚的手，阿瓜叔就喊别碰我女儿，自己却把球往外挑，逗那玛丽亚去弯腰捡，只为了瞥一眼乳沟。托尼也不恼，捻着山羊胡，轻蔑一笑。

托尼有时对玛丽亚很凶。阿瓜叔用英语说你再装就没人陪你“嘿咻”了，一边说一边还上手比画。托尼忍不住笑了，玛丽亚听不懂，安安静静站在那里，眼神放空。

一老二少就这样过着小日子。来年再踢室内，玛丽亚大着肚子站在场边，吉姆说这样不行，被球砸着危险。阿瓜叔却说没事儿，肚子大了他们晚上就会安静些，他能睡个好觉。

托尼除了在餐馆打工，还帮人搬家、割草、换房盖、锯大树，无所不包。“孩子生下来之前，”他说，“我欠玛丽亚一个婚礼。”

还真被他挣出一个婚礼，郑重其事请一起踢球的这帮人参加。我们嘴上说恭喜，却谁也没去。等新郎再来踢球，我们都跟他抱歉说有事儿，新郎笑说没关系。

二十出头的托尼，从新郎升级成父亲，英语也越说越溜了。

开始带娃的玛丽亚不再来看球，托尼也挂靴了。他拿到绿卡，买了辆车开出租，拾掇得很干净。玛丽亚又生下老二，四口人搬了出去，阿瓜叔的小房子顿时空下来了。

阿瓜叔说无所谓，反正俩孩子吵得他睡不着。他的白头发掉得差不多了，跟我们一起踢球的新人还以为他是个秃子。

阿瓜叔给我看他跟“马拉多纳”的合影，我惊诧莫名。他很得意，说那不是正版老马，是墨西哥的盗版模仿者。阿瓜叔对C罗和梅西都很不屑，说他们缺乏性格，而老马那个时代的球星，拉上台就是能唱摇滚的。

当然了，如果回到老马那个时代，阿瓜叔的头发也会像托尼那样油光黑亮。

阿瓜叔再没找新的房客，也不绑收腹带了。夏天踢球，依旧光着膀子，身上的肉又老又颤。有一次他被人在场上放倒了。一向以绊人为乐的他，在场上滚了两圈，疼得用拳头猛捶草皮。新入伙的美国人不认识他，掐腰站着，看着他被抬上救护车。“墨西哥人脚踝骨废了，”后来吉姆嘟哝了一句，“粉碎性骨折。”

所以在美国人的嘴里，早已入美国籍的阿瓜叔，也还是一个墨西哥人。

七

后来我换了工作，离开小镇，搬到另一个州。一人一车，大雨中连开五百英里的高速，副驾驶上摞着球衫和短裤，底下是许多双球鞋，既是有瘾，也是人生过半，踢一场少一场，少一场就要更珍重一场。

到了新地方，家没搬利索呢，就已经用微信扫到了一个中国人的球群。群名叫“足疗院”，群主爱穿皇马 7 号，脚法一般，但颇有自知之明，所以总是待在后场，偶尔前插上去一脚打飞，嘿嘿一笑就撤回去了。

这位“足疗院”带头大哥在场上虽然没有魔力，但到了场外，在我见过的所有中国人拉的球群里，他是最认真负责的一位群主。比如说他做了一份在线表格，列出每次来踢球的人员名单，按人头收钱支付租场地的费用。不用说，这种事费力不讨好，好在大家基本上很配合，都提前把钱转给他。有两个一时忘了的，他就在群里提醒。可到底还是有个访问学者，欠着二十多美金回国了，连群都退了。这一点亏空，大家提出集体补偿，群主笑笑说算了，不够麻烦的，最后他自己掏的腰包。

八月踢球最热，群主每次都会抱一个西瓜过来，踢完切开，沙瓤，无籽，可是有股葱蒜味儿，来自于切瓜用的菜刀。“从家走得急，换一把刀就好了。”群主涨红着脸解释，切下两片瓜皮飞快地擦着刀身。他还买了自带内存的摄像头，开踢之前在场边架好，回头把视频传到网上。刚遇到他这种操作我有点不屑：我们踢的是要脚法没脚法、要硬度没硬度的养生足球，拍下来到底给谁看？

可是很快我又要搬去东海岸。临走前踢完最后一场，群主自己剪了个一分多钟的视频，是我的射门集锦，用的就是平时用摄像头拍下的素材。除了有一丝愧意，心头更是一暖。

初秋时来到了美国东北角，这里也有不少华人球群。其中有些群的存在，与美丽的落叶形成了鲜明对比。比如在球场上，如果你第一次和这些二叔们踢球，最好要拿出为人民服务的奉献精神：对方拿球时，他们原地站着不动，你必须要上去拼抢；他们拿球时，你必须要积极跑动，不是为了准备接他们传过来的球，而是为他们自己带球创造空间；好不容易等球到你脚下了，不能带，不能射，最好乖乖第一脚就传给他们。如果你不这么努力为人民服务，他们会张嘴骂你，骂得比当年我在院队里大四的骂大一的还难听。说白了，群是他们建的，你是后加进来的，要像刚过门的小媳妇儿那样伺候老祖宗。好容易整场球伺候完了，他们会在场边脱下球袜抠脚，会三三两两聚堆抽烟，还会对着跑道上锻炼的白人女性用汉语评头论足。说到底，中国人踢野球的劣根性，不在于浑身白斩鸡、脂肪肌肉比严重失调，不在于毫无章法的无头苍蝇式跑动，更不在于停球动作比《黑客帝国》里躲子弹的动作还张牙舞爪，而在于大家总是抱着一种“老子今晚是来洗头屋消费的”奇异心理。

更糟心的是他们在微信群里总嗡嗡嗡说个不停，主题不外两类：一是自吹自擂或相互吹捧今晚在场上的表现，怎么听怎么像一群太监在谈论性能力；二是痛骂国足，不但痛骂，而且从国策的高度上给出各种建议，那不容置疑的口气，好像中国队采纳了他们的建议，就能踢进世界杯、踢出国威似的。可是当你问今晚踢球场地怎么样（我们常用公立学校的操场踢野球，所以会存在场地问题），有没有谁去看一下情况时，群里就安静了：原来请诸位球侠球神球爹去看一下场地，其难度要甚于中国队踢赢一场世界杯。有一次国足不幸又输了，群里骂嗨了，连刷好几百条，我在当中找不到任何关于球场的信息，忍不住唱了一句反调：“列位有不少都是拿美国护照的，至少也有绿卡，每年的税钱都上缴给了联邦和州政府，可有谁为中国的足球事业掏一分钱出过一份力？你们既然这么喜欢骂，难道不该用英语去骂美国的国足么？”

结果怎么样？当然是我被踢出群了。

八

我大抵是个独来独往的人，却不可救药地爱上足球这项集体运动，何其讽刺。据说男性过了三十岁，体内的雄性荷尔蒙会逐年递减，这足以解释我在球场上的爆发力和耐力的不断下滑。更何况还有膝盖：长年累月的急转急停、扭转变向、突然发力，都在残酷地损耗着半月板。现在我坚持服用骨关节保健片，上场前绑膝盖绑带，球袜里塞护腿板，两条腿弄得跟变形金刚似的，整套拾掇完得十来分钟。

也不看新的比赛了，没时间，对现在的球星也没感觉。不是他们踢得不好，而是纯粹没有感觉。偶尔看看过去喜欢的球星，看他们的进球，看他们的告别赛，看他们的眼泪——毫无例外，没有谁是笑着离开绿茵场的。

“这该死的时间！”

奥林匹克球场的告别式上，托蒂发出含泪的诅咒。而我第一次在电视上看罗马王子踢意甲，还是2001年的初夏，宿舍楼水房的窗子都开着，夜风漫过，凉快、通透，夹在老颓胖手指间的烟头忽明忽暗。

波士顿的盛夏潮湿闷热。下午在公司餐厅接了一杯冰咖啡。电视上正转播法国女足世界杯，中国对阵西班牙，美国的评球员报着中国球员的名字，吃力而又突兀，在我听来别有一番滋味。二十年前美国女足世界杯决赛，两个国家第一次在我的生活中通过足球对接起来。电视里的姑娘们看起来很焦灼，因为她们谁都不知道九十分钟后的功败垂成。沙发上的我也很焦灼，因为彼时我刚结束高考，不知道接下来这四年的球，自己会去什么地方与哪些人一起踢完。

人到四十，感觉就像九十分钟的球赛踢完了上半场，疲惫中带着一些茫然。没有中场休息，没有战术调整，没有轮换，没有替补，只能硬着头皮把它踢完。

浮生如厕

一

在八十年代的老家县城，我家住红砖红瓦的平房，前院种着水果蔬菜，樱桃、草莓、李子、沙果、油豆角，还有从头到尾完全自然熟，一掰开就起白沙的西红柿。后院是各种树，杨树、榆树、柳树、松树。那时候我人小，看这些树都很高。夏天仰头望去，是绿得连成片连成云的叶子，冬天则是层层叠叠的枝头。四季分明的东北气候，一年又一年抚过前后院这些活物，再加上爸妈我三口人，颇有点万物齐谐的意思。

像这种旧式的东北平房，基本不设冲水马桶，厕所都是户外附加的小建筑，由砖、木板、油毡纸和瓦片混搭而成。我家的厕所就搭在后院那两棵杨树当中，我从小蹲到大，从未觉得不妥，只是读小学的时候赶上 1987 年版《聊斋》电视剧热播，脑子里灌满了那段阴魂不散的片头曲和黑暗中摆荡的人皮灯笼。夜里入睡，还能勉强用被子蒙头敷衍，可起夜就委实不敢去后院那厕所了：星空下那些树枝摇摆起来太过魍魉魑魅，森森夜风被千枝万叶哗哗一筛，便有百鬼夜行的声效。更有甚者，我还自己吓自己，脑补出《聊斋》里没有的情节。比如在厕所里蹲下，刚要进入状态，底下慢慢伸出一只手，幽幽地问：

“今晚，你带纸了么？”

无奈，只好在前院借着窗下灯光解决。爸心疼他亲手栽的油豆角，怒而斥之。只好强撑着再跑去后院，溺一半又吓尿了，收而逃之。这等没出息相，爸也是无语，只好答应陪我去后院，见我还不动地方，皱眉问：“还磨蹭啥呢？”

“爸，你能带上手电么？”

“带手电干啥？”

“不开着手电，我怎么知道你在不在？”

多年后坐在熏着浓浓人造香草味儿的美国厕所里，我脑子里却满是当年那小院里的风声、虫鸣、树叶摆动声，还有繁星下爸的哈欠声。

人的乡愁固然伤感，可时光却从来不会给谁情面。家里的平房早就被拆了，前院后院那些生生不息的活物，那些随着四季发芽、开花、结果、凋零的活物，被挖掘机一股脑儿给荡平了，连同毫不起眼却每天必用的厕所。

二

老家这县城极小，小到若干年才会有人考上北大清华。我读高一那年，就赶上了这么一位大神。虽然大神本人我无缘拜会，但他的名字被家长们反复传诵，所以包括我在内的全县高中生，都活在了这位大神宽广无垠的阴影里。

等我考上省城的大学，大神已通过托福 GRE，成为全县赴美留学第一人，继续阴影着我和县里的同龄人。四年后我本科毕业，大神第一次回国探亲，被教育局拉去四处演讲，还上了县里的新闻。

“这是老尹家那孩子吧？”妈边看电视边问，“啥时回来的？真有出息！”

“回来俩礼拜了，一天也没在家住。”爸用筷子挖着鸭蛋黄。他和大神的父亲在同一单位，是故通晓些内幕。

“回来不在家住？”妈愕然，“那他住哪儿？”

“住东方屯儿！”

所谓“东方屯儿”，是当时县里最奢华的星级酒店，正经挂的牌子叫“东方邨”，据说是从省城学来的名字。但不知为何，县里人偏不正经念，总是把“邨”念成“屯”，又缀了儿化音，乍一听居然真的很屯。

“我们单位老尹还挺高兴呢，”爸继续挖他的鸭蛋黄，“说这是海归人才特殊待遇，县里给出钱安排的。”

“儿不嫌母丑——”妈忍住没说那狠叨叨的下半句，而是直接关了电视。

三

都说“十年河东，十年河西”，可是还没到十年，出国的人便换成了我。不过我倒没有机会成为大神，阴影着别人的青春，因为那已经是2008年，即使在我们的小县城，出国也不是什么新鲜事了。

爸妈自然不舍我离家万里。但他们表达不舍的方式，不是不让我走，反倒是欢欢喜喜地在东方郡摆酒送我走。

东方郡那八层楼也不再是县里的最高层，甚至连星级酒店的名头都没保住。再提起它，县里人只是一句正儿八经的“东方郡”，而非不正经的“东方屯儿”。摆酒那天人来了不少，都是逢年节走动的亲戚朋友，我不得不给长辈们敬酒，甚至拿起麦克讲了几句挺像大神才会讲的那种场面话，然后就下楼去了厕所。

东方郡虽名头不再，但它的厕所还是风采依旧。对着那种省城级别的光感落地瀑布式便池，我站在当年那位大神站过的地方，正满怀虔敬要解开裤子，却发现光感功能是失灵的，池底下横着几个干巴烟头儿，根本冲不出来水。再看那便池上贴着一记封条，加粗的红体字：严禁使用。又不知什么人开的玩笑，中间横添“男女”二字，遂成“严禁男女使用”——大哥，这裤子都要解了，您说禁就给禁了？

所以在这小县城里，省城没有的，比如底下伸出手向你要纸的蹲式厕所，我们早就有了；省城有的，比如光感瀑布便池，我们也有了，只不过是失灵的，还被贴上玩笑式的封条，就好像省城的“东方邨”，到县里就成了“东方屯儿”。我那会儿也是年轻气盛，对这种杀马特式的土产幽默不怎么待见。如今年岁既长，脾性渐平，反倒觉得它真实俏皮，比美术馆里安迪·沃霍尔整的那些后现代有趣可爱多了。

四

我出国后第一次回县城，家里平房还在，前后院子也还在，可那些活物全都不种了，既是爸妈年龄日长，也是他们忙于应对拆迁：整个胡同被拆成一片砖海，我们家的小院四面楚歌。

前院荒草一片，后院那些树倒还在，枝叶也还在，九月入秋的五彩斑斓却被拆迁的灰尘遮盖住了。底下能伸出手的厕所，也还在。订票回国前，妈就在电话里说“被你爸掏干净了”——作为动词的“掏”在字典里是一声，在我们县发出来却是二声，“淘米”的“淘”。我以为这里直接用“淘”字更贴切一些。

尚未倒过时差的我，站在被爸“掏”过的厕所前，有些不知所措。的确，它里里外外是都被“掏”干净了，“掏”得空空如也，“掏”得焕然一新。我甚至去想象爸“掏”它时的心情：因为出国回来的儿子，所以臭并快乐着？

蹲在厕所的木板上，完全找不着感觉。省城读书那几年住宿舍，用的是冲水蹲式马桶，出国后改用坐式马桶，多年后突然又蹲下去，那感觉当真不是说来就来的。记忆不光在人的脑袋里，更在人的消化系统十二指肠里。同时我也明白过来，当年那位尹姓大神回国省亲，之所以过家门而不入，除了县里掏钱请住东方邨，更是蹲不下家里的厕所。

憋了几天，我终于憋足勇气，红着脸跟爸妈说了，脑子里盘旋着妈当年没说出口的那半句狠话。

“你咋不早说呢？”

妈一句话就让我释然了。这世上也许不乏嫌母丑的儿子，但不嫌熊孩子事儿多的母亲却满大街都是。

在县里倒是有不少亲戚住楼，卫生间都是标准的坐式马桶，但这么奇葩的人情该怎么开口呢？类似“我家小子坐惯了美国马桶，所以需要麻烦你们家一下”这样的话能说出口么？

幸亏往北走一条半街是县海关大楼，打更老头儿跟我家有那么点拐弯抹角的亲戚，爸妈一商量，就带我拜见了这位五姨姥爷。

五姨姥爷常年打更，睡足了美容觉，白胖胖，笑呵呵，不像打更的，倒像个退休的老领导。他先打量我一眼，问这是谁。爸说是咱家小子，刚回国。

“哦，海外人才……找我啥事儿？”

“南二道街那边不是正拆么，拆到咱家厕所了，想让他上你们这大楼的厕所。”

“南二道街都拆巴得没人住了，”五姨姥爷笑着看我，“一个大小伙子，找个墙角儿旮旯不就得了？”

“这不是在外面读过几年书嘛，”爸递上一条我扛回来的拉夫劳伦皮带，“回来得习惯习惯。”

“也是哈，书越读越厚，脸皮儿越读越薄。”五姨姥爷也不推脱，当下接过皮带，拆了封，直接扎在腰上，“男厕所在二楼紧里头，自己上去吧。”

多亏了五姨姥爷和那条拉夫劳伦皮带，我可以畅快地出入县海关大楼的厕所。不过细究起来，那条从美国扛回来的拉夫劳伦，也还是我们中国制造。

五

因为研究领域的关系，我那次回美国的签证被审核了，所以在县里多待了一个多月。每天清早，趁着海关大楼上班之前，我揣好卷纸，推开家门，入眼便是茫茫一片砖海，如果忽略漂在上面张牙舞爪的挖掘机，竟有些“卷帘梳洗望黄河”的意思。还有三五成群坐着狂斗地主的工友，扑克牌摔得山响，手机外放着大尺度的电子情歌，回荡于砖海之上，有一种说不清是亘古还是荒诞的幽旷。安迪·沃霍尔要是能多活二十年，真应该来我们县采一趟风。

五姨姥爷的门卫室也不闲着，茶碗大小的车马炮，桌面般宽阔的楚河汉界，老哥儿几个正杀得兴高采烈。

“咱家外孙子，”五姨姥爷跟棋友们介绍我，“刚从美国回来。”

“是么？有出息！”棋盘砸得啪啪作响，老哥儿几个目不转睛。

没人搭白，我只能站一旁干瞪眼。

“大清早的，小伙子来你这破楼干啥？”

“来咱家楼里上厕所！”因为打更独处久了，五姨姥爷说话嗓门特别大，“他坐惯了美国的厕所，县里普通厕所蹲不下去了——卧槽！”

“卧槽？这么有出息？”

老哥儿几个的目光一起射过来，我握紧了裤兜里的卷纸。

赶上周六周天没人上班，我上完厕所也会陪五姨姥爷杀两盘。老伴去世多年，他除了下棋睡觉，平时最大的乐趣就是买彩票。

“喏，俩孙子，俩孙女儿，”他摆出九副扑克牌的纸盒，“再加五个外孙子外孙女儿，都在这些盒子里头呢。”

原来五姨姥爷每次买彩票，不多不少，买九张，刮九张，都是给孙子辈攒的，日积月累，便攒出了这九个小纸盒。想来只要时光足够久远，连这种小玩意儿也可以叙事，也可以抒情。

相处久了，我注意到他讲话总爱甩胳膊，像要扇谁一耳光。问他，才知道是肩周炎，疼痛程度与天气变化有关，入夜为甚，算是职业病，真难为他这些年居然一直没失过眠。像这种慢性病大多怕凉、怕湿、怕动，五姨姥爷的策略是以痛攻痛——痛得急了，就猛甩一下胳膊，莫非这记耳光是抽给肩周炎的？

回家跟爸妈说了，当下又拿过来两盒我扛回来的关节保健品，氨基葡聚糖片。五姨姥爷一阵默然，叹口气，抽了空气一耳光，说九个孙子辈的没有一个在身边，要么在南方打工，要么在南方读书，没他妈一个给他买保健品。

“这年头，反倒是拐了弯儿的亲戚更亲。”

为了表示对我真的很亲，他建议我试一试海关大楼书记的厕所。

“这不太好吧？”

“怕啥？书记那屋儿我每晚过去打扫一遍，书记的厕所就是你姥爷我的厕所。”

书记的办公室宽敞、明亮，透着一股浓浓的居家风：有拖鞋，有茶具，有微波炉，有沙发床，有捶捶乐，有俄罗斯套娃，有我猜应该是书记女儿的明星照，还有黑帮电影里用来掐人手指头的雪茄剪子。若非办公桌上中外国旗和那一摞文件、杂志，简直就是一个温馨的迷你小家。内嵌在办公室里头的卫生间却风格迥然，走的是星级酒店风格路线。我坐在马桶上，右手握着卷纸，左手边是全封式淋浴玻璃门，冷不丁看到马桶雪白锃亮的侧影，夜宿龙床之快感与惶恐油然而生。

事后，五姨姥爷问感觉咋样。我说感觉不错，就此再没敢登过书记办公室半步。

六

转眼又过十年，我也成了家。和妻一起回国，在J市下的飞机，微信上约的出租车，直接上了通往老家县城的国道。开到一半，司机问我上不上厕所，顺便加趟油。那个站点不小，横着几辆长途大巴，虽是深夜，依旧灯火通明。

厕所里更是人声鼎沸——考虑到那种无遮无拦、能同时解决二十多人需要的大型便池，应该是嘘声鼎沸才确切。在美国上厕所，便池与便池彼此间捂得严实，冷不丁见着这种阵势的大排档，适应几秒钟后，颇有一种世界大同的醍醐灌顶。

爸妈给订的酒店，“远东恺撒”，据说在县里是顶级的。车开过去已是半夜，东北的四月还寒，爸妈穿着棉服出来接我们，前台接待的是一位披军大衣的女士，打着哈欠从床上立了起来。

我正拿不准该称呼人家小姐还是服务员，她先开口让我们出示证件了。

我的国内身份证尚在有效期内，可妻却只有美国护照。

“美女原来是境外人员呢，”她睡眼惺忪翻着妻的护照本，“住宿期间，护照由我们酒店保管。”

在我县的服务行业，只要是女性，就得叫一声“美女”，这个逻辑我和妻都能理解，道理跟美国中西部小旅馆前台大妈叫你一声“hun（honey 的俚语简写，类似于‘亲’）”差不多，没法理解的是为什么要把护照交给这位披军大衣的美女。

妻不懂汉语，用英语对我说：“告诉她护照是我在中国唯一的身份证件，对我来说很重要。”

我先要回护照，再转达妻的意思。军大衣美女立即表示送客：“咱家这也是按公安局规定来的，县公安局对咱家来说也很重要。”

公安局？住个酒店还能把公安局招惹过来？三更半夜的到哪儿换酒店去？没等我们着急，爸妈已经找人打电话了。不一时，真进来一个穿公安制服的。

“回国咋不跟我说一声呢？”

公安上来就捶了我一拳，原来是小学同学黎大炜。这下有底了，我握住妻的手：“放心啦，没事的。”

“七十周年大庆嘛，”大炜点上一支烟，拿过妻的护照扫了一眼，“咱又是边境县，再小心也不为过。”

“这个我们都理解，而且支持，那我媳妇儿护照咋办？”

“原则上要通过酒店上交到局里，但今晚情况比较特殊，”大炜用手机对准护照拍了两张相片，“要不这样吧，我这儿拍个照，酒店再扫份复印件发到局里，今晚就算完事儿，各回各家，各睡各觉。”

我们把行李拖进房间，爸妈嘱咐几句，就回家休息了。妻先用的卫生间，我问怎么样。她说很整洁，也很方便，就是有股味儿。我也仔细闻了，真有一股味儿，说不清道不明怎么个臭法，反正就是臭，却不知从哪儿冒出来的，像有个隐身的家伙在不停放屁。第二天早上起来，想喝点凉的，打开保鲜柜，里面躺着半颗榴莲，像被开了瓢的头颅，发出阵阵腐臭——原来怪味儿是从这里来的。

一个东北小县城，哪儿来的榴莲？被什么人削掉一半？另一半怎么就留在了“远东恺撒”？虽谈不上细思极恐，但也让人头皮发麻。

七

爸妈早已搬到单元楼了，卫生间是那种标准的家居式，有淋浴、热水器、坐式冲水马桶，妻用起来无需做任何适应。反倒是我，还惦念着那个曾被爸“掏”干净了的老厕所。

早饭是妈做的，油豆角、咸鸭蛋、黏苞米和小米粥。妻说好吃，我吹说此四样者，乃东北早餐桌上的四小花旦是也。吃完我们出去散步，走到南二道街对过的文化广场，妈问我，还记得么，咱家原来那旧房就在这儿。

这广场很宽阔，目测能有一个足球场的面积。客运站居东，对面是大世界商城，音乐喷泉坐北，朝南就是据说已装上“天网监控”的南二道街。过去那红砖红瓦的旧平房，那万物齐谐的前后院，全都不见了，好像它们从未真切地存在过，又好像它们只是我记忆深处的幻觉碎片。

爸妈盼我们回来，可不是为了什么伤春悲秋。他们还带了平时踢的毽子，一个插着五彩人造羽毛的小胶皮垫。上午八九点广场还很空荡，我们四口人踢了起来。妻从未碰过，妈踢得不好，毽子飞到她们那儿要么落地，要么踢飞。我去拾毽子的当儿，见妈笑得开心，突然悟出一个道理：她和爸每天在这县城里过日子，实实在在生活着，这里就是他们的家，我几年回来一趟，不过是个浮皮潦草的观光客，还是收起那套游子吟式的自我感伤吧。

第二天周末，黎大炜穿便服开私车，带我们逛几十里外的江边小镇，对岸就是俄罗斯的犹太人自治镇，据说在这一带的观光景点里能排上名次。小时候上学那会儿，我和大炜不算太亲，爸妈如今和他这般熟络，还真有些意外。坐在他的丰田霸道车里——这款车的品牌名叫“普拉多”，但我们县人偏偏叫它“霸道”，听着真的就霸道起来了——聊开话茬，我才知道是前些年拆迁，这几年又集资，爸妈没少往公检法跑，一来二去，就和大炜跑熟了。

“之前不都整集资么，咱县人手里都不差钱儿，”大炜说话时爱抖腕子上的佛珠，我好奇他穿制服时戴不戴这个，“你看现在街上跑的车，不比美国差吧？”

“绝对不比美国差。”我赶紧承认。

“集资最猛那阵，外地人都管咱县叫迪拜县。”

“迪拜？”

“就是那个喷石油的迪拜，贼有钱的迪拜，因为那几年县里人都集资，每月干领利息，又不上班，闲着无聊，扒完蒜撸完串儿就去外地各种买呗。买买买，迪拜县就是这么买出来的。”

“现在呢？”

“现在？链子都断了，上面加大力度狠抓，进去好几个，跳楼好几个，再也迪拜不起来了。”

车到江边停下了。老天憋了好几天的雨一直不下，云和江水都被憋得又黑又沉。我捡起一枚扁圆的石子，斜身投去，那石子在江上一溜小跑，杳无踪迹。

四口人在国界塔拍的合影。那塔是一丈高的汉白玉，塔顶是国徽，下面漆着“中国”两个大红字。妻和妈站中间，我和爸在两边，咧嘴一笑，江风掠过头顶。

江对岸没什么人气，只有两三栋小建筑，不用望远镜看不出是楼还是房子。借用一句鲁迅先生的《故乡》：“苍黄的天底下，远近横着几个萧索的荒村，没有一些活气。”

江上无船，只有茫茫江水，江岸的人民大街也空着，沥青铺成的马路在脚下黝黑宽阔，目光的尽头却缩成了一个黑点。

“这楼以前叫俄罗斯风情堡，”大炜指着街边一个刷成粉色的四层楼，“前两年搞过一个啤酒音乐节，请老外来跳跳舞啥的，市里来抓过两次，黄了。”

人民大街拐出来又是一个广场，在江边人称“小红场”，类似县里的文化广场，只不过铺的是大红水泥方砖，以显其“小红场”之名。教堂坐北，酒店和购物城分居东西，中央是喷泉花坛，清一色的圆顶红墙俄式建筑，空空旷旷，几只鸽子咕咕叫着。如果太阳再冒出来，蓝天白云一衬，简直就像某个旅游杂志上的东欧小镇。故乡从未如此上镜入画，也从未如此空旷幽静。

八

逛到午后，妻说想用厕所。黎大炜便开动他的丰田霸道四处找厕所。人民大街是空的，小红场是空的，风情堡是空的，连江对岸都是空的，空望着乌滚滚的一江水，上哪儿找厕所呢？

大炜最后带我们去了江边的购物城，一楼卖仿俄罗斯风的小饰品，二楼流行时装鞋帽，三楼电子产品，四楼是能远眺江景的餐饮大厅。整个楼虽摆满了货品，感觉却是空寥死寂。这也不奇怪，因为一楼往上好几年前就关门停业了。泛着点活气的，只有一楼那两个坐对面闲聊的老乡美女，还有她们嗑的瓜子皮。

她们二位见我们进来也很惊诧，仿佛这购物城萧条太久，突然有生意上门了都不敢相信。

“你家有没有厕所？”大炜问。

“想上男厕所还是女厕所？”她们反问。

“当然是女厕所了，”大炜笑着抖了抖手腕上的佛珠，“再说了，你们俩上男厕所干啥？”

“女厕所早就上锁不让用了，”她们也笑，边笑边吐瓜子皮，“就剩下一间男的，谁还分是男是女？”

听了我的翻译，妻也觉得好笑。在美国，她是无性别厕所的非支持者，不远万里跟我来到这异国小镇，居然要用男厕所救急——假如少了这些有的没的荒唐事儿，生活的乐子恐怕也所剩无几。

她回来后我问怎么样。

“干净极了，比女厕所还女厕所。”

我听懂她的意思了：有一次在星巴克的无性别厕所，她曾用半卷卫生纸对付马桶上的尿渍。

当然，“比女厕所还女厕所”的男厕所可不好意思白用。我们买了落满灰尘的俄罗斯套娃，既是道谢，也算留念。微信付费，二维码挂在列宁铜像胸前。妻觉着新鲜，问这算怎么回事儿。我想了想，说你就当是咱俩逛华盛顿的林肯纪念堂，总统脑门上贴一麦当劳巨无霸的折扣券好了——安迪·沃霍尔真该来我们江边上趟厕所。

回到县城，路过海关大楼，我问起那位打更的五姨姥爷。

“去年还是前年没的？”爸问妈。

“去年没的吧？”妈也记不准了，“应该是去年，正好赶上‘十一’，他那一串儿孙子孙女全都从南方回来了。”

我默然无语。海关大楼转瞬被丰田霸道甩成了一个黑点。五姨姥爷给孙子辈们买的那些彩票，到底有没有中过一张半张?

回美国也在J市上飞机。机场很小，一条队伍排安检，两个小登机门，推门出去就直奔飞机。登机前妻用的厕所，我在外面等了半天，眼看就要到点了，人怎么还不出来？女人上厕所简直比出趟国还麻烦——

“你是从美国来的么？”一个大学生模样的女孩用英语问我。

“是，怎么了？”

“你妻子说她需要纸。”

“纸儿？”我用乡音吼了出来，“机场厕所没有纸儿？”

“这机场厕所里早就不放纸了，”女孩惊诧地看着我，小声嘟囔一句，“可能是怕被人拿走吧。”

好在机场里有卖零用品的，我赶紧微信扫码，扫了一包面巾纸，托那女孩捎进女厕所。

总算及时上了飞机，妻说那个中国姑娘真好，还谢谢我的耐心和“依恋”牌面巾纸。

“你猜那包纸巾能折成多少美元？”我问。

“不猜，”妻也笑，“肯定是我用过最贵的纸巾。”

妻晕机，服下药片，很快睡着了。我翻看手机里的相片——故乡以数码像素为格式的存在。最后几张是我读过的学校，操场和教学楼都是空的，静静地等候拆迁。爸说开发商两年前就要拆这学校，挖掘机推土机都码好了，却一直下不了手，因为集资链断掉后县里人都掏不出钱买房产。所以这拆迁等得久了，难免等出一层空寂、一份悲壮。学校那厕所还在，砖墙水泥瓦，东边一个“男”字，西边一个“女”字，空空如也，居然还是多年前的模样。真正面目全非的，是当年那些出出进进的少男少女吧。

故乡到底是什么？是现实被时间之风吹干，落地，破碎成我记忆里的幻觉？又或者，故乡有那么一点像昔日的恋人：多年未见，一朝重逢，凭什么为你留驻容颜？

人生过半，转眼漂了很多年。蓦然回首，没有上不了的厕所，只有回不去的故乡。

星星弟弟

一

小时候过年，除夕和初一去爷爷家过，初二去姥姥家。爷爷家里条件好，有十八寸的索尼平面直角彩电，还有罐装的可乐，喝起来像加了糖的中药水儿。可我还是喜欢去姥姥家，因为姥姥家的隔壁就是舅舅家，舅舅家有我的表弟。他眼珠又黑又圆，像两颗黑色的小星星，所以小名就叫星星。

初二到了姥姥家，大地红二踢脚之类的响炮都已经放完了，只剩一小捆魔术弹，星星偷偷藏下来，专等我过来一起放。那时候在县里，放炮是男孩子们唯一能在大人面前点烟的机会。我和星星也一人一支点上，狠狠抽一口，嘴里又苦又呛。三十发的魔术弹插在雪里一左一右，我和星星各自用烟点上了，捂着耳朵，看那炮捻子在暗中哧哧冒火花，心也跟着怦怦跳，就等那两束五彩烟花一起喷向夜空。

舅舅家那时候睡火炕，星星把魔术弹藏在褥子下，被舅舅发现了，训他是不是要把房子点着。星星说是怕魔术弹受潮，等我哥来就点不着了。为这事他挨了舅舅的揍，却从没跟我抱怨过。舅舅家有台十四寸的小黑白，烟囱上绑一锅盖，能收到两个台。其中一个台翻来覆去演《赵尚志》，演得我和星星张口就能哼出“嫂子，借你一双小手儿，捧一把黑土，先把鬼子埋掉”。如今剧情早就忘光了，多年后偶尔想起歌词，倒觉得写得神了。

彼时舅舅开长途大卡，舅妈在市场卖菜，白天家里也没个大人。看完《赵尚志》，我和星星便开始玩我们那套游戏：他演鬼子，我演花姑娘，或我演鬼子，他演花姑娘，嘿嘿一笑，把对方往炕上一推。当然，这花姑娘的人设是八路军，鬼子没等扑上来就被一枪爆头。花姑娘的红头巾是红领巾，八路军用的枪则是放完的魔术弹筒。不知为什么，我们俩管这游戏叫“嫂子”。

三十年转眼即逝。星星的儿子畅畅已经长到我们那时的年龄。我不知道畅畅看不看现在的电视剧，如果看是用手机还是用平板电脑。我只知道畅畅在武汉长大，家里既没有火炕，也没有魔术弹，更没有一个表哥跟他扮演匪夷所思的真人游戏“嫂子”。

二

我现在想到表弟，大概就是这些童年的碎影，混杂着感伤与快乐。可是我对于他来说，却有可能是一片挥不去的阴影，尤其是学习成绩，只要我俩在大人们面前站一起，他们就会发出一系列反问句：

“你看看你考多少分儿，再看看你哥考多少分儿？”

“你就知道跟你哥看电视，就不能问他几道题？”

“你有脸跟别人说你是他弟弟么？”

更倒霉的是进入青春期，星星在身高上又被我甩掉一头。

“完犊子，”舅舅也恨铁不成钢，“个儿比卷子上的分儿还低！”

舅舅那时已经是县里第一批万元户，常年在外跑运输，舅妈又忙着市场那一摊生意，星星每天至少有一顿饭是自己去小吃铺小卖部解决的，个子能长起来么？

星星倒是不缺零钱，拽着我去游戏厅哗啦哗啦买币子。一直泡到晚上回家，才磨磨蹭蹭掏出家长通知书，让我帮他签了。我回家翻出家里的账本儿，照我妈的连笔字描了半天，才在星星的通知书上签了舅舅的名字。

进入变声期后，星星开始蹿个子了。那时舅舅家不但买了平面直角，还装了 VCD 机，我和星星租了无数港片，我觉得郭富城很帅，星星则迷上了刘德华。为模仿各自的偶像，我留起两边能遮住眼睛的中分，星星更彻底，把头发染成了黄色。舅舅倒没说什么，一来他的长途运输事业跑得不顺，二来星星回回成绩倒数，他早就放弃了，只盼儿子赶紧毕业给他帮忙。

可是没等初中毕业，星星就在游戏厅惹上了麻烦。有个头发染得比他还黄的小混混要币子，不给，去外面单挑，星星从裤兜里掏出一把水果刀，学着偶像的动作扎进那混混的肩膀。警区介入了，舅舅赔上一笔钱，干脆不让儿子念了。辍学在家的星星，对跑长途毫无兴趣，却偶然看了《唐山大兄》和《死亡游戏》，又开始粉李小龙了。他弄来一副双截棍，整个夏天都光着膀子，在院子当中扎起马步，那副双截棍甩得密不透风，落下满肩膀的瘀青。再去游戏厅混，他的黄发已褪成黑发，夹克里别着双截棍，没人敢跟他要币子了。

三

等我上高中，舅舅家里又添了一对音箱，和彩电 VCD 拼在一起，星星每天在家唱卡拉 OK。那时赶上香港回归，县电视台举办歌咏比赛作庆，星星在家里 K 歌 K 出了感觉，非要报名唱刘德华的《中国人》。大人们都觉得不妥：一个初中没念完的小子，去电视台岂不自找丢脸？舅舅却不这么认为，他和舅妈一起听了儿子的练唱，认定“调儿和嗓子比原唱还带劲儿”，当下就去县电视台报了名。

到了电视台，才发现初赛报名的寥寥无几，只要花一笔钱都能进决赛。

“决赛要是取上名次，有啥说法么？”舅舅问。

“只要取上名次，市团就会选中，”负责报名的人回答得很诚恳，只不过略去了市文工团已经黄摊儿的事实，“到时候你儿子跟着去演出，包吃包住，还给开工资。”

“给我儿子报了！”

决赛那天，舅舅舅妈去现场给儿子加油。我在自己家的电视上也看到星星出场了，一身黑色的立领中山装，拿起麦克张嘴要唱，电视台却出了故障，伴奏音突然停了。

星星愣在台上，在镜头前不知所措。主持人上来救场，说在这喜迎香港回归之际，有请咱县的华仔给全县父老讲几句话。星星一只手握着麦克，另一只手插进中山装的裤兜，紧绷着什么也说不出来。舅舅在台下急了，大衣里抽出儿子平常甩的双截棍，送到台上，星星才缓过神来，放下麦克，站稳马步，当下甩了起来。伴奏音又突然响了，等他拿起麦克再唱，已经找不着调儿了。

“这人真是丢大发了。”我妈看不下去，我却觉得中山装配双截棍还是很帅的。

歌星梦就此打住，星星回家把歌碟踩个稀烂，在县里一混又是两三年。我这边考上了省城的大学，准备走人，他的人生该何去何从却无人知晓。

“你说你想咋办吧？”舅舅问。

“我不想咋办，”星星不看舅舅，别过头盯着立柜镜子里的双截棍，“反正我不想待在县里。”

“你还有脸跟你哥比？人家能走出去，是考大学考的，你又凭啥？”

双截棍甩了出去，砸在立柜镜子上，一地支离破碎。星星跑出了家门。

舅舅又花了一大笔钱，安排星星去当兵，一是怕儿子跟县里那帮混混学坏了，二来也算满足他走出县城的愿望。只是星星去海南当海军，天涯海角，南天一柱，这远走高飞的愿望也实现得太彻底了。

四

在省城的学校，我收到星星的一封信，从广州寄来的，说他每次出海动辄两三个月，回来休假就往广州跑。他很喜欢逛华南师大，说走在校园里，看着来往的大学生，就会想起我。

“哥，你上的大学什么样？”星星在信里问，“也有主楼、图书馆、球场、食堂这些地方么？”

弟弟这嗑儿唠得我有点难受。彼时的我在读大二，过了大一的适应期，又没有考研、就业之类的压力，每天享受着所谓大学生活，无法想象一个海军士兵的世界是怎样一种单调，只能小心翼翼在信里回道：“大学应该哪里都差不多，就像你在部队，不也是全国统一着装么？”

星星还寄了照片，他在军舰上甩正步，脸、脖子、胳膊，但凡阳光能够得着的地方都晒个黝黑，更显得一身海军服雪白。我对着照片发愣：兄弟俩分隔不过两年，却足够把眼前这位海军士兵和过去那个双截棍少年割裂开来。都说兄弟如手足，可一个在南，一个在北，一个当兵，一个读书，又怎么个手足法？

我本打算给他回寄一张自己和女友的合影，想想不妥，就换了一张军训的照片，附言：“大学里也甩正步，和部队差不多。”

或许是这句话给了他鼓励，星星又给我写了许多信，说他再逛师大，也不浪费时间看美女了，因为看也没用。反倒是师大门口那家音像店，碟又便宜又齐全，科波拉、斯科塞斯、库布里克的片子应有尽有，就是繁体字幕看着累眼睛，好在一出海缺的就不是时间了，一张一张慢慢看就是了。

我被科波拉之类的名字吓了一跳。这几位大神的片子我那时还没怎么看过，只是宿舍里有人撇下一本《看电影》，我蹲厕所时碰巧翻到他们的名字而已。

“这种电影你能看懂么？”我问。

“刚开始我也看不懂，”星星聊起电影就喋喋不休，“是我们部队的小领导，多少年的老影迷了，让我给他从广州捎碟，我好奇领导都喜欢看啥碟，结果就是这些《教父》《盗亦有道》《全金属外壳》。小领导嫌自己看没意思，问我看不看，我一想小时候咱俩在我家也没少看，李小龙刘德华啥的，就陪着小领导看了两张碟，啥也看不懂，强挺着没敢睡着。”

“人家当领导的没说你？”

“小领导可有耐心了，重放一遍《全金属外壳》，边放边给我讲越战史，我才明白这种碟得有文化才能看出个好来。哥，我连高中都没念过，陪领导看看上档次有文化的碟也算是一种补偿吧。”

我去了学校图书馆，没找到库布里克的《全金属外壳》，只有科波拉的《现代启示录》，看了封面简介，也是越战片，计算机房里稀里糊涂看了半个小时，就像星星说的“啥也看不懂”，快进了一会儿，趴在键盘上睡着了。

再后来全国用 QQ 聊天，我和星星互加了 QQ 号。不过那会儿我失恋了，每天魂不守舍，挂 QQ 是为了找女生聊天，上线看着星星，打声招呼就不理了。有时连招呼也不打。一来二去他也不怎么跟我说话，兄弟俩在 QQ 上反倒比写信那会儿疏远了。

他 QQ 号叫“军魂碧蓝”。我心里嘀咕，起这种名字，怎么会有女生跟你聊天呢？

五

大三下学期我保研已定，趁暑假回县里玩几天。星星也回来了，以复员士官的身份，穿着一身海军服，走在县里极为惹眼。在南二道街的朝鲜馆子，我问他有什么打算。他说复员后领了一笔钱，想做点小买卖。

“哥，听二姑说你保研了？”

“对，算是保上了。”我心里告诉自己说话一定要低调。

“保完研之后呢？”

“那都是好几年以后的事了，我也不知道，整好了也许能出国吧。”

“出国好啊！”星星端端正正举起不起沫的扎啤杯子，“哥，弟替你高兴，敬你一个！”

哥俩第一次喝酒，谁都没醉，北二道街的游戏厅尚苟延残喘，进去玩儿了十块钱的币子，权作怀旧。

不过这次见面并没有让兄弟俩加深对彼此的了解，反倒是让我对他产生了看法。起因还是舅舅：他那时跑不动长途，舅妈也不在市场卖菜了，既是年岁渐长，身体吃不消，也是县里变化不小，单是卖蔬菜水果的超市就多出三四家，舅舅家的个体生意便日渐没落。他琢磨着要贩粮，东山再起，可是本钱不够，便想让儿子把复员的钱拿出来先用用。

星星干脆地拒绝了："我上学时你没管我，我当兵这几年也没让你操心，现在反倒伸手跟我要钱了？"

"你以为那复员费是你的？"舅舅大怒，"你能当上兵不是老子给掏的钱？"

"我在军舰上一漂好几年时间，又算谁的？"

我妈过去劝架，好说歹说，最后复员费一半归舅舅，做贩粮的本钱；另一半星星自己揣着，准备去北京闯一闯。三传两传，等这起纷争传到我耳朵里，星星就变成了一个不敬不孝的小子。我心说没出息，这几年兵算白当了。

星星独自来到北京城，没有文凭，只有一张复员证，哪里有个闯？幸好母亲在北京有位同学，给联系了一个门卫的缺儿。聘方一看星星身板不错，又当过兵，还会甩双截棍，当下就招了。一开始他值夜班，整宿整宿挂着 QQ。我那时常熬夜做实验，也用实验室电脑挂着 QQ，看见"军魂碧蓝"挂在那儿，所在地从广州改成了北京。

"在北京还好么？"我有一搭没一搭地问。

"挺好的，呵呵，在这里打更跟以前出海没啥两样，都跟坐牢差不多，呵呵。"

打更这段日子里，他大概聊了很多 QQ，"呵呵"用得又贼又腻。他依旧贪婪凶猛地看着电影，有时在对话框里突然冒出一句："哥，我一看库布里克的《奇爱博士》就想到你。"

"为啥？"

“因为你将来不就是个博士么？呵呵。”

“博士？我还不知道我啥时候毕业呢。”

话不投机三句多，何况我又对他有了先入为主的看法，此后干脆对“军魂碧蓝”视而不见。隔着QQ，这份疏冷也被星星感觉到了。他不再打扰他的“奇爱博士”表哥，兄弟俩从未如此生分。

六

没等我博士毕业，星星先在北京混不下去了。也不是真混不下去，而是他一看北京城的同龄人都在干吗，他自己又在干吗，那份落差让他觉得混不下去了。他跟我妈在电话里说，二姑，我不能再打更了，再这么打两年，整个人就报废了。

那时我的课题做得不顺，郁闷中跑回县里休个假，结果又碰到了星星。他还领回一个湖北的姑娘，已经在网上处了半年。我问可不可以叫弟妹，星星有点不好意思，人家姑娘倒很大方，开开心心答应了，还管我叫哥。

母亲对他们俩的事不放心，问我：“网儿上认识的，能靠得住么？”

我不得不给她解释了一通啥叫网恋，以及网恋有多么普及。

“俩年轻人儿都没文化，以后靠啥养家？”

星星和这位弟妹，以实际行动回答了他们靠啥养家：县里领完证，两口子婚礼也没办，星星把剩那一半的复员费和在北京攒下的一点薪水取出来，租下原来北二道街游戏厅的门市房，改成

“湖北酱鸭脖”。

舅舅觉得不妥，问儿媳：“你大老远嫁到咱东北，总不能连个婚礼都没有吧？”

“爸，咱家不是开了这么一家小店嘛，就在自己家办，省钱又实惠。”

一句话说得舅舅大喜，婚礼当天喝多了，醉醺醺地说抱孙子那天一定给儿子儿媳买楼住。可现实是他的贩粮生意赔钱，他自己还和舅妈住原来的平房呢。只好把隔壁姥姥的旧房收拾出来，留给两位新人。我妈看着不落忍，出钱带着侄子侄媳去市里照婚纱相，捧着满满一大册子回来，翻给我看：“你瞅瞅，拾掇拾掇都挺上相，跟市里小两口儿没啥两样。”

临回省城，我又去了星星家的小店。弟媳端出一大盘鸭脖、一盘拌菜，从街对面的“老林家烧烤”叫了涮牛肚和羊肉串，小两口请我喝酒。我问他俩到底怎么认识的，星星笑而不语，弟妹笑说：“咋认识的？你弟把我骗了呗！上来就说他在北京，扯了一大通电影什么的，那帮导演我根本没听说过，我还以为他是学电影的，结果是一看门儿的。”

“看门儿的？”星星自己干了一杯酒，“我咋的也是一名共和国海军。”

“你可拉倒吧，”弟妹撩起丈夫的T恤，“你让你哥瞅瞅，这还共和国呢？”

二十出头的星星，已然起了小肚子。

“在北京熬夜，吃泡面，电脑前面一坐就是一宿，能不起肚子么？”星星叹了一口气，放下T恤，给我倒上酒，“来，弟再跟你走一个，祝哥早日领个嫂子回来！”

“祝我早日毕业吧还是。”

“祝哥早日毕业，早日出国！”弟妹也自斟一杯满上。

“对，早日出国，别像我啥也不是！”星星闷头干了，弟妹笑着打了他一下。

那天喝到很晚，星星醉了，脱掉T恤，里屋拿出双截棍，边甩边发出李小龙式的啸叫。弟媳也有点多了，一边哭一边笑，说他俩刚认识那会儿正好是冬天，俩人视频，大半夜的他脱了门卫的棉服，哆哆嗦嗦给她甩双截棍。

我心事重重，没跟他俩喝太多。第二天临回省城，弟妹给我封了一大包鸭脖，我带回学校，分给实验室的人，都说好吃。我自己尝了一块儿，那股香辣的卤味儿确实有点特别。只是这一丁点来自亲人的味道，跟我对毕业的苦盼相比，转瞬即逝。

七

熬到北京奥运，我终于博士毕业，回家等赴美签证。星星和弟妹已离开县里，南下去了武汉。

“他们开的那鸭脖店呢？”我问。

“赔钱，早就兑了，”母亲说，“县里年轻人越走越少，光剩下我和你爸这样的老头儿老太太，谁能啃得动那鸭脖子？”

他们小夫妻南下另一个原因是为了孩子。弟妹生了畅畅，不想让儿子将来也窝在县里，更不想让儿子被爷爷给惯坏了。我妈说他两口子临走时和舅舅大吵一架。

“你舅也是老糊涂了，自己那日子越过越下道，还非要孙子守在他身边。那可是你孙子，又不是你自己家养的小猫小狗。”

舅舅贩粮被人骗了，赔个底儿掉，血压又高，却烟酒不断，险些没患上中风。家里的收入全靠舅妈在县里打工，守着两间还没拆掉的平房过活。当初给儿子儿媳许诺买楼，现在听起来简直是个笑话。母亲说他们吵架也有钱的因素。

“你舅舅嫌星星胳膊肘往外拐，儿子白养了，可是人家星星自己都当爸了，能不向着老婆么？”

我那时满脑子都是出国，对这些家长里短毫无兴趣。签证终于寄到县里，家里在饭店请客，舅舅拄着拐棍来了，红着眼对我说：“美国虽然牛逼，但毕竟不是自己家，你从里到外还是个中国人儿，可别像你弟，跑到武汉连个音信都没有，再也不把自己当成县里人儿了。”

说完落了几滴眼泪，我不禁愕然。从饭店回来，母亲偷偷跟我笑：“别当真，他那是想孙子想的。”

对孙子的想念碾压了做长辈的尊严，舅舅到底和舅妈千里迢迢去了武汉。临走，他跟我妈承认：“自己那张老脸算是丢尽了。”他们本打算在星星家住到四月份，可是没等春节过完就着急要回家，给我妈打电话说“水土严重不服”。一路颠簸回到县里，才承认又跟儿子吵架了，原因也还是孙子和钱。

“孙子不让我碰，我的房子倒天天叨咕！”

舅舅所谓“我的房子”，其实是他家隔壁姥姥的旧房。姥姥去世后，那房子的证件改成了星星的名字，这样日后拆迁，和舅舅的房子就分别算作两套，能多得一些钱。这法子当初是舅舅出的，谁知道最后用到自己身上，却是这么个效果。

“这儿子算是彻底白养了，老婆一点火他就跟着放炮！”

舅舅恨得咬牙切齿。在他看来，对房子念念不忘的人不是跟他对骂的儿子，而是每天不着家的儿媳。

那时弟妹在武汉市里一家美容院上班，薪水不错，但离家很远，有时早出晚归，有时干脆留在美容院不归。星星找了份推销保险的工作，起薪很低，一口东北话跑满武汉城也卖不出几份，辛苦、沮丧，请舅舅舅妈过去也是想让他们帮忙照顾一下儿子。岂知弟妹在美容院用手机遥控，千叮咛万嘱咐别让儿子“染上东北那一套”，舅舅偏又不听，抱起孙子就亲，亲完还问“将来长大是养活你妈还是养活你爷”。星星夹在中间心力交瘁，便狠了舅舅几句。结果舅舅舅妈一走，就他只能自己当奶爸伺候儿子，保险更推销不出去了。

“妈，我要去上班了，”跨洋电话这边的我毫无心情听这些唠叨，“先不说了。”

可下一次通电话，母亲还会跟我更新星星家里的碎碎念：“畅畅吃喝拉撒都是星星伺候，当妈的一点都不管，可又没法深说，谁让他挣钱少了？星星总怪他爸小时候没管他，所以他管畅畅就很上心，一天三顿饭不说，连作业都陪着做，也真难为他了，自己连初中都没毕业。好在畅畅聪明、要强，每回都考前三，偶尔一次半次没考好，回家没等星星说他，自己倒先哭了。”

“妈，是你自己想抱孙子了吧？”我挂掉电话，不明白自己在美国为什么还受这些家长里短的牵绊。

微信里，星星给姥姥家这边建了一个亲人群。我在群里不怎么说话，别人也不太说话，每天只有星星晒儿子的考试成绩，然后是我妈给点赞发红包。我就纳闷了，难道舅舅也不出来夸一句自己孙子？仔细一看成员名单，才发现群主根本没加舅舅。我心说越是骨肉至亲，往往越没个亲近。又或者心里要真有亲，何处不是亲？建这么个群也就走走形式，到底有啥意义？当下就屏蔽了这个群的消息提醒。

八

后来我回国，参加武汉一所高校办的学术会议。炎炎夏日，星星带着儿子一路公交，穿过大半个蒸笼般的武汉城来看我。我第一次见到畅畅，小伙子长得很结实，也很腼腆。星星让他好好向伯伯学习，将来也去美国闯一闯。

“美国有啥闯的？”我这还真不是客气，“其实我这次回来，也是想看看国内的机会。”

表弟当下默然，我这句苦水显然不应该泼在孩子面前。但他脸上还是挂着笑，推了推儿子：“快，跟伯伯说几句话，平时在家伯伯长伯伯短的，见面咋就鼠眯（消停）了呢？”

“伯伯，我最近竞选班长，”畅畅涨红着小脸，“美国不都是选来选去的么？你能帮我出出主意么？”

“当班长？”我笑着蹲下来，“你这么小就想当官儿？”

“这不是当不当官儿的问题，”表弟极认真地说，“这是从小给他强化集体主义培养，中国不像美国，离开集体能玩儿得转么？”

这话说得我有点堵。我一向自由散漫，讨厌形式主义，是那种连博士毕业典礼都要避开的家伙，而星星在朋友圈里转的不是战狼就是老兵，被我屏蔽不是一天两天了，哥儿俩好几年没见，上来就扯集体主义，这样很有意思么？

去街口一家店吃的饭，菜都上齐活了，弟妹才打车匆匆赶过来。看看她那淡紫色套裙和高跟鞋的装备，再看星星的迷彩短裤人字拖的行头，简直不像是两口子。

“这是我哥从美国带给你的。”表弟把我买的手包递给妻子。

“哥你也太客气啦。”

弟妹对我点头一笑，若有似无地接过那包。畅畅坐一旁斜斜地看着自己的妈妈。

菜没吃几口，弟妹敬我一杯酒，在畅畅的额头上亲一下，就先走了，说要赶最后一拨客人，里面还有很熟的 VIP 回头客。

“她真忙啊。”我说。

“瞎忙呗。”表弟皱眉，又给我满上一杯酒。他整个人很削瘦，坐得挺直，小臂和小腿上的筋脉一看就是长期健身练出的效果。畅畅盯着盘里的虾也不动筷，一双眼睛像两颗黝黑的星星，根本就是他老爸小时候的模样。

匆匆一见，匆匆一别。我回到美国继续奔忙自己的生活，星星也从一个削瘦的中年男人、一个九岁男孩的爸爸，又抽象成为我微信里的一个账号——“军魂碧蓝”。我虽然屏蔽了他的朋友圈，但偶尔手欠，也会打开看他的更新。有阵子我发现他更新得很频，而且总是在国内的后半夜，有在抖音上翻唱的刘德华，有在健身房里的撸铁自拍，还有《当幸福来敲门》的父子剧照，甚至配上了电影台词：“幸福是什么？我人生的这部分，这个小阶段，就叫幸福。”

既不战狼也不老兵，我琢磨他这更新有点古怪，却没往深里想。直到2019年底，母亲才说星星已经离婚了。

“离婚？为啥？”

“因为钱呗。他媳妇儿在网上借贷，欠人家几十万，全买高档品牌了。看你舅舅这边房子拆迁，你姥的旧房也拆了，就想要那笔钱。你舅舅舅妈现在每月就一点低保，那拆迁款是养老救命的本钱，能说动就动么？两家先是吵，后来他媳妇儿说要离婚，本以为只是吓唬吓唬，没想到动真格了，一个当妈的，孩子都不要就离了，我怎么劝也劝不住。”

“那星星呢？还有畅畅，离了孩子谁管？”

“你舅舅和舅妈又跑去武汉跟儿子和好了，帮着给畅畅做饭，让星星在外面专心跑保险业务，关键时候还得是亲爹亲妈！”

“他那保险不是不挣钱么？”

“这不是被离婚刺激的么？刚开始打击很大，差点就要放弃了。但上有老下有小的全靠他一个人养，逼着他必须玩儿命干，慢慢就逼出一点门道，能挣到钱了。”

被离婚刺激的！我又翻开星星朋友圈的《当幸福来敲门》：“幸福是什么？我人生的这部分，这个小阶段，就叫幸福。”

说句老实话，这种台词在我听来既做作又鸡汤。可是等我明白它背后生活的分量，不由心生惭愧：星星所经历所承受的，我这个当哥的除了满心的偏见，原来一无所知。

九

听说星星离婚后，我想和他通语音聊一聊，却不知如何开口，这语音邀请便迟迟发不出去。转眼到了2020年初，武汉成为抗击疫情的第一线，我才和他通上话，背景音里还能听到畅畅和舅舅在嬉闹。除了几句嘘寒问暖，我其实也说不出来什么。他的话也不多，兄弟俩只是互道保重。隔着太平洋，隔着十二个小时时差，我知道舅舅舅妈现在白头发很多，知道畅畅天天在家备考初中，知道表弟从未放弃健身，足矣。

表弟的朋友圈也是频繁更新。借着他发的那些图片、视频和只言片语，我试着拼凑出一位单身父亲在疫情期间的生活日常：

1月25日，分享照片：包酸菜猪肉馅儿饺子，“三个半东北人的年夜饭”，畅畅拍摄。

2月15日，分享照片：星星在家健身，训练项目“铠甲胸肌雕刻”，畅畅拍摄。

2月25日，分享自己的手机截图“报名成功，等待审核中”：“武汉战疫最关键时刻，报名参加武汉志愿先锋队，贡献出自己一份力量！”

2 月 28 日，分享抖音视频：星星戴着口罩甩双截棍，“哼哼哈嘿，击败病毒！武汉加油，中国必胜！”，畅畅拍摄、制作、上传。

2 月 29 日，分享抖音视频：“非常怀念港片《无间道》两位影帝在天台上飙戏，我演一下刘天王，向永远的偶像致敬”，畅畅拍摄、导演、上传。

3 月 9 日，分享自拍照：戴口罩、护目镜、“洪山战疫区”的红袖标，以志愿者身份散发物资，“努力协助社区党委，做好居民生活保障工作。不到胜利的最后一刻，决不收兵”。

3 月 12 日，分享《阿甘正传》剧照：“借用你演绎过的阿甘精神，祝演技之神汤姆·汉克斯早日康复！”

3 月 13 日，分享抖音视频：畅畅过生日，舅舅、舅妈、星星、畅畅，三个半东北人在武汉拍了第一张全家福。畅畅长成了大小伙子，舅舅舅妈也染了头发，星星站在他们后面，昂首挺胸，伸开双臂抱着他的爸爸、妈妈和儿子，背景音乐是 1995 年群星合唱的《相亲相爱》。畅畅拍摄、导演、上传。

4 月 7 日，父子抖音视频庆祝：“武汉虽明天解除离汉通道管控，但不可以嚣张，时刻保持高度警惕。”

4 月 11 日，报名参加“与汉同跑”活动，报名组别 4.12 千米：“助力武汉早日恢复原状！”

4 月 13 日，美国新冠肺炎确诊人数超过 55 万，我所在地区的政府下令出行须戴口罩，然而所有商店的口罩已经被哄抢一空，亚马逊等网店至少要等一个月。在这个号称自由的国度，没有口罩的我相当于被强制隔离在家了。

4 月 14 日，我在家门口收到星星寄来的口罩，国内发货日期为 3 月 31 日，是武汉市内快递公司恢复运营的第一天。

4 月 15 日，我和星星通了视频，距离上次在武汉相见已经六年，距离小时候在姥姥家放魔术弹最少三十年，可是两个不惑之年的男人依旧没有太多话可说。

也罢，也罢。心里要真有亲，何话不是亲？何处不是亲？何时不是亲？

星星，哥想你们。哥不知道什么时候才能见到你们。

后记

此处埋下彩蛋十八枚，以感谢您读完这本《人间漂流》。

《任天堂的红白祭》：多年后与红白机重逢，是在美国一座小镇图书馆。有人将自己收藏的红白机与卡带捐给了图书馆，后者又把它分享给了镇上的居民——只要出示一个正式信封，上面写着你在小镇的住址，即可免费进入那个穿越时空的电子世界。

《消失的人民影院》：2019 年的春天回到县里，人民影院的水泥建筑还在，人民影院依旧黄着。

《街机大道东》：纽约市的一座保龄球馆，摆着许多街机。在无数跳舞、音乐、射击和赛车类机台当中，居然有一台《街霸Ⅱ》。我投币下去，游戏角色和场景依旧谙熟，可是那些感觉——小恒发的烟味儿厕所味儿，还有小铁的“我嚎不死你”——都只能封存在记忆里了。

《豆腐状元》：美国这边超市卖的豆腐，都装在方方正正的塑料保鲜盒里，明码标价，写着保质期、防腐剂、卡路里和各种类型：Silken Tofu（丝滑豆腐），Soft Tofu（嫩豆腐），Medium Firm Tofu（中老豆腐），Firm Tofu（老豆腐），Extra Firm Tofu（极老豆腐）……虽然繁多，但没有一样是手工磨的。

《失散在江边的亲人》：一大家子东北人，还在县里的已经没有几口了，可又全都在同一个微信群里。所以到底散还是没散？答案你懂的。

《非典时期的葬礼》：夹在两场疫情之间的二十年，是“当时只道是寻常”的二十年。

《像星辰一样漂》：本篇写于 2018 年。彼时至今，我仍保持每年搬家一次的漂流频率。

《爱情与割草》：离开中西部后，再没见过像“韩美杂货店”这样的私家小店。到处都是连锁超市，自然不会有小店里才会发生的爱情。超市里有的只是冷气、排队、折扣券、找停车位和人群中的匆匆一瞥。

《李金姝的理发店》：写这篇故事时我在找工作。那时以为找到工作，焦虑就会自动消失，结果当然是痴人说梦。

《早春，雨雾》：把中西部的春写得那么糟，有点过了。中西部的春其实饱满且明媚，只是它太短了，短到让人觉得一年只剩三季（确切说应该是两季，因为秋天更短）；其间又屡遭残冬袭扰，春才变得阴晴不定、冷暖无常。

《小镇姐们儿苏珊》：因为限制自己使用网络社交软件，我好久不用脸书，所以不知苏珊一家四口人的近况。每年发一条圣诞快乐的短信，足矣。

《爸，妈，你们还会来么》：爸妈一共来美国三次。每次回去，他们都说不会再来。我相信，等他们来美国第四次，还会这么说的。

《揣着绿卡回家》：揣着绿卡，七十二小时之内回到县里，疫情时代听着像不像天方夜谭？

《头发里的时光》：在美国理发要预约，距离稍远还得开车，很麻烦。我现在住的地方离韩国城很近，平时就去那儿理发。周末的路线与时间线差不多都是这样：中午先去理发，找一家馆子吃石锅拌饭，开车南下，去华人聚居的小镇踢球（午饭摄食量要慎重，否则后果自负），最后去超市买菜。做四件事，花五个小时，相当划算。所以现代人的生活，连周末都是掰手指头算出来的。

《姑姑去了哈瓦那》：一〇时代，表姑的消费让她成为中西部小镇的中国女神；二〇时代，小镇来了许多更年轻的中国女神男神，他们的消费让表姑黯然失色。

《等待墨西哥人》：曾见过日本人踢野球，二对二，球衫是一丝不苟的黄蓝两色。中国人踢野球也按颜色分队，但标准很糊涂，时常是五颜六色各路人马乱炖。因为人少，所以不设守门的，日本人规定只有射低平球才算进。踢野球嘛，大家都不爱守门，中国人也经常这么干，但怎么才算低平，就很玄幻：流行的做法是膝盖以下算低平，可人的腿长短不一，膝盖就高矮不一，大家会因为一个球过没过膝盖而斗嘴。嘴当然比膝盖还不靠谱，斗好了很娱乐，斗不好就成了对骂，甚至动手。四个日本人给出的方案不是膝盖，不是斗嘴，而是默默摆上两个长条形的小门，一球多高，而且带球网。此细节颇能解释两国足球水平的巨大差异，可我转念一想，这四个日本人还有跟我踢过野球的中国人也许只是个案，就没把他们放进故事里。

《浮生如厕》：最近很想念机场的厕所。因为能用上机场的厕所，就意味着人在机场。而人都到了机场，说不定就能坐上回国的航班。

《星星弟弟》：星星的儿子畅畅，最近跟我聊天，说他讨厌英语，因为他恋爱了，而且是异地。我问异到哪儿了。他说异到了美国，在网上认识一个女孩，被家里送到加州读高中。因为疫情，他们还没见过面。那女孩人在美国，却不喜欢美国，更讨厌英语，所以畅畅也跟着一起讨厌。不折不扣的 puppy love（早年初恋）。

小杜

2022 年 6 月 23 日

图书在版编目（CIP）数据

人间漂流 / 小杜著. -- 上海 : 上海三联书店,
2022.10
ISBN 978-7-5426-7864-5

Ⅰ. ①人… Ⅱ. ①小… Ⅲ. ①纪实文学-作品集-中
国-当代 Ⅳ. ①I25

中国版本图书馆CIP数据核字(2022)第164452号

人间漂流
小杜 著

责任编辑／宋寅悦
特约编辑／王宇昕
责任校对／王凌霄
监　　制／姚　军
装帧设计／周伟伟

出版发行／上海三联书店
(200030) 上海市漕溪北路331号A座6楼
电　　话／021-22895540
印　　刷／北京盛通印刷股份有限公司

版　　次／2022年10月第1版
印　　次／2022年10月第1次印刷
开　　本／880mm × 1230mm　1/32
字　　数／200千字
印　　张／10
书　　号／ISBN 978-7-5426-7864-5/I · 1788
定　　价／59.00元

如有印装质量问题，请发邮件至zhiliang@readinglife.com